Hazme Tuya

SECUESTRADA: LIBRO 2

ANNA ZAIRES

♠ MOZAIKA PUBLICATIONS ♠

Copyright © 2017 Anna Zaires
www.annazaires.com/book-series/espanol

Publicado por Mozaika Publications, de Mozaika LLC.
www.mozaikallc.com

Traducción de Scheherezade Surià Lopez

Portada de Alex McLaughlin

e-ISBN: 978-1-63142-279-9
ISBN impreso: 978-1-63142-280-5

PARTE UNO
LA LLEGADA

I

JULIAN

Hay días en los que existe esa necesidad de hacer daño, de matar, es demasiado fuerte para negarla. Son días en que la delgada capa de civilización amenaza con desaparecer ante la menor provocación y revelar el monstruo que lleva dentro.

Hoy no es uno de esos días.

Hoy está conmigo.

Vamos en el coche de camino al aeropuerto. Va sentada apoyada en mí, me rodea con los brazos delgados y descansa la cabeza sobre mi hombro.

Mientras la envuelvo con un brazo, le acaricio el pelo oscuro y disfruto de su textura sedosa. Ahora lo lleva largo, le llega hasta su estrecha cintura; hace diecinueve meses que no se lo corta. No lo ha hecho desde que la secuestré la primera vez.

Inhalo su perfume atrayente, fresco y floral, de una

feminidad exquisita. Es una mezcla del champú y la química única de su cuerpo; se me hace la boca agua. Me dan ganas de desnudarla, de seguir ese aroma para explorar cada curva y cada recoveco de su cuerpo.

Se me estremece la polla y recuerdo que acabo de follar con ella. Sin embargo, eso no importa. Mi deseo es constante. Ahora me he acostumbrado a este deseo obsesivo, cosa que antes solía molestarme. He aceptado mi propia locura.

Parece estar calmada, incluso contenta, y eso me gusta. Me gusta sentir cómo se acurruca conmigo, cariñosa y confiada. Ella sabe cómo es mi naturaleza verdadera y, aun así, se siente segura conmigo; la he enseñado para que sea así. He hecho que me quiera.

Al cabo de un par de minutos, se mueve entre mis brazos y levanta la cabeza para mirarme.

—¿A dónde vamos? —pregunta mientras mueve las largas pestañas negras de arriba abajo, como si fuera un abanico. Tiene ese tipo de mirada que haría a un hombre arrodillarse ante ella; unos ojos dulces y oscuros que me hacen pensar en las sábanas enredadas y en su piel desnuda.

Hago un esfuerzo por centrarme, pero esos ojos me desconcentran muchísimo.

—Vamos a mi casa de Colombia —digo respondiendo a su pregunta—. El lugar donde me crié.

No he estado allí desde hace años, desde que asesinaron a mis padres. Sin embargo, el recinto de mi padre es una fortaleza y eso es precisamente lo que necesitamos ahora mismo. Durante las últimas semanas he estado implementando nuevas medidas de seguridad para que este sitio estuviera prácticamente acorazado. Me he asegurado de que nadie vuelva a quitarme a Nora.

—¿Te quedarás conmigo? —Oigo el tono esperanzador que hay en su voz y yo asiento, sonriente.

—Sí, mi gatita, estaré allí. —Ahora que la he recuperado, la obsesión por tenerla cerca es demasiado fuerte; no puedo negarlo. Antaño la isla era el lugar más seguro para ella, pero ya no lo es. Ahora ellos saben que existe y que es mi talón de Aquiles, por eso necesito que esté conmigo donde pueda protegerla.

Se lame los labios y sigo con la mirada el camino de su delicada lengua rosa. Quiero envolver su pelo abundante alrededor de mi mano y llevar su cabeza hasta mi regazo, pero consigo reprimir el deseo. Habrá tiempo de sobra para eso cuando estemos en un lugar más seguro y menos público.

—¿Enviarás a mis padres otro millón de dólares? —Sus ojos son grandes e ingenuos cuando me mira, pero oigo el ligero deje desafiante en su tono de voz. Me está poniendo a prueba, tantea los límites de esta nueva etapa de nuestra relación.

—¿Quieres que lo haga? —Se me agranda la sonrisa y me estiro para ponerle un mechón de pelo detrás de la oreja.

Me mira fijamente sin parpadear.

—En realidad no —dice en voz baja—. Preferiría poder llamarlos.

—Muy bien, podrás hacerlo cuando lleguemos. —Le sostengo la mirada.

Abre los ojos y veo que la he sorprendido. Ella esperaba que la mantuviera cautiva otra vez, aislada del mundo exterior. No se da cuenta de que eso ya no es necesario. Ya he conseguido lo que quería: la he hecho completamente mía.

—Vale —dice despacio—, lo haré.

Me mira como si no me acabara de entender, como si yo fuera un animal exótico que no hubiera visto nunca. A veces me mira así, con una mezcla de desconfianza y fascinación. Se siente atraída por mí desde un principio, pero de alguna manera me tiene algo de miedo.

Al depredador que hay en mí le gusta eso. Su miedo y reticencia añaden cierta ventaja a todo el conjunto; hacen que sea mucho más dulce poseerla y sentir cómo se acurruca en mis brazos durante toda la noche.

—Cuéntame algo sobre el tiempo que has pasado en tu casa —murmuro, poniéndola contra mi hombro para que esté más cómoda. Le echo el pelo hacia atrás con los dedos y bajo la mirada hasta su rostro—. ¿Qué has estado haciendo todos estos meses?

—Quieres decir, ¿aparte de echarte de menos? —Esboza una sonrisa burlona.

Una sensación de calor se me extiende por todo el pecho. No quiero admitirlo ni darle importancia. Deseo que me quiera porque tengo una obsesión enfermiza por poseerla, no porque sienta nada.

—Sí, aparte de eso —digo en voz baja mientras pienso en todas las maneras en las que voy a follármela cuando consiga estar a solas con ella de nuevo.

—Bueno, he quedado con algunos amigos —comienza a decir. La escucho mientras me hace un resumen general de su vida desde los últimos cuatro meses, aunque ya me conozco parte de la historia. Lucas tuvo la iniciativa de ponerle a Nora un discreto dispositivo de seguridad mientras yo estaba en coma. En cuanto desperté, me dio un informe detallado de todo, incluyendo las actividades diarias de Nora.

Le debo mucho por eso y por salvarme la vida. Durante los últimos años, Lucas Kent se ha convertido en un activo de valor incalculable para mi empresa. Muy pocos habrían tenido las pelotas de asumir el control. Incluso sin saber toda la verdad sobre Nora, ha sido lo bastante inteligente para saber lo que ella significa para mí y ha tomado medidas para garantizar su seguridad.

Por supuesto, en ningún caso le restringió sus actividades.

—¿Lo has visto? —le pregunto con desinterés al mismo tiempo que levanta la mano para jugar con el lóbulo de su oreja—. Quiero decir, ¿has visto a Jake?

Su cuerpo se vuelve de piedra en mis brazos, y siento la rigidez y la tensión de cada músculo.

—Me crucé con él un momento después de cenar con mi amiga Leah —dice sin mostrar ninguna emoción, mirándome—. Nos tomamos un café los tres, esa fue la única vez que lo vi.

Le sostengo la mirada durante un momento y luego asiento, satisfecho. No me miente; en los informes aparece este incidente en particular. La primera vez que lo leí, quise matar al chico con mis propias manos.

Todavía lo haría si se volviera a acercar a Nora.

Pensar en otro hombre cerca de ella me llena de una furia intensa. Según estos informes, no quedó con nadie durante el tiempo que estuvimos separados... con una notable excepción.

—¿Qué pasa con el abogado? —pregunto en voz baja, haciendo todo lo posible para controlar la rabia que llevo contenida—. ¿Lo pasasteis bien?

Empalidece bajo el tono dorado de su piel.

—No hice nada con él —dice y capto un deje de aprehensión en su voz—. Salimos aquella noche porque te echaba de menos y porque estaba cansada de estar sola, pero no pasó nada. Me tomé un par de copas, pero no pude hacer nada más.

—¿No? —Desaparece casi toda mi rabia. Sé leerla lo suficientemente bien para saber cuándo me miente: ahora mismo me está diciendo la verdad. De todos modos, lo anoto mentalmente para investigarlo más tarde. Como el abogado la haya tocado, me las pagará.

Me mira y siento cómo se disipa su propia tensión también. Sabe distinguir mi estado de ánimo como nadie. Es como si estuviera acostumbrada a mí. Ha sido así desde el principio. A diferencia de la mayoría de las mujeres, siempre es capaz de captar mi verdadero yo.

—No. —Aprieta los labios—. No pude dejar que me tocara. Estoy demasiado jodida para estar con un hombre normal ahora.

Levanto las cejas y, a pesar de todo, me divierto. Ya no es la chica asustada que traje a la isla. En algún punto del camino, mi niña sacó sus garras afiladas y aprendió a usarlas.

—Eso es bueno. —Le paso los dedos por la mejilla, jugando, y luego inclino la cabeza para inhalar su dulce olor—. Nadie tiene permiso para tocarte, nena. Nadie salvo yo.

No responde, se limita a mirarme. No hace falta que diga nada porque nos entendemos el uno al otro perfectamente. Sé que mataré a cualquier hombre que la toque, y ella también.

Es raro, pero nunca había sentido la necesidad de poseer a una mujer; es un territorio nuevo para mí. Antes de Nora, las mujeres eran intercambiables en mi mente, solo eran criaturas sumisas y bonitas que pasaban por mi vida. Me buscaban por voluntad propia, querían que me las follara para luego acabar heridas. Yo las consentía al mismo tiempo que satisfacía las necesidades físicas que tuviera durante este proceso.

Me tiré a la primera mujer cuando tenía catorce años, poco después de la muerte de Maria. Era una de las putas de mi padre; me la envió después de que matara a dos de los hombres que asesinaron a Maria y que castré en sus propias casas. Creo que mi padre esperaba que el sexo bastara para distraerme y evitar que siguiera en ese camino de venganza. Huelga decir que su plan no funcionó.

Vino a mi habitación con un vestido negro ajustado, un maquillaje perfecto y su deliciosa boca pintada de rojo brillante. Cuando empezó a desnudarse delante de mí, reaccioné igual que lo habría hecho cualquier adolescente: con un deseo instantáneo y violento. Pero, en ese momento, yo no era adolescente precisamente. Era un asesino; lo era desde los ocho años.

Esa noche, me la follé bruscamente porque no tenía demasiada experiencia para controlarme y porque quería descargarme con ella, contra mi padre, contra todo el puñetero mundo. Descargué mi frustración en su piel; le dejé cardenales y marcas de mordiscos. No obstante, la noche siguiente volvió a por más, esta vez sin que mi padre lo supiera. Estuvimos follando así durante un mes; venía a mi habitación cada vez que tenía la oportunidad. Me enseñaba lo que le gustaba a ella y a otras muchas mujeres. No quería dulzura y amabilidad en la cama, sino dolor y violencia. Deseaba a alguien que la hiciera sentir viva.

Y resultó que a mí me gustó eso. Me agradaba oír sus gritos y súplicas cuando le hacía daño y la llevaba al orgasmo. La violencia que nacía de mis entrañas había encontrado otra salida y la utilizaba cada vez que tenía la oportunidad.

Por supuesto, eso no bastó. No podía apaciguar tan

fácilmente la rabia que tenía dentro. La muerte de Maria cambió algo en mi interior. Ella era lo único puro y bonito de mi vida y se había ido. Su fallecimiento tuvo más efecto que la experiencia que ideó mi padre: eliminó cualquier consciencia que hubiera tenido. Ya no era un chico que seguía de mala gana los pasos de su padre; era un depredador con sed de sangre y venganza. No hice caso de las órdenes de mi progenitor de pasar el asunto por alto; perseguí a los asesinos de Maria uno a uno y les hice pagar por todo, regocijándome en sus gritos de agonía, sus súplicas para que tuviera piedad y para que su muerte fuera más rápida.

Después de eso, hubo represalias y contrarrepresalias. La gente murió, tanto hombres de mi padre como los del rival. La violencia siguió aumentando hasta que mi padre decidió pacificar a sus asociados apartándome del negocio. Me envió lejos, a Europa y a Asia, donde conocí a decenas de mujeres similares a la que me inició en el sexo. Mujeres hermosas y dispuestas con gustos parecidos a los míos. Las ayudé a cumplir sus fantasías oscuras mientras ellas me daban placer momentáneamente. Era un plan que encajaba en mi vida a la perfección, especialmente después de volver a tomar las riendas de la compañía de mi padre.

No fue hasta hace diecinueve meses, durante un viaje de negocios a Chicago, que la conocí a «ella».

A Nora. La reencarnación de mi Maria. La chica que pretendo retener para siempre.

2

NORA

Envuelta en los brazos de Julian siento el zumbido familiar de la emoción mezclada con la inquietud. Nuestra separación no lo ha cambiado ni un ápice. Es el mismo hombre que casi mata a Jake, el que no dudó en secuestrar a la chica que quería.

También es el que casi muere por rescatarme.

Ahora que sé lo que le pasó, veo los signos físicos de su dura experiencia. Está más delgado que antes, tiene la piel algo más bronceada y tirante y los pómulos marcados. Tiene una cicatriz rosa irregular en la oreja izquierda y lleva el pelo negro extremadamente corto. En la parte izquierda de la cabeza, el pelo le crece de una forma un poco desigual, como si también ocultara una cicatriz.

A pesar de esas imperfecciones diminutas, sigue

siendo el hombre más guapo que he visto jamás; por eso, no puedo dejar de mirarlo.

«Está vivo. Julian está vivo y yo estoy otra vez con él».

Todo me parece surrealista. Hasta esta misma mañana pensaba que estaba muerto. Estaba convencida de que había fallecido en la explosión. Durante cuatro meses largos e insoportables, me he obligado a ser fuerte, a seguir con mi vida e intentar olvidar al hombre que ahora mismo está sentado a mi lado.

El hombre que me robó la libertad.

El hombre a quien amo.

Levanto la mano izquierda y trazo poco a poco el contorno de sus labios con el dedo índice. Tiene la boca más increíble que haya visto, una boca diseñada para pecar. Cuando lo toco, separa sus preciosos labios y me aprieta la punta del dedo con un diente blanco y afilado, mordiéndolo levemente. Luego se lleva mi dedo a la boca y lo chupa.

Noto un estremecimiento de excitación cuando me lame el dedo con la lengua ardiente y húmeda. Se me tensan los músculos internos y siento cómo se me moja la ropa interior. Dios, qué fácil es cuando se trata de él. Una mirada, una caricia y lo quiero. Mi sexo se hincha, algo dolorido después de la forma en que me ha penetrado antes, pero mi cuerpo ansía que vuelva a hacerlo de nuevo.

«Julian está vivo y me ha apresado otra vez».

Cuando empiezo a asumirlo, le aparto el dedo de los

labios y me recorre entera un frío repentino que apaga mi deseo. Ya no hay marcha atrás ni ninguna posibilidad de cambiar de opinión. Julian vuelve a estar a cargo de mi vida y esta vez estoy dispuesta a ir voluntariamente a su telaraña, poniéndome a su merced.

Me recuerdo que, por supuesto, da igual que esté dispuesta o no. Recuerdo la jeringuilla que llevaba en el bolsillo y sé que en cualquier caso, el resultado habría sido el mismo. Consciente o sedada, hoy lo estaría acompañando. Por alguna extraña razón, este hecho me hace sentir mejor. Le pongo la cabeza en el hombro y me relajo.

Es inútil luchar contra el destino de alguien, cosa que estoy empezando a aceptar.

CON EL TRÁFICO QUE HAY, el trayecto hacia el aeropuerto nos lleva poco más de una hora. Para mi sorpresa, no vamos al de O'Hare; terminamos en una pequeña pista de aterrizaje donde nos espera un avión grande. Consigo distinguir las letras escritas en la cola del avión: G650.

—¿Es tuyo? —pregunto cuando Julian me abre la puerta del coche.

—Sí. —No me mira ni entra en más detalles. Parece que está escrutando los alrededores con la mirada, como si buscara amenazas ocultas.

Hay algo en su actitud que no recuerdo haber visto

antes; por primera vez me doy cuenta de que la isla era tanto su santuario como un lugar donde podía relajarse de verdad y bajar la guardia.

En cuanto me bajo del coche, Julian me agarra el codo y me guía hasta el avión. El conductor nos sigue. No lo había visto antes, ya que había un panel que separaba los asientos traseros del coche de la parte delantera, así que le echo un vistazo mientras nos acercamos al avión.

El chico debe de ser un integrante de las fuerzas de operaciones especiales de la marina. Tiene el pelo corto y rubio y unos ojos pálidos de mirada fría que resplandecen en su cara cuadrada. Es aún más alto que Julian y se mueve con la misma gracia atlética, parecida a la de un guerrero, como si controlara con cuidado todos sus movimientos. Tiene un enorme rifle de asalto en las manos y no me cabe la menor duda de que sabe perfectamente cómo usarlo. Otro hombre peligroso… muchas mujeres pensarán que es indiscutiblemente atractivo, con sus facciones regulares y su cuerpo musculoso. Sin embargo, a mí no me atrae porque yo ya no tengo remedio. Pocos hombres le llegan a la suela de los zapatos al encantador ángel oscuro de Julian.

—¿Qué tipo de avión es este? —pregunto a Julian al tiempo que subimos las escaleras y entramos en una cabina lujosa. No entiendo de aviones privados, pero este parece sofisticado. Intento no mirarlo todo embobada, pero fracaso por completo. Dentro, hay unos enormes asientos de cuero de color crema y un sofá moderno con una mesa de centro delante. También hay una puerta abierta que lleva hasta la parte trasera del avión, donde vislumbro una cama de matrimonio grande.

Me quedo boquiabierta. «El avión tiene una habitación».

—Es uno de los Gulfstreams de gama alta —responde girándose hacia mí para ayudarme a quitarme el abrigo. Me roza el cuello con sus manos cálidas y me provoca un escalofrío placentero—. Es de ultra largo alcance, puede llevarnos directamente a nuestro destino sin tener que hacer escala para repostar.

—Es muy bonito —digo mientras veo cómo Julian me cuelga el abrigo en el armario junto a la puerta; después, se quita la chaqueta. No puedo apartar la mirada de él y caigo en la cuenta de que una parte de mí todavía teme que esto no sea real, de que me levante y descubra que todo esto solo ha sido un sueño... que Julian había muerto de verdad en la explosión.

Pensar en eso hace que me recorra un escalofrío por todo el cuerpo; él se da cuenta del movimiento que hago de forma involuntaria.

—¿Tienes frío? —pregunta, acercándose—. Puedo ajustar la temperatura.

—No, estoy bien. —Sin embargo, disfruto de su calor cuando me tira hacia él y me frota los brazos durante unos segundos. Siento cómo su temperatura me atraviesa la ropa, ahuyentando los recuerdos de aquellos horribles meses, cuando pensaba que lo había perdido.

Abrazo a Julian por la cintura, con pasión. Está vivo y lo tengo conmigo. Es lo único que me importa ahora mismo.

—Estamos listos para despegar. —Me sobresalta una desconocida voz masculina y suelto a Julian. Miro hacia atrás para ver al piloto rubio que está allí, mirándonos con una expresión impenetrable y dura.

—Bien. —Julian sigue rodeándome con un brazo, presionándome contra él cuando intento alejarme—. Nora, te presento a Lucas. Él me sacó del almacén.

—Ah, vaya. —Dedico al hombre una sonrisa amplia y sincera. Salvó la vida de Julian—. Es un placer conocerte, Lucas. No sé ni por dónde empezar a agradecerte lo que hiciste.

Arquea un poco las cejas, como si hubiera dicho algo que lo sorprendiera.

—Solo hacía mi trabajo —dijo con un tono grave y algo divertido.

Julian esboza una leve sonrisa, pero no responde a eso. En su lugar, pregunta:

—¿Está todo listo en la finca?

—Todo listo. —Asiente Lucas y luego me mira con una cara sin expresión alguna, como antes—. Encantado de conocerte, Nora. —Se da la vuelta y desaparece en la zona del piloto de la parte delantera.

—¿Te hace de chofer y de piloto a la vez? —pregunto a Julian después de que Lucas se haya ido.

—Es muy versátil —responde mientras me lleva a los asientos lujosos—. La mayoría de mis hombres lo son.

Tan pronto como nos sentamos, una mujer morena sorprendentemente hermosa entra en la cabina desde algún sitio de la parte delantera. El vestido blanco que lleva se le ajusta a las curvas y junto con el maquillaje, parece tan glamurosa como una estrella de cine, salvo por la bandeja con una botella de champán y los dos vasos que lleva en la mano.

Se queda mirándome fijamente un instante antes de ir hasta Julian.

—¿Quiere algo más, señor Esguerra? —pregunta mientras se inclina para colocar la bandeja en la mesa entre nuestros asientos. Su voz es dulce y melódica; mira a Julian con deseo y eso me pone de los nervios.

—Esto bastará por ahora. Gracias, Isabella —dice mientras le devuelve una pequeña sonrisa y yo siento una intensa y repentina punzada de celos.

Hace tiempo Julian me dijo que no había tenido relaciones con nadie más desde que me conoció, pero es inevitable preguntarme si ha mantenido relaciones con esta mujer en algún momento del pasado. Es una preciosidad y su actitud deja claro que estaría dispuesta a servirle a Julian cualquier cosa que quisiera, incluida ella misma, desnuda, en una bandeja de plata.

Antes de que mis pensamientos sigan por ese derrotero, respiro hondo y me esfuerzo por mirar a través de la ventana cómo cae la nieve lentamente. Una parte de mí sabe que todo esto es una locura, que no es lógico sentir que Julian es mío. Cualquier mujer racional estaría encantada de que su secuestrador dejara de prestarle atención, pero yo ya no soy razonable cuando se trata de él.

«Síndrome de Estocolmo. Vínculo afectivo tras un secuestro. Vínculo traumático». Mi psicóloga usó todos estos términos en las sesiones que tuvimos juntas; intentó hacerme hablar sobre mis sentimientos hacia Julian, pero era muy doloroso hablar del hombre que pensaba que había perdido, así que dejé de ir. Investigué sobre los términos más tarde y entiendo que puedan aplicarse a mi experiencia. No sé si es tan sencillo o si importa en realidad o no. Nombrar algo no hace que desaparezca. Cualquiera que sea el motivo del vínculo sentimental que tengo con Julian, no puedo hacerlo desaparecer. No puedo obligarme a quererlo menos.

Cuando me giro para ponerme en frente de Julian, la azafata ya se ha ido de la cabina principal. Oigo los motores del avión, listos para despegar y me abrocho el cinturón de seguridad, como me han enseñado a hacer toda la vida.

—¿Champán? —pregunta mientras coge la botella de la mesa.

—Claro, ¿por qué no? —digo y miro cómo, con destreza, me sirve una copa.

Me la da y me acomodo en un asiento espacioso; le doy un sorbito a la bebida mientras el avión despega.

Mi nueva vida con Julian acaba de empezar.

3

JULIAN

Doy unos sorbitos a la copa mientras observo a Nora mirar por la ventana cómo se aleja la tierra firme. Lleva unos vaqueros conjuntados con un jersey azul de lana y unas gruesas botas de piel negras; creo que se llaman Uggs. A pesar del horrible calzado, sigue siendo muy sexi, aunque prefiero verla enfundada en un vestido veraniego, ya que así podría ver su suave piel brillar al sol.

Por su expresión de tranquilidad, me pregunto qué estará pensando, si se arrepiente de algo.

No debería. Me la hubiera llevado conmigo sí o sí.

Como si notara mi mirada en la nuca, se gira hacia mí.

—¿Cómo supieron de mí? —pregunta en voz baja—. Me refiero a los hombres que me secuestraron. ¿Cómo sabían de mi existencia?

Me pongo tenso al oír la pregunta. Mi mente recrea

esas horas previas e infernales al ataque en la clínica y, por un momento, vuelvo a ser presa de esa mezcla inestable de furia abrasadora y miedo paralizante.

Ella podría haber muerto. De hecho, habría muerto si no la hubiera encontrado justo a tiempo. Incluso si les hubiera dado lo que querían, la hubieran matado con tal de castigarme por no haber cedido a sus peticiones antes. La hubiera perdido igual que perdí a Maria. Igual que ambos perdimos a Beth.

—Debió ser la auxiliar de enfermería de la clínica quien te delató. —Mi voz sale con un tono frío y distante mientras coloco la copa de champán en la bandeja—. Angela. Seguro que estaba en nómina de Al-Quadar.

A Nora le brillan los ojos con intensidad.

—Qué zorra— susurra. Percibo dolor e ira en su voz. También noto cómo le tiemblan las manos al dejar la copa sobre la mesa—. Puta zorra.

Asiento para intentar controlar mi propia ira cuando las imágenes del vídeo que me mandó Majid me empiezan a rondar por la cabeza. Torturaron a Beth antes de matarla. La hicieron sufrir. Beth sufrió toda la vida desde que el cabrón de su padre la vendiera a un prostíbulo en la frontera de México a la edad de trece años. Había sido una de las pocas personas de las que jamás había puesto en duda su lealtad.

La hicieron sufrir… ahora me toca a mí hacerlos sufrir el doble.

—¿Dónde está ahora? —La pregunta de Nora me

despierta de mi agradable ensimismamiento; me imagino ahorcando a cada uno de los miembros de Al-Quadar. Cuando la miro extrañado, ella aclara—. Angela.

Sonrío por su pregunta ingenua.

—No tienes que preocuparte por ella, mi gatita.

Angela quedó reducida a cenizas, que están esparcidas en el césped de la clínica en Filipinas.

—Pagó por su traición.

Nora traga saliva. Sé que entiende a la perfección a qué me refiero. No es la misma chica que conocí en un club de Chicago. Veo las ojeras que esconden sus ojos y de las que sé que soy responsable. A pesar de todos mis esfuerzos de protegerla en la isla, la fealdad de mi mundo ha acabado destruyendo su inocencia.

Al-Quadar también pagará por ello.

La cicatriz de la cabeza empieza a palpitarme y la toco con suavidad con la mano izquierda. Me sigue doliendo la cabeza de vez en cuando, pero a pesar de ello, vuelvo a ser yo mismo. Teniendo en cuenta que me pasé cuatro meses en estado vegetal, estoy contento con mi situación actual.

—¿Estás bien? —Al rostro de Nora se asoma una expresión de preocupación mientras intenta tocar la zona superior de mi oreja izquierda. Me pasa los delgados dedos por el cuero cabelludo—. ¿Te sigue doliendo?

El roce de sus dedos me provoca un cosquilleo en la espalda. Me gusta esto de ella. Me gusta que se preocupe por mí. Me gusta que me quiera, aunque le haya quitado su libertad, pues tiene todo el derecho del mundo a odiarme.

Yo no apostaría por mí. Soy el típico hombre que sale en las noticias; el típico al que todo el mundo tiene miedo y desprecia. Secuestré a una chica porque la quería, no por otro motivo. Me la llevé y la hice mía.

No tengo excusa por mis hechos. Tampoco me siento culpable. Quería a Nora y ahora está aquí conmigo, mirándome como si fuese la persona más importante de su vida.

Y lo soy. Soy justo lo que necesita ahora... lo que ansía. Le daré todo de la misma manera que ella me lo da a mí. Su cuerpo, su mente, su dedicación. Lo quiero todo. Quiero su dolor, su placer, su miedo y su alegría. Quiero ser su vida entera.

—No, está bien —digo como respuesta a su anterior pregunta—. Ya está casi curado.

Aparta los dedos de mi cabeza, pero yo le agarro la mano porque no quiero que pare de tocarme. Tiene una mano muy delgada y delicada; su piel es suave y acogedora. Intenta quitar su mano de la mía, pero no la dejo, aprieto mis dedos sobre su mano. Su fuerza no tiene nada que hacer contra la mía. No se puede soltar a no ser que sea yo quien lo haga.

De todas maneras, ella no quiere que la suelte. Noto como la emoción le recorre el cuerpo al tiempo que el mío se endurece y un deseo oscuro se despierta en mí otra vez. Alcanzo más allá de la mesa y lenta pero intencionadamente, le desabrocho el cinturón de seguridad.

Me levanto agarrando su mano y la llevo hasta el dormitorio situado al final del avión.

PERMANECE CALLADA hasta que entramos al dormitorio y cierro la puerta. No es una habitación insonorizada, pero Isabella y Lucas están al principio del avión, por lo que podremos tener algo de intimidad. Normalmente me da igual que la gente me vea u oiga mantener relaciones, pero lo que hago con Nora es diferente. Es mía y no la comparto con nadie más. De ninguna manera.

Le suelto la mano, camino hasta la cama, me siento, me echo para atrás y cruzo los tobillos. Una postura casual, aunque no hay nada de casual en cómo me siento cuando la miro.

El deseo de poseerla es muy fuerte, absorbente. Es una obsesión que va más allá del simple deseo sexual, aunque mi cuerpo arda por ella. No solo quiero follarla, también quiero dejar mi huella en ella, marcarla de dentro a fuera para que no pueda pertenecer nunca a otro hombre salvo a mí.

La quiero entera para mí.

—Quítate la ropa —le ordeno, mirándola a los ojos.

Tengo la polla tan dura que parece que hayan pasado meses y no horas desde que la he hecho mía. Necesito todo mi autocontrol para no arrancarle la ropa, ponerla a cuatro patas y metérsela hasta explotar. Me controlo porque no quiero un polvo rápido. Hoy tengo pensada otra cosa.

Inspiro hondo y me esfuerzo por contenerme mientras veo cómo se va desvistiendo poco a poco. Se ruboriza y respira cada vez más deprisa. Sé que ya está cachonda; tiene el coño caliente, mojado y listo para mí. Al mismo tiempo, percibo duda en sus movimientos y cautela en sus ojos. Una parte de ella me sigue temiendo porque sabe de lo que soy capaz.

Tiene derecho a tener miedo. Hay algo en mí que se alimenta del sufrimiento de los demás, que quiere hacerles daño. Que quiere hacerle daño a ella.

Primero se quita el jersey de lana y deja al descubierto una camiseta de tirantes negra. El color rosa del sujetador se transparenta y eso me excita; hace que me empalme más. Ahora se quita la camiseta de tirantes junto con las botas y el vaquero. Estoy a punto de estallar.

Con ese conjunto de ropa interior rosa es la criatura más atractiva que jamás haya visto. Tiene un cuerpo pequeño pero tonificado y se le notan los músculos de los brazos y piernas. A pesar de su delgadez, sus rasgos son muy femeninos: un culo perfecto y unas tetas pequeñas pero redondas. El pelo le cae por la espalda como una cascada que le hace parecer una modelo de Victoria Secret, pero en miniatura. La única imperfección que tiene es una pequeña cicatriz de apendicitis en la parte derecha del vientre.

Tengo que tocarla.

—Acércate —digo con voz ronca mientras la polla me presiona la bragueta del pantalón.

Se me queda mirando con esos ojos negros, pero se acerca dubitativa, insegura, como si fuese a atacarla en cualquier momento.

Vuelvo a inspirar hondo para tranquilizarme. Sin embargo, cuando ya está cerca, me inclino hacia delante y con fuerza la agarro de la cintura para ponerla entre mis piernas. Su piel es lisa y muy suave al tacto; su caja torácica es tan estrecha que casi puedo rodearle la cintura con las manos. Tanto su vulnerabilidad como su belleza me ponen muy cachondo.

Le desabrocho el sujetador para liberarle los pechos del confinamiento.

Se me seca la boca y el cuerpo se me tensa al ver deslizarse el sujetador por los brazos. Aunque ya la haya visto desnuda cientos de veces, cada vez que la veo es como una revelación. Los pezones son pequeños y de color marrón rosáceo y sus pechos de la misma tonalidad que el cuerpo. No me puedo contener más y estrujo sus suaves montañitas. Su piel es lisa y firme. Tiene los pezones duros. Oigo cómo contiene la respiración mientras mis pulgares acarician los puntiagudos pezones: mi deseo aumenta.

Dejo de tocarle los senos para bajarle las bragas. Le acaricio el sexo con la mano derecha e introduzco el dedo corazón en su pequeño agujero. El calor húmedo de su abertura hace que me termine de empalmar. Gime a la vez que mi pulgar encallado juega con el clítoris. Me pone las manos sobre los hombros y me clava las afiladas uñas en ellos.

No puedo aguantar más. Tengo que poseerla.

—Túmbate en la cama. —Mi voz está impregnada de deseo y aparto la mano de su coño—. Boca abajo.

Gatea obediente mientras me levanto y empiezo a desvestirme.

La tengo muy bien enseñada. Cuando ya me he desnudado por completo, ella ya está tumbada boca abajo con el culo elevado por un cojín. Tiene apoyada la cabeza en sus brazos, pero me está mirando. Noto que está nerviosa, pero sé que ahora mismo me desea a la vez que me teme.

Esa mirada me pone, pero a la vez despierta en mí otro tipo de deseo. Una necesidad más oscura y perversa. De reojo veo mi cinturón en el suelo. Lo recojo, me lo enrollo en la mano derecha y me acerco a la cama.

Nora no se mueve, aunque noto la tensión en su cuerpo. Me tiemblan los labios. «Buena chica». Sabe que será peor para ella si se resiste. Por supuesto, también sabe que compenso el dolor con un placer del que, por supuesto, disfrutará.

Me detengo al borde de la cama, alargo el brazo que tengo libre y resigo el camino de la columna vertebral con los dedos. Tiembla con el roce, lo que me produce una oscura excitación. Esto es justo lo que quiero, lo que necesito: esta conexión oscura y retorcida que hay entre nosotros. Quiero beber su miedo, su dolor. Quiero escuchar sus gritos, sentir sus esfuerzos inútiles para que luego vuelva y se derrita en mis brazos por el éxtasis que le produzco.

Por alguna razón, saca lo peor de mí. Me hace olvidar cualquier atisbo de moralidad que pueda tener. Es a la única mujer que he forzado para acostarse conmigo, la única a la que he querido tanto… y de una manera complicada. Tenerla aquí, a mi merced, es más que emocionante; es la droga más poderosa que jamás haya probado. Jamás he sentido esto por otro humano. Saber que es mía, que puedo hacerle cualquier cosa, es mucho más fuerte que cualquier chute. Con las demás mujeres era solo un juego, una manera de rascarnos lo que nos picaba, pero con Nora es diferente. Con ella es algo más que eso.

—Hermosa —murmullo mientras le acaricio la suave piel de los muslos y nalgas. Pronto estará marcada, pero por ahora solo quiero disfrutar de su suavidad—, muy muy hermosa…

Me inclino hacia ella, le doy un pequeño beso al final de la columna e inhalo el caliente aroma de mujer. Sonrío. La adrenalina me corre por las venas. Me enderezo, doy un paso para atrás y la golpeo con el cinturón.

No suelo usar mucha fuerza, pero ella siempre se

sobresalta cuando el cinturón llega a sus nalgas. Emite un quejido suave. Intenta no moverse ni apartarse, sin embargo, no puede evitar agarrar con fuerza las sábanas ni cerrar los ojos. La azoto una segunda vez y luego otra y otra vez. Mis movimientos parecen hipnóticos. Con cada golpe de cinturón, la voy metiendo más a fondo. Mi mundo se va estrechando hasta el punto de solo poder verla y sentirla a ella. Me gusta saborear la rojez de su delicada piel; los gemidos y sollozos de dolor; la manera en cómo su cuerpo tiembla y se estremece de dolor por cada golpe de cinturón, dejando que alimente mi adicción y que tranquilice mi deseo continuo y desesperado.

El tiempo se difumina y se prolonga. No sé si han sido minutos u horas. Cuando por fin paro, ella está tumbada débil e inmóvil. Sus nalgas y muslos están llenos de marcas rosáceas. La expresión de su cara llorosa es de aturdimiento y casi felicidad mientras su delicado cuerpo no para de estremecerse.

Dejo caer el cinturón al suelo, me siento en la cama y con cuidado la cojo para acurrucarla en el regazo. El corazón se me va a salir del pecho y no paro de dar vueltas a todo lo sucedido. Ella se estremece, esconde la cara en mi pecho y comienza a llorar. Le acaricio el pelo lenta y suavemente para que consiga calmarse a la vez que yo.

Ahora necesito consolarla, sentirla en mis brazos. Quiero ser su todo: su protector y su torturador, su alegría y su tristeza. Quiero unirla a mí tanto físicamente como emocionalmente, marcarme hasta el fondo de su mente y su alma para que nunca me deje.

Cuando deja de sollozar, se reaviva mi deseo sexual. Las caricias relajantes se vuelven más decididas, empiezo a recorrer su cuerpo con las manos con intención de excitarla en vez de calmarla. Le paso la mano derecha entre los muslos, provocando que los dedos presionen el clítoris y al mismo tiempo le agarro el pelo con la otra mano y tiro de él para que nos miremos. Ella sigue aturdida, abre un poco la boca mientras me mira y aprovecho para darle un profundo beso. Gime en mi boca, me agarra los hombros y siento cómo va creciendo el calor entre nosotros. Se me contraen los testículos y mi polla tiene ganas de su carne resbaladiza y cálida.

Me pongo de pie con ella entre mis brazos y la tumbo en la cama. Ella se dobla del dolor y me doy cuenta de que las sábanas le rozan las marcas y le hacen daño.

—Date la vuelta, cielo —susurro. Ahora solo quiero complacerla. Hace caso y se da la vuelta para ponerse boca abajo como estaba antes. La coloco de tal manera que solo tiene apoyadas las rodillas y las manos con los codos doblados.

A cuatro patas, con el culo en pompa y con la espalda ligeramente encorvada es la chica más atractiva que jamás he visto. Puedo verlo todo: los pliegues de su delicado coño, el agujero diminuto de su ano, las curvas deliciosas de sus nalgas, ahora rosadas por el cinturón.

El corazón me va a mil por hora y siento un dolor punzante en la polla. La agarro de la cintura, le introduzco la punta del pene en el agujero y la meto hasta dentro.

Me rodea su piel caliente y húmeda. Gime, se arquea hacia mí e intenta que se la meta más al fondo, a lo que yo accedo de buena gana. Primero la saco un poco para después meterla hasta el fondo. Grita, repito el movimiento y un cosquilleo me sube por la espalda. Me invaden olas de calor que empiezan a golpearme con desenfreno y me olvido de que le estoy hincando los dedos en la cintura. Grita y gime cada vez más. Noto que está a punto de llegar al orgasmo porque se le contraen los músculos alrededor de mi polla, apretándola bien. No puedo aguantar más. Exploto. Se me nubla la vista debido a la fuerza con que expulso mi simiente, que acaba en sus profundidades.

Jadeo. Caigo rendido a su lado y la pego a mí. Nuestra piel está húmeda por el sudor, lo que hace que nos quedemos pegados el uno al otro. El corazón no deja de latir a mil por hora. Ella también respira deprisa y puedo sentir cómo se le contrae el coño alrededor de mi polla, ya flácida, como si fuese un último orgasmo.

Nos quedamos tumbados, uno al lado del otro, y nuestras respiraciones se van calmando. La abrazo por detrás y noto la perfecta curva de su culo en mi entrepierna. Poco a poco me va inundando una sensación de paz, de alegría. Siempre es así con ella. Tiene algo que hace que mis demonios se calmen, me hace sentir normal, casi… feliz. No puedo explicarlo ni razonarlo; es algo que está ahí. Es lo que me hace poseerla de manera tan desesperada.

Y esto es muy enrevesado y peligroso.

—Dime que me quieres —murmuro mientras le acaricio la parte trasera del muslo—. Dime que me has echado de menos, cariño.

Cambia de postura para estar ahora entre mis brazos y mirándome a la cara. Sus ojos negros son firmes.

—Te quiero, Julian —dice con dulzura mientras me posa su delicada mano sobre la mejilla—. Te he extrañado más a que a la vida misma. Y lo sabes.

Lo sé, pero necesito oírlo de ella. Durante los últimos meses, el aspecto sentimental se ha vuelto tan indispensable para mí como el físico. Me gusta esta peculiaridad. Quiero que me ame y me cuide. Quiero ser algo más que el monstruo de sus pesadillas.

Cierro los ojos, la abrazo más fuerte y me tranquilizo.

Dentro de un par de horas ella será mía en todos los sentidos de la palabra.

4

NORA

Debo de haberme quedado dormida en brazos de Julian porque me despierto cuando el avión comienza a descender. Abro los ojos y miro a mi alrededor; estoy irritada y dolorida por las relaciones que acabamos de mantener.

Había olvidado cómo era hacerlo con Julian, esa catarsis de dolor y éxtasis. Me siento vacía y excitada al mismo tiempo, exhausta pero fortalecida por el torbellino de sensaciones.

Me siento con cuidado y me estremezco cuando las sábanas entran en contacto con el trasero magullado. Ha sido una de las sesiones de azotes más intensas; no me sorprendería que los moratones no desaparecieran hasta dentro de un tiempo. Al echar un vistazo a la habitación veo una puerta que supongo da al baño. Julian no está en la habitación, así que me levanto y voy porque tengo que asearme.

Para mi sorpresa, en el baño hay una pequeña ducha, así como un cuarto de baño y un retrete. Con todas estas comodidades, el jet de Julian parece más bien un hotel volador en lugar de un simple avión comercial como en los que he volado. Incluso hay un cepillo de dientes envuelto en un plástico, pasta de dientes y enjuague bucal en un pequeño estante en la pared. Utilizo las tres cosas y me doy una ducha rápida. Así, sintiéndome infinitamente más refrescada, vuelvo a la habitación para vestirme.

Cuando entro en la cabina principal, veo a Julian sentado en el sofá con un portátil abierto en la mesa frente a él. Lleva la camisa remangada, por lo que reparo en el bronceado y los musculosos antebrazos. Tiene el ceño fruncido: está concentrado. Está serio y tan terriblemente guapo que me quedo sin aliento durante un momento.

Como si notara mi presencia, levanta la vista. Le brillan esos ojos azules.

—¿Cómo estás, mi gatita? —pregunta, con voz bajita y cercana, y siento como el rubor se me extiende por todo el cuerpo como respuesta.

—Bien. —No sé qué más decir. «Me duele el culo porque los azotes, pero no pasa nada porque me has entrenado bien para que lo disfrutara». Sí, ¡claro!

Esboza una sonrisa.

—Bien. Me alegra oírlo. Estaba a punto de ir a buscarte. Deberías volver a tu asiento, estamos a punto de aterrizar.

—Vale. —Intento no estremecerme del dolor causado por el simple hecho de sentarme. Lo tengo claro: los moratones me van a durar días.

Me ato, miro por la ventana, curiosa por ver el destino. Cuando el avión surca el manto de nubes, veo una gran ciudad que se extiende debajo, con inminentes montañas en la periferia.

—¿Qué ciudad es esta? —pregunto, volviéndome hacia Julian.

—Bogotá —responde, cerrando su portátil. Lo coge y se acerca para sentarse a mi lado—. Estaremos allí solo unas horas.

—¿Tienes negocios allí?

—Sí, más o menos. —Parece que se divierte un poco —. Me gustaría hacer una cosa antes de volar a la finca.

—¿Qué? —pregunto con cautela. Un Julian divertido no suele ser buena señal.

—Ya lo verás. —Y volviendo a abrir el portátil, se concentra en lo que estaba haciendo antes.

Un coche negro parecido al que nos dejó en el aeropuerto nos espera cuando salimos del avión. Lucas vuelve a ser nuestro conductor y Julian continúa trabajando con el portátil, aparentemente absorto en su tarea.

No me importa. Estoy demasiado ocupada mirándolo todo mientras vamos por las calles abarrotadas de gente.

Bogotá me recuerda al Viejo Mundo, lo que me parece fascinante. Veo restos de herencia española en todas partes, mezclados con un aroma puramente latino. Me recuerda a las arepas, unos bollitos de maíz que solía comprar en una camioneta de comida colombiana en el centro de Chicago.

—¿Dónde vamos? —pregunto a Julian cuando el coche se detiene frente a una iglesia señorial y vieja en un barrio aparentemente rico. No sé por qué, pero no me había imaginado a mi secuestrador como alguien que va a la iglesia.

En lugar de contestar, sale del coche y me tiende la mano.

—Vamos, Nora —dice—. No tenemos mucho tiempo.

¿Tiempo para qué? Quiero preguntarle más, pero sé que es en vano. Solo me va a responder cuando le dé la gana. Le cojo la mano para salir del coche y dejo que me lleve hacia la iglesia. Por lo que sé, vamos a quedar con algunos de sus socios aquí, aunque no sé por qué quiere lo acompañe.

Entramos por una pequeña puerta lateral y nos encontramos en una sala pequeña, pero muy bien decorada. Los bancos de madera pasados de moda se alinean a los lados, y hay un púlpito con una cruz elaborada que mira hacia el frente.

No sé por qué, pero me pone nerviosa verlo. Se me ocurre algo loco e improbable y me empiezan a sudar las palmas.

—Umm, Julian... —Levanto la vista y veo que me está mirando con una sonrisa extraña—. ¿Por qué estamos aquí?

—¿No lo adivinas, mi gatita? —dice suavemente, volviéndose hacia mí—. Estamos aquí para casarnos.

Durante unos instantes, no hago más que mirarlo fijamente sin mediar palabra. Después se me escapa una carcajada de risa nerviosa.

—Es broma, ¿no?

Arquea las cejas.

—¿Broma? Para nada. —Me coge de la mano otra vez, y siento cómo me pone algo en el dedo anular izquierdo.

Con el corazón acelerado, me miro la mano izquierda con incredulidad. El anillo perfectamente lo podría llevar puesto una estrella de Hollywood: un fino anillo de diamantes con un pedrusco redondo y brillante en el centro. Es delicado y ostentoso y me queda superbién, como si estuviese hecho para mí.

La habitación se desvanece frente a mis ojos, veo chiribitas y me doy cuenta de que he dejado de respirar durante unos segundos. Cojo aire desesperadamente mientras miro a Julian, me empieza a temblar el cuerpo entero.

—¿Quieres... quieres casarte conmigo? —Mi voz se vuelve una especie de susurro horrorizado.

—Claro que sí. —Cierra ligeramente los ojos—. ¿Por qué si no podría traerte aquí?

No sé qué responderle; me limito a estar allí de pie y mirarlo fijamente, creo que estoy hiperventilando.

«Casarme. Casarme con Julian».

Es imposible y punto. El matrimonio y Julian no van unidos de la mano para mí, más bien, son polos opuestos. Cuando pienso en el matrimonio es en el contexto de un futuro agradable, todavía distante, un futuro en el que veo a un marido y dos niños traviesos. En esa imagen, hay un perro y una casa a las afueras, partidos de fútbol y picnics. No hay ningún asesino con cara de ángel caído, ningún bonito monstruo que me haga gritar entre sus brazos.

—No puedo casarme contigo —digo antes siquiera de habérmelo pensado—. Lo siento, Julian, pero no puedo.

Le cambia la cara de repente. En un instante, parece estar encima de mí, me rodea la cintura con el brazo, me presiona contra él y con la otra mano me sujeta la mandíbula.

—Dijiste que me amabas. —Su voz es suave y uniforme, pero noto cómo esconde rabia—. ¿Era mentira?

—¡No! —Temblando, le mantengo la mirada furiosa, con las manos lo empujo inútilmente por el fuerte pecho. Noto el peso del anillo en mi dedo, lo que hace que tenga más pánico. No sé cómo explicárselo, cómo hacerle entender algo que apenas logro comprender. Quiero estar con Julian. No puedo vivir sin él, pero el matrimonio es algo completamente distinto, algo que no encaja en nuestra retorcida relación—. ¡Claro que te amo! Y lo sabes.

—¿Y por qué me rechazas? —pregunta, con los ojos oscurecidos por la ira. Me agarra la mandíbula más fuerte y me hinca los dedos.

Me empiezan a arder los ojos. ¿Cómo le explico mi rechazo? ¿Cómo le digo que no me imagino a una persona como él de esposo? ¿Cómo decirle que es parte de una vida que nunca imaginé, que nunca quise y que casarme con él significaría renunciar a ese sueño impreciso y lejano de un futuro normal?

—¿Por qué quieres casarte conmigo? —le pregunto desesperadamente—. ¿Por qué quieres hacer algo tan tradicional? Si ya soy tuya...

—Sí, lo eres. —Se inclina hacia abajo hasta que estamos cara a cara—. Y quiero un documento legal a tal efecto. Serás mi esposa y nadie podrá apartarte de mí.

Lo miro y se me contrae el pecho al tiempo que empiezo a entender. No es un gesto dulce y romántico por su parte. No lo hace porque me quiera y quiera formar una familia; así no funciona Julian. El matrimonio justificará que me posea, así de simple. Sería una forma diferente de posesión, una forma más permanente... y algo dentro de mí se revuelve ante tal idea.

—Lo siento —digo aun así, armándome de coraje—. No estoy preparada para esto. Si te parece, ¿lo hablamos en otro momento?

Su expresión se endurece, sus ojos se convierten en

trozos de hielo azul. De repente me suelta, retrocede un paso.

—Está bien. —Su voz es tan fría como su mirada—. Si así quieres jugar, mi gatita, lo haremos a tu manera.

Se mete la mano en el bolsillo, saca un teléfono y empieza a escribir.

Una sensación perversa me retuerce el estómago.

—¿Qué estás haciendo? —No responde y repito la pregunta, tratando de no sonar tan asustada como estaba—. Julian, ¿qué haces?

—Lo que tendría que haber hecho hace mucho tiempo —responde al fin, mirándome mientras guarda el teléfono en el bolsillo—. Todavía sueñas con él, ¿verdad? ¿Con ese chico que amaste una vez?

Se me para el corazón por un segundo.

—¿Qué? No, Julian, te lo prometo, Jake no tiene nada que ver con esto...

Me corta con gesto brusco y despectivo.

—Debería haberlo borrado de tu vida hace mucho tiempo. Ahora voy a poner remedio a ese descuido. Tal vez así aceptes que ahora estás conmigo, no con él.

—¡Estoy contigo! —No sé qué decir, cómo convencer a Julian de que no lo haga. Camino hacia él, le cojo las manos, el calor de su piel quema mis dedos helados—. Escúchame, te amo, te amo solo a ti... Él no significa nada para mí, ¡no significa nada desde hace mucho tiempo!

—Vale. —No se le ablanda la expresión, aunque dobla los dedos alrededor de los míos, aprisionándolos en sus manos—. Entonces no debería importarte lo que le pasara.

—No, no te confundas. Me importa porque es un ser humano, un inocente implicado en todo esto, ¡pero por ninguna otra razón! —Tiemblo muchísimo, me castañetean los dientes—. No merece ser castigado por mis pecados...

—Me da igual lo que merezca o no. —La voz de Julian me golpea como un látigo mientras me acerca aún más. Inclinándose, grita—: Quiero que salga de tu mente y de tu vida, ¿me entiendes?

Me arden aún más los ojos, veo borroso debido a las lágrimas que se me acumulan. A través de la bruma de pánico que me nubla la mente, me doy cuenta de que solo puedo hacer una cosa para detener esto: solo hay una forma de prevenir la muerte de Jake.

—Vale —susurro ante la derrota, mirando al monstruo del que me había enamorado—. Lo haré. Me casaré contigo.

La hora siguiente es surrealista.

Después de llamar a sus guardaespaldas, Julian me presenta a un anciano vestido con una túnica de sacerdote. El hombre no habla inglés, así que asiento con la cabeza y simulo entenderlo mientras me habla en un dialecto de español rápido y encendido. Me da vergüenza admitirlo, pero el único español que sé es el que aprendí en clase en secundaria. Cuando crecía, mis padres hablaban en inglés en casa y no pasaba suficiente tiempo con mi abuela para aprender más que algunas frases básicas.

Después de presentarme al sacerdote, Julian me lleva a otra salita, un despacho pequeño que tiene un escritorio y dos sillas. Tan pronto como llegamos allí, dos mujeres jóvenes entran en la habitación. Una de ellas trae un largo vestido blanco y la otra trae consigo zapatos y accesorios. Son amigables y están entusiasmadas, hablan conmigo en una mezcla de colombiano e inglés cuando empiezan a peinarme, y yo trato de responderles del mismo modo. Sin embargo, solo puedo responder con contestaciones secas y difíciles de entender; el nudo de miedo en la garganta cada vez más grande me impide actuar como la joven novia ilusionada que esperan ver. Al darse cuenta de mi falta de entusiasmo, Julian me lanza una mirada oscura, luego desaparece, dejando a las mujeres que me ayuden con todo.

Cuando terminan de ponerme guapa, estoy agotada mental y físicamente. A pesar de que Chicago y Bogotá están en la misma zona horaria, tengo *jet lag* y estoy cansadísima. Un entumecimiento extraño se apodera de mí, lo que alivia la tensión que sentía en el estómago.

Está pasando... Está pasando de verdad: Julian y yo nos casamos.

El pánico que se ha apoderado de mí antes se ha ido, se ha suavizado y ahora es una especie de resignación y agotamiento. No sé qué esperaba de un hombre que me retuvo durante quince meses. ¿Un debate moderado sobre los pros y los contras de casarse en este momento de nuestra relación? Resoplo para mis adentros. «Sí, claro». A posteriori, está claro que nuestra separación de cuatro meses ha emborronado los recuerdos de aquellas primeras semanas terribles en la isla, de alguna manera había idealizado en mi cabeza a mi secuestrador. Había empezado tontamente a pensar que las cosas podían ser diferentes entre nosotros, a creer que tenía algo de poder de decisión en mi vida.

—Listo. —La mujer que me estaba peinando me regala una radiante sonrisa, interrumpiendo así mis pensamientos—. Hermosa, señorita, muy hermosa. Ahora, por favor, el vestido, y luego le pondremos la cara más bonita.

Me dan ropa interior de seda para que me la ponga con el vestido y luego se alejan con discreción, dándome un poco de intimidad. No quiero alargar esto demasiado, así que me cambio rápidamente y me pongo el vestido, que, como el anillo, me queda perfectamente.

Ahora solo falta maquillarme y ponerme los accesorios, y las dos mujeres terminan con rapidez. Diez minutos después, estoy lista para la boda.

—Ven a verte —dice una de ellas, guiándome hacia la esquina de la habitación. Allí hay un espejo de cuerpo entero que no había visto antes, asombrada miro fijamente el reflejo en silencio; apenas reconozco la imagen que veo.

La chica del espejo es guapa y refinada, peinada con un elaborado recogido y maquillada con elegancia. El vestido de cola de sirena queda perfecto con su esbelta figura, con un corpiño que deja ver la elegante forma del cuello y los hombros. Unos pendientes de diamantes en forma de lágrima adornan los pequeños lóbulos de las orejas y un collar a juego brilla alrededor del cuello. Justo como debe ser una novia... sobre todo si se obvian las sombras que nublan su mirada.

«Mis padres habrían estado muy orgullosos».

El pensamiento surge de la nada y por primera vez me doy cuenta de que me voy a casar sin mi familia allí, que mis padres no podrán ver a su única hija en ese día tan especial. Un dolor sordo se extiende a través de mi pecho al pensarlo. No compraré el vestido de novia con mi madre, ni iré a probar tartas con mi padre.

No habrá despedida de soltera con mis amigas en un club de striptease de solo hombres.

Intento imaginar cómo Julian podría reaccionar ante algo así y se me escapa una risita inesperada. Estoy convencida de que esos pobres *strippers* saldrían del club en una de esas bolsas para cadáveres si me aventurase a acercarme a ellos.

Un golpe en la puerta interrumpe mis reflexiones medio histéricas. Las mujeres se apresuran a responder y oigo que Julian les habla en español. Volviéndose hacia mí, se despiden y salen deprisa.

En cuanto se van, Julian entra en la habitación.

A pesar de todo, no puedo evitar mirarlo fijamente.

Vestido con un esmoquin negro intenso que abraza su torso, un poderoso marco para esa perfección, mi futuro esposo es impresionante. Mi mente viaja a nuestra sesión de sexo en el avión y se me acumula calor húmedo entre los muslos, incluso los moratones comienzan a latirme al recordarlo. Él me está observando también, con su mirada caliente y posesiva mientras me recorre entera.

—¿No da mala suerte que el novio vea a la novia antes de la ceremonia? —Intento inyectar tanto sarcasmo a mi voz como puedo, tratando de obviar el efecto que tiene sobre mis sentidos. En este momento, lo odio casi tanto como lo amo y me molesta mucho querer abalanzarme sobre él. Ya debería estar acostumbrada a él, pero todavía encuentro preocupante la forma en que mi cerebro y mi cuerpo chocan cuando estoy con él.

Aparece una pequeña sonrisa en la comisura de su boca sensual.

—No pasa nada, mi gatita. Estamos por encima de eso. ¿Estás lista?

Asiento y me acerco a él. No tiene sentido retrasar lo inevitable; de una manera u otra, nos casamos hoy. Julian me ofrece su brazo y paso la mano por el hueco, dejándome llevar de vuelta a la hermosa habitación con el púlpito.

El cura nos está esperando, igual que Lucas. También hay una cámara de un tamaño considerable colocada en un trípode alto.

—¿Eso es para grabar la boda? —pregunto con sorpresa, deteniéndome en la entrada.

—Por supuesto. —A Julian le brillan los ojos—. Recuerdos y todas esas cosas buenas.

«Ajá». No me cabe en la cabeza por qué quiere hacerlo: que si el vestido, el esmoquin, la iglesia. Todo esto me confunde. No estamos forjando una unión amorosa; simplemente me está atando a él más en corto, formalizando su propiedad. Todo esto tan superficial carece de sentido, especialmente porque Lucas es el único que va a presenciar la ceremonia.

Pensar en esto hace que me duela de nuevo el pecho.

—Julian —le digo en voz baja, mirándolo—, ¿puedo llamar ahora a mis padres? Quiero contarles todo esto. Quiero que sepan que me voy a casar. —Estoy casi segura de que me va a decir que no, pero me siento obligada a preguntárselo de todos modos.

Para mi sorpresa, me sonríe.

—Si eso es lo que quieres, claro que sí, mi gatita. De hecho, después de que hables con ellos, pueden ver nuestra ceremonia por videoconferencia. Lucas lo puede hacer.

Me quedo boquiabierta. ¿Quiere que mis padres vean la boda? ¿Para verlo a él, el hombre que secuestró a su hija? Por un momento, siento como si estuviese en un universo paralelo, pero es entonces cuando el auténtico genio de su plan se ilumina ante mí.

—Quieres que te los presente, ¿no? —susurro, mirándolo fijamente—. Quieres que les diga que he venido contigo por voluntad propia y les enseñe lo felices que somos juntos. Así no tendrás que preocuparte por la policía o cualquier persona que te busque. Seré solo otra chica que se enamoró de un hombre guapo y rico y que huyó con él. Esas fotos... ese vídeo... todo para hacer el paripé.

Su sonrisa se vuelve más grande.

—La forma en la que actúes y lo que les digas depende de ti, mi gatita —dice con suavidad—. Pueden ser testigos de un momento alegre o puedes decirles que te han secuestrado de nuevo. Tú decides, Nora. Puedes hacer lo que quieras.

5

JULIAN

Tiene los ojos muy abiertos y no pestañea mientras me mira; sé exactamente lo que va a elegir. A ojos de sus padres, será la novia más feliz del mundo.

Hará la mejor actuación de su vida.

El enfado y algo más —algo que no me interesa examinar en detalle— se me revuelve en el estómago solo de pensarlo. Lógicamente entiendo que dude. Sé lo que soy, lo que le he hecho. A una mujer inteligente le faltaría tiempo para huir y Nora siempre ha sido más astuta y perspicaz que la mayoría.

Ella también es joven. A veces se me olvida. En el mundo acomodado de la clase media de Estados Unidos, pocas mujeres se casan a su edad. Puede que no pensara aún en el matrimonio, de hecho, es probable, dado que estaba en el instituto cuando la conocí.

Desde un punto de vista racional lo entiendo, pero la racionalidad no tiene nada que ver con los sentimientos salvajes que tengo a flor de piel. Quiero atarla, azotarla y luego follarla hasta que se quede en carne viva y pida misericordia, hasta que admita que es mía, que no puede vivir sin mí.

Pero no hago nada de eso. Al contrario, sonrío fríamente y espero a que decida.

Inclina la cabeza para asentir levemente.

—Está bien. —Apenas se escucha su voz—. Lo haré. Les contaré todo sobre nuestra aventura de amor.

Oculto mi satisfacción.

—Como quieras, mi gatita. Haré que Lucas establezca una conexión segura.

Y la dejo allí de pie, camino hacia Lucas para hablar sobre la logística de lo que había que hacer.

LE PIDO al padre Díaz que nos dé una hora antes de empezar la ceremonia y luego me siento en uno de los bancos, para así dar a Nora algo de intimidad para hablar con sus padres. Por supuesto, estoy controlando la conversación a través de un pequeño dispositivo bluetooth que llevo en la oreja, pero no hace falta que ella lo sepa.

Apoyándome contra la pared, me pongo cómodo y me preparo para divertirme.

Su madre coge el teléfono al primer tono.

—Hola mamá... soy yo. —La voz de Nora suena alegre y optimista, casi rebosante de entusiasmo. Reprimo una sonrisa; esto se le va a dar mejor de lo que pensaba.

—¡Nora, cariño! —Gabriela Leston habla llena de alivio—. Me alegra tanto que hayas llamado. He intentado llamarte cinco veces hoy, pero me saltaba el buzón de voz todo el rato. He estado a punto de ir allí en persona... ah, espera, ¿desde qué número me estás llamando?

—Mamá, no te asustes, pero no estoy en casa, ¿vale? —El tono que utiliza Nora es tranquilizador, pero me estremezco por dentro. No sé mucho acerca de padres normales, pero estoy seguro de que diciendo «no te asustes» consigue justamente que se asusten.

—¿Qué quieres decir? —La voz de su madre aumenta de inmediato—. ¿Dónde estás?

Nora carraspea.

—Esto... estoy en Colombia, para ser exactos.

—¿QUÉ? —Me estremezco ante el grito ensordecedor—. ¿Qué quieres decir con que estás en Colombia?

—Mamá, no lo entiendes, son buenas noticias... —Y empieza una explicación de cómo nos habíamos enamorado en la isla, lo desolada que había estado cuando pensaba que yo estaba muerto... y lo contentísima que se puso al enterarse de que estaba vivo.

Al terminar, reina el silencio al teléfono.

—¿Me estás diciendo que estás con él ahora? —pregunta finalmente su madre, con voz ronca y tensa—. ¿Volvió a por ti?

—Sí, exacto. —El tono de Nora es alegre—. ¿No lo ves, mamá? No podía decirte nada de esto antes porque me era demasiado difícil, porque pensé que lo había perdido. Pero ahora estamos juntos de nuevo y hay una cosa... hay algo asombroso que tengo que contarte.

—¿Qué pasa? —Su madre se muestra comprensiblemente cautelosa.

—¡Nos vamos a casar!

Hay otro largo silencio en el otro extremo de la línea. Después:

—Te vas a casar... ¿con él?

Reprimo otra sonrisa mientras Nora empieza a tratar de convencer a su madre de que no soy tan malo como piensan, que fue una combinación de circunstancias desafortunadas lo que derivó en el secuestro y que las cosas son muy diferentes entre nosotros ahora. No estoy seguro de si Gabriela Leston está creyéndose todo esto, pero tampoco tiene por qué hacerlo. La grabación de esta conversación será distribuida a personas clave en determinadas agencias gubernamentales para ayudar a calmar el alboroto. Soy demasiado valioso para ellos para que vayan a joderme, pero no va mal seguir un poco juego. La percepción lo es todo y que Nora sea mi esposa será mucho más agradable para ellos que siendo mi cautiva.

Podía haberme casado con ella antes, pero quería mantenerla oculta y a salvo. Por eso la secuestré y me la llevé a la isla: así nadie descubriría su paradero y sabría lo importante que era para mí. Ahora que se ha descubierto el secreto, sin embargo, quiero que todo el mundo sepa que es mía, que, si se atreven a tocarla, lo pagarán. Las noticias sobre mi *vendetta* contra Al-Quadar están empezando a filtrarse por las alcantarillas del inframundo y me he asegurado de que los rumores sean aún más crueles que la realidad.

Esos rumores mantendrán a la familia de Nora a salvo... eso y la seguridad que invierto en sus padres. Es improbable que alguien intente llegar a mí a través de mis suegros. No se me conoce precisamente como un padre de familia, aunque no pienso correr riesgos. Lo último que quiero es que Nora llore por sus padres como todavía llora la muerte de Beth.

Mientras Nora termina la conversación, el padre Díaz empieza a impacientarse. Le echo una mirada de advertencia y se calma inmediatamente; desaparece cualquier señal de molestia de sus rasgos. El buen padre me conoce desde que era niño y sabe cuándo ir con precaución.

Cuando vuelvo a mirar a Nora, me hace señas para que me acerque. Me levanto y camino hasta ella, apagando el dispositivo bluetooth mientras voy. Cuando me acerco, la oigo decir:

—Escucha, mamá, déjame presentártelo, ¿de acuerdo? Le voy a pedir que hagamos una videollamada, así será casi como si nos viésemos en persona... Sí, te llamo dentro de un par de minutos. —Y al colgar, me mira expectante.

—Lucas. —Apenas alzo la voz, pero él ya está allí, trayendo consigo un portátil con una conexión segura. Lo coloca en el alféizar de una ventana y lo apoya de modo que la pequeña cámara se dirija hacia nosotros. Un minuto después, hacemos la videollamada, y el rostro de Gabriela Leston cubre la pantalla. Tony Leston, el padre de Nora, está detrás de ella. Ambos me clavan inmediatamente la mirada con sus ojos oscuros, estudiándome con una mezcla peculiar entre hostilidad y curiosidad.

—Mamá, papá, os presento a Julian —dice Nora con suavidad e inclino la cabeza con una pequeña sonrisa. Lucas regresa al otro extremo de la habitación para dejarnos a solas.

—Me alegro de conoceros —mantengo intencionadamente la voz fría y firme—. Estoy seguro de que Nora ya os ha informado de todo. Pido disculpas por la velocidad con la que esto está sucediendo, pero me encantaría que pudierais formar parte de nuestra boda. Sé que significaría mucho para Nora que sus padres la presencien, aunque sea a distancia. —Nada de lo que diga a los Leston justificará mis actos ni los hará pensar como yo, así que ni siquiera lo intento. Nora es mía ahora y ellos tendrán que aprender a aceptarlo.

El padre de Nora abre la boca para decir algo, pero su esposa le da un codazo con brusquedad.

—Muy bien, Julian —dice despacio, mirándome con unos ojos clavaditos a los de su hija—, así que te vas a casar con Nora. ¿Podría preguntarte dónde vais a vivir después y si vamos a verla de nuevo?

Le sonrío. Otra mujer inteligente e intuitiva.

—Creo que durante los primeros meses estaremos aquí, en Colombia— le explico, manteniendo el tono suave y amistoso—. Me tengo que encargar de algunos asuntos de negocios. Después de eso, no obstante, nos agradará ir a visitaros o que vosotros nos visitéis.

Gabriela asiente con la cabeza.

—Entiendo. —La tensión permanece en su rostro, aunque parpadea brevemente en señal de alivio—. ¿Y qué pasa con el futuro de Nora? ¿Qué pasa con la universidad?

—Me aseguraré de que reciba una buena educación y tenga la oportunidad de lograr lo que a ella le gusta. —Los miro seriamente—. Por supuesto, seguro que ya habréis visto que Nora no necesita preocuparse por el dinero. Ni vosotros tampoco. Estoy más que acomodado, económicamente hablando, y sé cuidar de mí mismo.

Tony Leston entrecierra los ojos, enfadado.

—No quiero que compres a nuestra hija... —empieza a decir; su esposa le da un codazo para que calle. Es evidente que la madre de Nora comprende mejor la situación; sabe que esta conversación podría ni siquiera estar teniendo lugar.

Me inclino para estar aún más cerca de la cámara.

—Tony, Gabriela —digo en voz baja—, entiendo vuestra preocupación. Sin embargo, dentro de menos de media hora, Nora será mi esposa, mi responsabilidad. Os aseguro que cuidaré de ella y haré todo lo posible para que sea feliz. No tenéis nada de qué preocuparos.

Tony aprieta la mandíbula, pero esta vez permanece en silencio. Es Gabriela quien habla a continuación:

—Te agradeceríamos poder hablar con ella con regularidad para asegurarnos de que sigue tan feliz como lo parece hoy.

—Por supuesto. —No tengo ningún problema en concederles ese privilegio—. La ceremonia comienza dentro de unos minutos, por lo que debemos configurar una videollamada que vaya más rápida. Ha sido un placer conoceros a los dos —digo educadamente y cierro el portátil.

Me doy la vuelta, veo que Nora me observa bastante desconcertada. Con ese vestido largo y blanco y con el cabello recogido parece una princesa, lo que, supongo, me convierte en el malvado dragón que la tiene cautiva.

Es inexplicable, pero esto me divierte. Levanto la mano y le acaricio la suave mejilla.

—¿Estás lista, mi gatita?

—Sí, creo que sí —murmura, mirándome fijamente. Las maquilladoras le han hecho algo en los ojos, han conseguido que parezcan aún más grandes y misteriosos. Su boca también parece más suave y brillante que de costumbre… muy follable. Una aguda oleada de lujuria me coge desprevenido y tengo que dar un paso atrás para no cometer un sacrilegio en mi propia boda.

—El vídeo está preparado —me informa Lucas, acercándose a nosotros.

—Gracias, Lucas —le digo. Después, me vuelvo hacia Nora, le cojo la mano y la conduzco hacia el padre Díaz.

6

NORA

La ceremonia en sí dura unos veinte minutos. Sé que nos enfocan con una cámara, de modo que pongo mi mejor sonrisa y me esfuerzo todo lo que puedo por parecer una novia feliz y radiante.

Sigo sin comprender por completo la reticencia que siento. Al fin y al cabo, voy a casarme con el hombre que quiero. Cuando creía que estaba muerto, quería irme con él y necesité de toda mi fuerza para sobrevivir día a día. No quiero estar con otra persona que no sea Julian y, aun así, no puedo evitar que me entren escalofríos.

Reconozco que ha manejado lo de mis padres sin problemas. No sé qué me esperaba, pero, desde luego, no me esperaba la conversación tranquila y casi civilizada que han mantenido. Ha llevado las riendas de la conversación todo el rato, con una actitud impasible que no daba lugar a acusaciones dramáticas y recriminaciones. Se ha disculpado por las prisas para casarnos, pero no por haberme secuestrado... porque no se siente culpable. En su cabeza cree estar en su derecho de hacer lo que quiera conmigo. Así de simple.

Tras un discurso interminable, el padre Díaz se dirige a Julian. Pillo algunas palabras —dice algo sobre la esposa, el amor, la protección— y acto seguido oigo la voz grave de Julian, contesta «Sí, *quiero*».

Ahora me toca a mí. Miro a Julian y se cruzan nuestras miradas. Esboza una cálida sonrisa, pero sus ojos son otro cantar. Sus ojos reflejan deseo y necesidad y bajo todo eso, una posesividad oscura y absorbente.

—*Sí, quiero* —respondo en voz baja repitiendo las palabras de Julian.

Sí, quiero. Lo poco que sé de español me vale para entender eso al menos.

Julian sonríe aún más. Saca otro anillo de su bolsillo, una alianza estrecha con un diamante incrustado, a juego con mi anillo de compromiso, y me lo pone en el dedo que muevo, nerviosa. Después me coloca una alianza de platino en la palma de la mano y me extiende la mano izquierda.

La palma de su mano es casi dos veces el tamaño de la mía. Sus dedos son largos y varoniles. Tiene manos de hombre, fuertes y ásperas por los callos; unas manos que pueden dar placer y herir con la misma facilidad.

Respiro hondo, le pongo la alianza de boda en el dedo anular izquierdo y lo miro, escuchando a medias al padre Díaz mientras concluye la ceremonia. Clavo los ojos en las facciones atractivas de Julian y solo pienso en que no hay vuelta atrás: mi secuestrador ha pasado a ser mi marido.

Tras la ceremonia, me despido de mis padres y les aseguro que hablaremos pronto. Mi madre llora y mi padre me mira impasible, lo que significa, por regla general, que está muy molesto.

—Mamá, papá, estamos en contacto, lo prometo —digo intentando contener las lágrimas—. No volveré a desaparecer. Todo saldrá bien. No hay nada de qué preocuparse.

—Os aseguro que os llamará pronto —añade Julian y tras varias despedidas con lágrimas de por medio, Lucas desconecta el vídeo.

Pasamos la siguiente media hora sacando fotos por todos lados en aquella iglesia preciosa y más tarde nos cambiamos de ropa y nos dirigimos de nuevo al aeropuerto.

Ya es por la tarde y estoy completamente agotada. El estrés de las últimas horas junto con el viaje me ha dejado muerta de cansancio. Cierro los ojos y me recuesto en el asiento de cuero negro mientras el coche se abre paso por las calles oscuras de Bogotá. No quiero pensar en nada, solo quiero dejar la mente en blanco y relajarme. Me muevo tratando de dar con la postura más cómoda para mi trasero dolorido.

—¿Estás cansada, cariño? —murmura Julian, a la vez

que me pone la mano en la pierna. Me masajea el muslo apretando suavemente con los dedos y abro los ojos con dificultad.

—Un poco —admito mientras me giro hacia él—. No estoy acostumbrada a tanto viaje… ni a casarme.

Me sonríe y sus dientes brillan en la oscuridad.

—Bueno, por suerte no tendrás que volver a pasar por esto. Por lo de la boda, quiero decir. No puedo prometerte nada sobre lo de volar.

Quizás sea porque estoy demasiado cansada, pero por alguna razón me resulta ridículamente gracioso. Se me escapa una risita tras otra hasta que no puedo parar de reír, mientras doy vueltas en el asiento trasero del coche.

Julian me observa con calma y cuando empiezo a tranquilizarme, me sienta en su regazo y me besa reclamando mi boca con un beso largo y pasional que me deja, literalmente, sin aliento. Cuando me deja recuperar el aliento, apenas puedo recordar mi propio nombre y mucho menos de qué me estaba riendo antes.

Los dos jadeamos y nuestras respiraciones se entremezclan mientras nos miramos el uno al otro. Su mirada evidencia el deseo que siente, pero hay algo más en ella; un apetito casi violento que va más allá de la simple lujuria. Siento un nudo en la garganta y cómo me enamoro más, perdiéndome aún más.

—¿Qué quieres de mí, Julian? —susurro mientras alzo la mano para acariciar su mandíbula marcada—. ¿Qué necesitas?

No contesta, pero me cubre la mano con la suya y la presiona contra su rostro por unos instantes. Cierra los ojos como si estuviera empapándose de esa sensación y al abrirlos, el momento se ha desvanecido.

Tras incorporarme en su regazo, me pone a plomo el brazo sobre los hombros y me acomoda a su lado.

—Descansa un poco, cielo —murmura con la boca entre mi pelo—, todavía falta mucho para llegar a casa.

Me vuelvo a quedar dormida en el avión conque no sé cuánto tiempo dura el vuelo. Julian me despierta antes de aterrizar y lo sigo adormilada.

Un aire cálido y húmedo me da en la cara nada más desembarcar; es tan sofocante que parece una manta mojada. Vale que Bogotá es más caluroso que Chicago, donde suele hacer unos dieciséis grados, pero esto parece una sauna. Llevo puestas las botas de invierno y un suéter de lana y me estoy cociendo.

—Bogotá está a mayor altitud —dice Julian, como si me hubiera leído la mente—. Aquí abajo, está la *tierra caliente*, la zona caliente de baja altitud.

—¿Dónde estamos? —pregunto según me voy espabilando. Oigo el chirrido de los insectos y el aire huele a vegetación abundante, a trópicos—. Me refiero a en qué parte del país.

—En el sudeste —contesta Julian al tiempo que me guía hacia un todoterreno al otro lado de la pista—. De hecho, estamos exactamente en el límite de la Amazonia.

Levanto la mano para rascarme el rabillo del ojo. No sé mucho de geografía colombiana, pero parece que se trata de un lugar remoto.

—¿Hay algún pueblo o ciudad cerca?

—No —responde él—. Por eso es tan hermoso, mi amor. Estamos completamente aislados y a salvo. Nadie podrá molestarnos aquí.

Llegamos al coche y me ayuda a entrar. Lucas tarda unos minutos en llegar y nos ponemos en marcha por una carretera sin asfaltar a través de una zona poblada de árboles.

Está oscuro como la boca de un lobo; los faros del coche son la única fuente de luz que tenemos. Observo curiosa entre la oscuridad, tratando de averiguar dónde nos encontramos, pero solo veo árboles y más árboles.

Desisto de ese esfuerzo inútil y decido ponerme cómoda. Dentro del coche con el aire acondicionado a tope se está más fresco, pero sigo teniendo un calor terrible, así que me quito el suéter. Por suerte llevo una camiseta de tirantes debajo. Siento la brisa en mi piel acalorada, suspiro aliviada y me abanico para refrescarme lo antes posible.

—Tengo algo de ropa para ti más apropiada para este clima —dice mientras sigue de cerca lo que hago con una media sonrisa—. Me la tendría que haber traído, pero estaba demasiado ansioso por tenerte a mi lado.

—¿De verdad? —lo miro de reojo, complacida por lo que ha dicho.

—Fui a buscarte en cuanto pude —murmura y sus ojos brillan en el oscuro interior del coche—. No pensarías que iba a dejarte sola mucho tiempo, ¿no?

—No, claro —digo en voz baja.

Es verdad. Si hay algo que nunca he dudado es que me desea. No estoy segura de si me quiere o si es capaz de querer a alguien, pero nunca he puesto en duda todo lo que me desea. Arriesgó la vida en aquel almacén y sé que volvería a hacerlo. Esa certeza me cala hasta los huesos y me reconforta de una manera peculiar.

Cierro los ojos, me reclino en el asiento y suspiro de nuevo. La disyuntiva entre mis sentimientos me da dolor de cabeza. ¿Cómo es posible que esté molesta con Julian por haberme obligado a casarme con él y a la vez alegrarme de que estuviera impaciente por secuestrarme otra vez? ¿Qué persona, en su sano juicio, puede sentirse así?

—Ya hemos llegado —dice interrumpiendo mis pensamientos. Abro los ojos y descubro que el coche está parado.

Frente a nosotros hay una mansión majestuosa de dos plantas rodeada por edificios más pequeños. Las luces exteriores iluminan todo en los alrededores y veo un amplio y exuberante césped, un paisaje cuidado meticulosamente. Ahora entiendo por qué Julian le llamaba finca o hacienda.

Veo los sistemas de seguridad, miro alrededor con

curiosidad y Julian me ayuda a salir del coche para acompañarme hasta el edificio principal. En los límites de la propiedad hay torres con una distancia entre sí de unos diez metros, con hombres armados en lo alto de cada una de ellas.

Parece casi como si estuviésemos en la cárcel, excepto que los vigilantes están para mantener a los malos fuera, no dentro.

—¿Te criaste aquí? —le pregunto conforme caminamos hacia la casa. Es un edificio precioso. Blanco y con columnas majestuosas en la parte delantera. Me recuerda un poco a la hacienda de Escarlata O'Hara en *Lo que el viento se llevó*.

—Sí. —Me mira de soslayo—. Pasé casi todo el tiempo aquí hasta que cumplí siete u ocho años. Después, recorrí las ciudades ayudando a mi padre con el negocio.

Subimos los escalones del porche y Julian se detiene en la entrada, se agacha y me coge en brazos. Antes de que pueda abrir la boca, cruza el umbral conmigo a cuestas y me suelta una vez dentro.

—No veo por qué no deberíamos seguir con la tradición —murmura con una sonrisa pícara con sus manos aún en mi costado y los ojos fijos en mí.

Esbozo una sonrisa como respuesta. No puedo decirle que no cuando se pone juguetón.

—Vaya, casi lo olvido. Eres el Señor Tradiciones hoy —digo en tono jocoso, intentando no pensar en el carácter forzoso de nuestro matrimonio. Por mi salud mental, más me vale separar lo bueno de lo malo y vivir el momento lo máximo posible—. Y yo que pensaba que lo habías hecho porque te apetecía cogerme...

—Así es —admite con una gran sonrisa—. Es la primera vez que mis ganas coinciden con la tradición, así que ¿por qué no seguirla?

—Me apunto —digo con ternura mientras lo miro. En este mismo momento mi cabeza está en el lado de «los buenos ratos». Aceptaré con mucho gusto lo que quiera, haré lo que quiera.

—¿Señor Esguerra? —Una voz indecisa de mujer nos interrumpe. Me giro y veo una mujer de mediana edad parada. Lleva un vestido negro de manga corta con un delantal alrededor de su redondeada figura—. Ya está todo listo, tal y como usted pidió —dice con acento inglés mientras nos observa con una curiosidad que apenas contiene—. ¿Sirvo la cena?

—No, gracias, Ana —responde con su mano posada en actitud dominante en mi cadera—. Tráenos una bandeja con bocadillos a la habitación, por favor. Nora está cansada del viaje. —Me mira—. Nora, te presento a Ana, el ama de llaves. Ana, esta es Nora, mi esposa.

Ana abre los ojos marrones en señal de sorpresa. Por lo que parece, lo de «esposa» la sorprende tanto como me había pasado a mí, aunque se repone enseguida.

—Encantada de conocerla, señora —me dice con una amplia sonrisa—. Bienvenida.

—Gracias, Ana. Es un placer conocerla. —Le devuelvo la sonrisa no haciendo caso al agudo dolor que me oprime el pecho. Esta ama de llaves no tiene nada que ver con Beth, pero no puedo evitar pensar en esa mujer que se convirtió en amiga y en su muerte cruel y sin motivo.

«No empieces con eso ahora, Nora». Solo me faltaba despertarme gritando por otra pesadilla.

—Por favor, encárguese de que no nos molesten —indica Julian—. A no ser que sea urgente.

—Sí, señor —murmura y desaparece a través de las amplias puertas dobles que dan fuera del recibidor.

—Ana forma parte del personal de aquí —me explica mientras me guía hacia una escalera enorme y curvada—. Lleva casi toda la vida trabajando en una cosa u otra con mi familia.

—Parece agradable —digo estudiando mi nuevo hogar mientras subimos las escaleras.

No había estado nunca en una casa tan suntuosa. Me cuesta creer que vaya a vivir aquí. La decoración es una mezcla exquisita de encanto antiguo y de elegancia moderna con suelos de madera relucientes y obras de arte abstracto en las paredes. Me da en la nariz que los marcos de fotos bañados en oro valen más que cualquier cosa de mi estudio.

—¿Cuántos empleados hay?

—Hay dos que están siempre al cargo en la casa —responde—. Ana, la que acabas de conocer y Rosa, la criada. Seguramente la conocerás mañana. También están los jardineros, los empleados de mantenimiento y otros que supervisan la propiedad en conjunto. —Se detiene en frente de una de las puertas en el piso de arriba y me la abre—. Ya hemos llegado, te presento nuestra habitación.

«Nuestra habitación». Suena muy hogareño. En la isla tenía mi propia habitación y aunque dormíamos juntos casi siempre, seguía siendo mi espacio personal, de lo que no parece que vaya a disfrutar aquí.

Pongo un pie dentro e inspecciono la habitación con cautela. Al igual que el resto de la casa, tiene un aspecto antiguo y opulento, a pesar de varios toques modernos. Hay una gran alfombra azul en el suelo y una cama monumental con dosel en el centro. Todo está decorado en tonos azules y crema con algunos detalles dorados y de bronce. Las cortinas que cubren las ventanas son gruesas y pesadas, como las de un hotel de lujo y otros pocos cuadros abstractos cuelgan de las paredes.

Es precioso e intimidatorio, como el hombre que ahora es mi marido.

—¿Te apetece darte un baño? —dice Julian con ternura detrás de mí. Me rodea con sus brazos fuertes y acerca los dedos a la hebilla de mi cinturón—. Podríamos hacerlo juntos...

—Claro, suena bien —susurro y dejo que me desnude.

Me siento como una muñeca o, quizás, como una princesa, dado el lugar. Mientras me quita la camiseta y me baja los vaqueros, me roza la piel desnuda con las manos y una sensación de calor me invade entera.

«Nuestra noche de bodas». Hoy es ese día. Los

nervios y la excitación me aceleran la respiración. No sé lo que me tiene preparado, pero no hay lugar a dudas, por el bulto duro contra mi espalda, de que tiene la intención de follarme de nuevo.

Una vez desnuda por completo, me giro para verle la cara y observo cómo se desnuda. Sus músculos definidos brillan en la luz tenue que entra por el recoveco del techo. Está un poco más delgado que antes y tiene una cicatriz nueva en las costillas. Aun así, es el hombre más impresionante que he visto nunca. Está erecto. Me acerca su polla gruesa y enorme y trago saliva. Siento cómo mi sexo se estremece al verlo y al mismo tiempo, siento un ligero dolor en mi interior y el daño continuo en mi vientre magullado.

Quiero hacerlo, pero no creo que hoy pueda soportar más dolor.

—Julian… —titubeo, tratando de dar con las palabras adecuadas—. ¿Hay alguna forma de…? ¿Podemos…?

Camina hacia mí y me toma la cara con sus grandes manos. Le brillan los ojos al mirarme.

—Claro —susurra en un gesto de sobreentender mi pregunta a medias—. Por supuesto, cariño. Eso haremos y será la noche de bodas de tus sueños.

7

JULIAN

Me agacho y le paso el brazo por debajo de las rodillas para levantarla y llevarla al baño donde Ana nos está preparando el jacuzzi. No pesa casi nada debido a su constitución pequeña.

«Mi esposa». Ahora Nora es mi esposa. La enorme satisfacción que me invade al pensar en ello no tiene mucho sentido, pero no quiero ahondar en eso. Es mía y eso es lo que importa. Me acostaré con ella y la consentiré y ella, a cambio, satisfará todos mis deseos sin importar lo oscuros o retorcidos que sean. Me entregará su cuerpo entero y yo lo aceptaré. La poseeré por completo y después le exigiré más.

Sin embargo, esta noche le voy a dar todo lo que quiera. Seré dulce, amable y tan cariñoso como cualquier marido con su nueva esposa. Por ahora, el sádico que hay dentro de mí está tranquilo, conforme. Ya habrá tiempo para castigarla después por mostrarse reacia en la iglesia. En este momento, no deseo hacerle daño; solo quiero tenerla entre mis brazos, acariciar su piel sedosa y sentir cómo se estremece de placer. Mi miembro está duro, palpita con exigencia, pero esta vez las ansias son distintas, más controladas.

Me meto en el jacuzzi largo y redondo, me coloco a Nora sobre el regazo y nos sumerjo a ambos en el agua espumosa. Ella deja escapar un suspiro gozoso, se relaja y se inclina sobre mí cerrando los ojos y apoyando la cabeza sobre mis hombros. Me hace cosquillas en la piel con su pelo brillante, cuyas puntas largas flotan en el agua. Me muevo un poco y dejo que los chorros de agua potentes me masajeen la espalda. Siento cómo la tensión va desapareciendo gradualmente a pesar de mi persistente excitación sexual.

Durante un par de minutos me satisface estar allí sentado sin más, acunándola entre mis brazos. A pesar del calor sofocante de fuera, la temperatura de la casa es fresca y mi piel agradece el agua caliente. Es muy relajante. Me imagino que a Nora también le sienta bien y le alivia el dolor de los moratones que le hice antes.

Levanto la mano y le acaricio la espalda vagamente, maravillándome con la suavidad de su piel de oro. Se me contrae el pene y pide más, pero esta vez no tengo prisa. Quiero prolongar este momento para que el juego de los preliminares sea más intenso.

—Esto me gusta —murmura después de un rato y vuelve la cabeza hacia mí para mirarme fijamente. Tiene los párpados caídos y las mejillas rosadas debido a la temperatura del agua, de manera que parece que se la acaban de follar con vehemencia—. Ojalá me pudiera dar un baño como este todos los días.

—Puedes hacerlo —digo con suavidad, le doy la vuelta sobre mi regazo para que pueda mirarme directamente a la vez que sumerjo la mano para cogerle el pie derecho—. Puedes hacer lo que quieras. Ahora esta es tu casa.

Le aprieto un poco la planta del pie y se la empiezo a masajear como a ella le gusta, disfrutando de los gemidos contenidos que emite. Al igual que el resto del cuerpo, tiene los pies pequeños y bonitos. Son incluso sexis con ese pintaúñas rosa que lleva puesto. Sucumbo ante la necesidad repentina de levantarle el pie para metérmelo en la boca y se lo chupo suavemente, repasando cada dedo con la lengua. Gime y me mira fijamente, puedo oír cómo se le acelera la respiración; el deseo hace que se le oscurezcan los ojos. Me doy cuenta de que esto la pone cachonda, lo que provoca que se me endurezca aún más el pene.

A continuación, le sostengo la mirada mientras alcanzo su otro pie para darle el mismo trato. Al pasarle la lengua por los dedos de los pies, los encoge y la respiración se le vuelve inestable al tiempo que saca la lengua para humedecerse los labios. Siento aún más dolor en la entrepierna; le suelto el pie para acariciarle la parte interior de las piernas y subo despacio. Noto cómo le tiemblan los músculos de los muslos y se le tensan a medida que me voy acercando a su sexo.

Cuando le rozo la vagina con los dedos, le separo esos pliegues suaves. Después, introduzco la punta del dedo corazón en la abertura pequeña a la vez que utilizo el pulgar para presionar su clítoris.

En su interior la sensación es de calor y humedad, las paredes de su vagina me aprietan tanto el dedo que mi pene responde irguiéndose con ímpetu. Gime discretamente y me acerca las caderas, por lo que le meto el dedo aún más en la vagina. Desde lo más profundo de la garganta deja escapar un grito ahogado y se echa hacia atrás como queriendo apartarse de mí, pero con la mano que me queda libre le cojo el brazo y la atraigo hacia mí para que no se separe de mi lado.

—No te resistas cielo —susurro y la sujeto para que no se mueva mientras empiezo a penetrarla con el dedo, con el pulgar aplico presión rítmica al clítoris—. Solo déjate llevar... Si, justo así.

Hecha la cabeza hacia atrás, cierra los ojos y en su cara se dibuja una expresión resultante de la sensación de éxtasis intenso que recorre todo su cuerpo.

«Hermosa. Es tan guapa...». No puedo quitarle el ojo de encima, ardo en deseos de ver cómo se corre entre mis brazos. Se le arquea ese cuerpo delgado, se tensa y después grita de placer; noto en el dedo los estremecimientos de su placer. Esos movimientos tan escurridizos provocan que me palpite el pene con una intensidad agónica.

No puedo más. Saco el dedo de su sexo y me pongo de pie a la vez que la levanto a ella también con los brazos. Abre los ojos y me rodea el cuello con los brazos mirándome atentamente mientras salgo del jacuzzi y la llevo de vuelta a la habitación. Ambos estamos chorreando, pero no puedo parar ni un segundo. No me importa una mierda mojar las sábanas ahora mismo; nada me importa salvo ella.

Llego a la cama, la tumbo y mis manos tiemblan por la lujuria impetuosa que me invade en estos momentos. Cualquier otra noche ya estaría dentro de ella, dándole duro a su vagina prieta hasta explotar, pero esta noche no. Esta noche es para ella. Esta noche le daré lo que me ha pedido: una noche de bodas con su amante, no con un monstruo.

Me mira, en sus ojos oscuros se vislumbra un deseo sobrenatural. Me meto en la cama, me coloco entre sus piernas y me inclino sobre su piel sedosa y dulce. Dejo a un lado lo que ansía mi pene dolorido y empiezo a besarle suavemente el interior de los muslos. Después me voy moviendo hacia arriba lentamente hasta llegar a mi objetivo: el la abertura que tiene entre las piernas; rosada, mojada e hinchada debido al orgasmo anterior.

Le aparto los pliegues con los dedos y chupo justo alrededor del clítoris, saboreando su esencia, después, meto la lengua hasta dentro, penetrándola tan profundamente como puedo. Se estremece, sus manos encuentran el camino hasta mi cabeza y siento cómo me clava las uñas en el cráneo. Me roza la cicatriz con uno de los dedos, lo que me provoca una oleada de dolor por el cuerpo entero, pero no le hago caso y me centro solo en complacerla, en hacer que se corra. Me rebelo con cada gota de humedad que sale de su cuerpo, con cada suspiro y gemido. Trabajo con mi lengua sobre el conjunto de nervios de la punta de su sexo. Empieza a temblar, ahora se le tensan las ingles, no dejan de vibrar y saboreo un chorro de un líquido agridulce. Al correrse ha dejado escapar un grito feroz. Sube las caderas sobre la cama y continúa frotando la vagina contra mi lengua.

Entonces se relaja, sin dejar de jadear, y trepo por su cuerpo. Le doy un beso en la delicada oreja. Aún no he terminado con ella, ni por asomo.

—Eres tan dulce —susurro mientras noto que tiembla ante la calidez de mi aliento.

Aún me late la polla con más fuerza ante su respuesta, a mis huevos les queda poco para explotar y las palabras que se avecinan suenan roncas y ásperas, casi guturales.

—Joder, eres tan dulce... Deseo tanto follarte, pero no lo haré.

Le succiono el lóbulo de la oreja, lo que provoca que se agarre a mi costado.

—No hasta que te corras para mí otra vez. ¿Crees que te correrás para mí, cielo?

—No... no creo. —Suspira a la vez que se retuerce entre mis brazos. Me dirijo con la boca hacia su garganta, dejándole un rastro húmedo y cálido por la piel.

—Yo creo que sí —murmuro. Le paso la mano derecha por el cuerpo y noto su vagina empapada.

Mientras, mis labios viajan a través de sus hombros hacia la parte superior de su pecho, le masajeo el clítoris hinchado con los dedos y ella empieza a jadear otra vez. Su respiración se vuelve errática cuando acerco la boca a sus pechos. Tiene los pezones duros como si suplicaran que los tocara y succiono uno para chuparlo con fuerza. Ella emite un sonido a medio camino entre un gemido y una súplica. Centro la atención en su pezón, chupándolo hasta que la dejo temblando bajo mi cuerpo, la humedad de su sexo me inunda la mano. Sin embargo, antes de llegar al clímax, me deslizo por su cuerpo y la saboreo de nuevo, le paso la lengua por el seno, haciendo que vuelvan las contracciones.

La sigo chupando hasta que veo que su orgasmo ha terminado, después me acerco a ella otra vez, apoyándome sobre el codo derecho. Le agarro la mandíbula con la mano izquierda obligándola a mirarme. Parece tener los ojos descentrados, nublados por el placer; agacho la cabeza y reclamo su boca con un beso profundo y exhaustivo. Sé que saborea su esencia en mis labios y como eso me excita, el pulso se me acelera. Al mismo tiempo, me pasa las manos alrededor del cuello y me abraza. Noto sus pechos contra mi torso desnudo; sus pezones parecen perlas pequeñas y duras.

«Joder. Tengo que hacerla mía. Ahora».

Lucho para mantener el control, continúo besándola mientras utilizo las rodillas para separarle los muslos. Acerco la punta del pene contra su abertura y con la mano izquierda le acaricio la nuca.

Después empiezo a penetrarla. También es pequeña por dentro y muy prieta. Noto cómo su piel mojada me traga gradualmente, me engulle, lo que provoca que un hormigueo me recorra la columna vertebral. Se me contraen los testículos. Ni siquiera estoy completamente dentro de ella y estoy a punto de explotar por el placer casi cegador que me proporciona verla así. «Despacio», me digo a mí mismo con dureza. «Ve despacio».

Nora aparta su boca de la mía y percibo su respiración en la oreja; la noto jadear suave y lentamente.

—Te deseo —susurra y sube las piernas para rodearme las caderas agarrándose a mí con fuerza. Ese movimiento hace que me adentre aún más en su cuerpo y eso provoca en mí un grito necesitado que delata mi desesperación—. Por favor, Julian...

Oírla decir eso me hace perder el control. «A la mierda con ir despacio». Emito un gruñido grave desde el pecho vibrante y la agarro del pelo mientras empiezo a embestirla de una forma salvaje e incansable. Grita, se me agarra al cuello y su cuerpo, impaciente, acoge mis embestidas.

La mente me estalla con distintas sensaciones entre las que destaca un éxtasis apabullante. Es justo lo que quiero y necesito. ¿Por qué iba a dejarla escapar? Nuestros cuerpos se fusionan en la cama y las sábanas mojadas se enredan en nuestras extremidades mientras me pierdo en ella, en los sonidos y olores del sexo ardiente y sin inhibiciones. Nora es como fuego líquido, su cuerpo delgado se arquea entre mis brazos, trepa con sus piernas alrededor de mis muslos. Cada embestida hace que la penetración sea más profunda hasta el punto de sentir que nos unimos en un solo ser.

Ella alcanza el clímax primero y su sexo me aprieta con fuerza. Primero oigo su grito asfixiado al tiempo que me muerde los hombros por la agonía de su orgasmo y después llego yo, que me muevo sobre ella mientras mi semilla sale disparada en un chorro continuo y caliente.

Respiro con dificultad y me dejo caer encima de ella: mis hombros no pueden soportar ya mi peso. Me tiemblan todos los músculos debido a la fuerza de mi liberación y termino cubierto por una fina capa de sudor. Tras un par de minutos reúno la fuerza suficiente para darme la vuelta sobre la espalda arrimándola para que descanse encima de mí.

No debería de ser tan intenso de nuevo, no después de cómo hemos follado antes, pero lo es. Siempre lo es. No hay ni un solo momento que no la quiera, que no piense en ella. Si la perdiera...

«No». Me niego a pensar en eso. No pasará. No dejaré que pase.

Haré todo lo que sea necesario para mantenerla salvo.

A salvo de todo el mundo, excepto de mí.

8

NORA

Cuando me levanto por la mañana Julian ya se ha ido.

Al salir de la cama voy directa a la ducha, me noto sucia y sudada tras la pasada noche. Ambos nos quedamos dormidos después de haber hecho el amor, demasiado agotados como para lavarnos o para cambiar las sábanas mojadas. Más tarde, justo antes de amanecer, Julian me despertó penetrándome otra vez. Sus manos habilidosas me llevaron al orgasmo antes de que me hubiera despertado del todo. Es como si siempre quisiera más de mí y su alta libido se disparara.

Por supuesto, yo también quiero siempre más de él.

Se me dibuja una sonrisa al recordar la pasión ardiente de la noche anterior. Julian me prometió la noche de bodas de mis sueños y lo cierto es que me la dio. Ni siquiera recuerdo cuántos orgasmos he tenido durante las últimas veinticuatro horas. Por supuesto, ahora estoy aún más dolorida, tengo mi interior en carne viva de follar tanto.

Sin embargo, me siento mucho mejor hoy, tanto física como mentalmente. Los moratones de los muslos están menos sensibles al tacto y ya no me siento tan abrumada. Incluso el hecho de haberme casado con Julian me parece menos desagradable por el día. En realidad, nada ha cambiado, salvo que ahora hay un trozo de papel que nos une y hace saber al mundo que le pertenezco. Secuestrador, amante o esposo, es todo igual; la etiqueta no cambia la realidad de nuestra relación disfuncional.

Me meto bajo el agua de la ducha y me reclino para que el agua caliente me caiga por la cara. La ducha es tan lujosa como el resto de la casa, con una forma circular en la que podrían caber diez personas. Me limpio y me froto cada milímetro hasta que vuelvo a sentirme humana. Después vuelvo al dormitorio para vestirme.

Encuentro un armario enorme al final de la habitación, donde sobre todo hay ropa de verano ligera. Al acordarme del calor sofocante que hace fuera, elijo un vestido azul sencillo sin mangas y luego me calzo unas chanclas marrones. No es el atuendo más sofisticado, pero valdrá.

Estoy lista para explorar mi nuevo hogar.

LA FINCA ES ENORME, mucho más grande de lo que creía ayer. Junto a la casa principal también se encuentran los barracones para los más de doscientos guardias que vigilan el perímetro y unas cuantas casas donde viven los empleados y sus familias. Es casi como un pueblo pequeño o más bien una especie de complejo militar.

Ana me cuenta todo esto en el desayuno. Por lo visto Julian avisó de que tendría que comer y ducharme cuando me levantara. El trabajo lo tiene ocupado, como siempre.

—El señor Esguerra tiene una reunión importante —explica Ana mientras me sirve un plato al que llama «migas de arepa»: huevos revueltos con trozos de maíz y salsa de tomate y cebolla—. Me pidió que me ocupara de usted hoy, así que, si necesita algo, dígamelo. Si quiere, Rosa puede darle un paseo por aquí después del desayuno.

—Gracias, Ana —digo hincándole el diente a la comida. Está increíblemente deliciosa; el sabor dulce de las arepas complementa el picante de los huevos—. Un paseo estaría genial.

Charlamos un poco mientras termino de comer. Además de conocer la finca, también me entero de que Ana lleva viviendo en esta casa casi toda la vida y que comenzó de joven como criada al servicio del padre de Julian.

—Así aprendí a hablar inglés —dice mientras me sirve una taza de chocolate caliente y espumoso—. La señora Esguerra era americana, igual que usted, y no hablaba nada de español.

Asiento al recordar lo que Julian me había contado sobre su madre. Había sido modelo en Nueva York antes de casarse con su padre.

—¿Entonces ya conocía a Julian de niño? —pregunto sorbiendo el rico chocolate caliente. Al igual que los huevos, tiene un sabor extraño, con un toque de clavo, canela y vainilla.

—Sí —Ana se calla como temiendo haber hablado demasiado. Le devuelvo una sonrisa alentadora, esperando incitarla a que me cuente algo más, pero ella empieza a lavar los platos, lo que significa el fin de la conversación.

Suspiro, me termino el chocolate caliente y me levanto. Quiero saber algo más de mi esposo, pero tengo el presentimiento de que Ana será tan reservada con este tema como Beth.

«Beth». Ese dolor familiar, que trae consigo una rabia ardiente, aparece de nuevo. No olvido de su violenta muerte y este recuerdo amenaza con ahogarme, si se lo permito. Cuando Julian me contó por primera vez lo que hizo a los atacadores de Maria, me horroricé, pero ahora lo entiendo. Desearía ponerle la mano encima al terrorista que mató a Beth y hacerle pagar por lo que le hizo. Ni siquiera saber que está muerto aplaca mi rabia. Está siempre ahí, reconcomiéndome por dentro, envenenándome.

—Señora, le presento a Rosa —dice Ana.

Me giro hacia la entrada del comedor y allí parada veo a una mujer joven de pelo oscuro. Debe de tener mi edad, con la cara redonda y una amplia sonrisa. Al igual que Ana, lleva puesto un vestido negro de manga corta y un delantal blanco.

—Rosa, esta es la nueva esposa del señor Esguerra, Nora.

La sonrisa de Rosa se amplía aún más.

—Ah, hola, señora Esguerra. Es un placer conocerla.

Su inglés es aún mejor que el de Ana, apenas se le nota el acento.

—Gracias, Rosa —digo mostrando una simpatía inmediata hacia ella—. También es un gran placer para mí y, por favor, tuteadme. —Miro hacia la criada—. Tú también, por favor, Ana, si no te importa. No estoy acostumbrada a lo de «señora».

Es cierto. Me resulta muy extraño que se dirijan a mí como señora Esguerra. ¿Eso significa que también he tomado el apellido de Julian? No hemos hablado de eso todavía, pero me imagino que Julian también querrá seguir la tradición en este caso.

«Nora Esguerra». El corazón me late más fuerte al pensarlo y vuelve el miedo irracional de ayer. Durante diecinueve años y medio he sido Nora Leston. Es un nombre al que estoy acostumbrada y con el que me siento cómoda. Cambiarlo me molesta, pues siento que pierdo otra parte de mí. Es como si Julian me estuviera alejando de todo lo que era, transformándome en alguien que apenas reconozco.

—Por supuesto —dice Ana calmando mis nervios—. Nos alegramos de llamarte como desees.

Rosa asiente con energía mostrando su acuerdo y esbozando una sonrisa. Tomo aire profundamente para calmar mi corazón acelerado.

—Gracias. —Intento sonreírles—. Lo agradezco.

—¿Te gustaría ver la casa antes de salir? —pregunta Rosa, alisándose el delantal con las manos—. ¿O prefieres comenzar por el exterior?

—Podemos empezar por el interior si te parece bien —le digo.

Le doy las gracias a Ana por el desayuno y empezamos el paseo.

Rosa me muestra primero la planta inferior. Hay unas doce habitaciones, entre ellas una biblioteca enorme con una gran variedad de libros, un cine con una televisión del tamaño de la pared y un gran gimnasio con máquinas de muy buena calidad. Me alegro también de descubrir que Julian ha tenido en cuenta mi afición por la pintura. Una de las habitaciones está dispuesta como un estudio de arte con lienzos blancos colocados enfrente de una gran ventana orientada hacia el sur.

—El señor Esguerra tenía todo esto preparado dos semanas antes de que vinieras —me cuenta Rosa, guiándome de una habitación a otra—. Así que todo está nuevo.

Pestañeo, sorprendida de escuchar eso. Suponía que el estudio de arte era nuevo porque Julian no pinta, pero no sabía que hubiera reformado toda la casa.

—Tampoco tenía piscina, ¿no? —bromeo mientras caminamos por el salón.

—No, la piscina ya estaba ahí —dice Rosa con una seriedad absoluta—, pero sí la ha reformado.

Y dirigiéndome hacia un porche, me muestra una piscina de tamaño olímpico rodeada de vegetación tropical. Además de la piscina, hay unas hamacas que parecen increíblemente cómodas, sombrillas enormes que protegen del sol y muchas mesas de jardín con sillas.

—Qué bonito —murmuro sintiendo el aire caliente y húmedo en la piel. Creo que la piscina me vendrá de perlas con este tiempo.

Volvemos al interior y nos dirigimos a la planta superior. Aparte del dormitorio principal hay varios dormitorios, más grandes que todo mi apartamento.

—¿Por qué es tan grande la casa? —pregunto a Rosa después de ver todas las habitaciones decoradas con gran lujo—. Solo viven aquí unas pocas personas, ¿no?

—Sí, es cierto —me confirma Rosa—, pero esta casa la construyó el anterior señor Esguerra y, por lo que tengo entendido, le encantaba invitar a sus socios a que se quedaran.

—¿Cómo viniste a trabajar aquí? —Miro a Rosa con curiosidad mientras bajamos la escalera de caracol—. ¿Y cómo aprendiste a hablar inglés tan bien?

—Ah, nací aquí en la finca Esguerra —dice de

manera casual—. Mi padre era uno de los antiguos guardas del señor y mi madre y mi hermano mayor también trabajaron para él. La esposa del señor, que como sabes era estadounidense, me enseñó inglés cuando yo era una niña. Creo que quizá se aburriera un poco aquí y por eso daba clases a todos los trabajadores de la casa y a cualquiera que quisiera aprender el idioma. Después insistía en que solo habláramos inglés en la casa, incluso entre nosotros, para que practicásemos.

—Entiendo. —Rosa parece más habladora que Ana, así que le hago la misma pregunta que le hice a ella antes.

—Si creciste aquí, ¿conocías ya a Julian?

—No, no mucho. —Me mira mientras salimos de la casa hacia el porche delantero—. Yo solo tenía cuatro años cuando tu esposo se marchó del país, así que no me acuerdo muy bien de cuando era niño. Hasta hace dos semanas, no se pasaba mucho por aquí después de... —Traga saliva mirando el suelo—. Después de que pasara todo eso.

—¿Después de la muerte de sus padres? —le pregunto en voz baja.

Recuerdo que Julian me contó que habían matado a sus padres, pero nunca me dijo cómo había pasado. Solo me había dicho que fue uno de los rivales de sus padres.

—Sí —dice Rosa con seriedad y sin mostrar su amplia sonrisa—. Pocos años después de que Julian se marchara, una de las bandas de la costa norte intentó adueñarse de la organización Esguerra. Atacaron a las operaciones clave e incluso vinieron aquí, a la finca. Muchas personas murieron ese día, incluidos mi padre y mi hermano.

Me paro en seco, mirándola fijamente.

—Ay, madre mía, Rosa. Lo siento... —Me siento fatal por haber sacado un tema tan doloroso. No se me había ocurrido que las personas de aquí podrían estar afectadas por el mismo motivo que Julian—. Lo siento mucho.

—No pasa nada —dice con expresión forzada—. Pasó hace casi doce años.

—Debías de ser muy joven —digo con voz calmada —. ¿Qué edad tienes ahora?

—Veintiuno —contesta mientras empezamos a bajar las escaleras del porche. Entonces me lanza una mirada curiosa y algo de su seriedad desaparece—. ¿Y tú cuántos tienes, Nora? Si no te importa que te pregunte. También pareces joven.

Le sonrío.

—Diecinueve. Veinte dentro de unos meses.

Me alegro de que se sienta lo bastante cómoda como para hacerme preguntas personales. No quiero ser la «señora» aquí ni que me traten como la dueña de la mansión.

Ella me devuelve la sonrisa. Parece que vuelve a estar alegre.

—Lo imaginaba —dice claramente satisfecha—. Ana pensaba que eras aún más joven cuando te vio la noche anterior, pero ella tiene casi cincuenta años y todas las personas de nuestra edad le parecen bebés. Suponía que tenías veinte y he acertado.

Me río, encantada por su franqueza.

—Pues sí, has acertado.

Durante el resto del paseo, Rosa me acribilla a preguntas sobre mí y mi vida cuando vivía en Estados Unidos. Parece fascinada con el país y ha visto películas para intentar mejorar su nivel de inglés.

—Espero ir algún día —dice con melancolía—. Ver Nueva York, pasar por Times Square entre todas esas luces…

—Tienes que ir —le digo—. Solo he ido a Nueva York una vez y fue increíble. Hay muchas cosas que hacer como turista.

Me enseña la finca mientras hablamos, mostrándome los barracones de los guardias de los que Ana había hablado antes y la zona de entrenamiento de los hombres a lo lejos del complejo. La zona de entrenamiento consta de un gimnasio interior, un campo de tiro exterior y lo que parece ser una gran pista de césped con obstáculos.

—A los guardias les gusta estar en forma —me explica Rosa al pasar por un grupo de hombres con rostro serio que practican algún arte marcial—. La mayoría eran militares y todos son muy buenos en lo que hacen.

—Julian también entrena con ellos, ¿verdad? —pregunto mientras contemplo con fascinación cómo uno de los hombres deja inconsciente a su oponente con un fuerte golpe en la cabeza. Yo sé algo de defensa personal por las clases que tomé en Estados Unidos, pero aquello es cosa de niños comparado con esto.

—Ah, sí. —El tono de Rosa es casi reverencial—. He visto al señor Esguerra en el campo y es tan bueno como cualquiera de estos hombres.

—Sí, estoy segura de que lo es —digo al recordar cómo me rescató del almacén. Él estaba en su salsa. Llegó por la noche como un ángel de la muerte. Por un momento, los oscuros recuerdos amenazan con abrumarme de nuevo, pero no dejo que aparezcan de nuevo, decidida a no vivir en el pasado.

Al volver hacia los luchadores, le pregunto a Rosa:

—¿Sabes dónde está él hoy, por casualidad? Ana me ha dicho que está en una reunión.

Se encoge de brazos.

—Quizá esté en su despacho, en ese edificio de ahí. —Señala un pequeño edificio de aspecto moderno que se encuentra cerca de la casa principal—. También lo ha reformado y pasa mucho tiempo ahí desde su vuelta. He visto que Lucas, Peter y otros pocos han entrado ahí esta mañana. Supongo que se ha reunido con ellos.

—¿Quién es Peter? —pregunto. Ya conozco a Lucas, pero el nombre de Peter es la primera vez que lo oigo.

—Es uno de los empleados del señor Esguerra —contesta Rosa mientras volvemos a la casa—. Vino hace unas semanas para supervisar algunas de las medidas de seguridad.

—Ah, entiendo.

Cuando llegamos a la casa tengo la ropa pegada por la extrema humedad. Es un alivio estar dentro de nuevo, donde hace buena temperatura gracias al aire acondicionado.

—Bienvenida a la Amazonia —dice Rosa sonriendo a la vez que bebo un trago de agua fría que cojo de la cocina—. Estamos al lado de la selva y fuera es como si te dieras un baño de vapor.

—Sí, es verdad —murmuro. Siento la necesidad urgente de darme otra ducha. También hacía calor en la isla, pero la brisa que venía del océano lo hacía más soportable, incluso agradable. Aquí, sin embargo, el calor es casi asfixiante, hay humedad, el aire apenas sopla y es sofocante.

Dejo el vaso vacío en la mesa y me giro hacia Rosa.

—Creo que voy a usar la piscina que me has enseñado —le digo decidida a aprovechar las instalaciones—. ¿Quieres acompañarme?

Los ojos de Rosa se agrandan. Está claro que mi invitación la ha sorprendido.

—Ay, me encantaría —dice con sinceridad—, pero tengo que ayudar a Ana a hacer la comida y después limpiar los dormitorios de arriba…

—Claro. —Me siento un poco avergonzada porque, por un momento, se me había olvidado que Rosa no está aquí solo para hacerme compañía y que tiene obligaciones y responsabilidades en la casa—. Bueno, en ese caso, gracias por el paseo. Te lo agradezco mucho.

Me sonríe.

—Ha sido un placer. Estoy encantada, así que repetimos cuando quieras.

Y, mientras ella se ocupa de la cocina, subo a ponerme el bikini.

9

JULIAN

Encuentro a Nora junto a la piscina, descansando con un libro debajo de una sombrilla. Tiene las delgadas piernas cruzadas por los tobillos y lleva puesto un bikini blanco sin tirantes. La piel dorada le brilla con gotitas de agua. Debe de haber estado nadando hace poco.

Al oír mis pasos se sienta y deja el libro en la mesa de al lado.

—Hola —dice con suavidad cuando me acerco a su hamaca. Las gafas de sol que lleva son demasiado grandes para su cara tan pequeña: parece una libélula. Me anoto mentalmente que cuando vaya a Bogotá tengo que comprarle unas que le queden mejor.

—Hola, mi niña —murmuro, sentándome en su hamaca. Alzo la mano, le quito las gafas y me inclino hacia adelante para darle un beso corto pero profundo en la boca.

Sabe a sol con esos labios suaves y tiernos; la polla se me pone dura por la proximidad de su cuerpo casi desnudo. «Esta noche», me prometo al levantar la cabeza. «La volveré a poseer esta noche».

—¿Sobre qué iba la reunión de esta mañana? —me pregunta con la respiración un poco entrecortada después del beso. Sus ojos oscuros muestran curiosidad y algo de cautela cuando me miran. Está poniéndome a prueba de nuevo para ver cuánto estoy dispuesto a compartir con ella en este momento.

Lo pienso un momento. Me tienta seguir manteniéndola en la ignorancia. A pesar de todo, Nora todavía es muy inocente e ignorante con respecto al mundo real. Lo conoció un poco en aquel almacén, pero eso no es nada comparado con los asuntos de los que me ocupo a diario. Quiero continuar protegiéndola de la naturaleza brutal de mi realidad, pero ya no hay seguridad en la ignorancia porque mis enemigos la conocen. Además, tengo el presentimiento de que mi joven esposa es más fuerte de lo que aparenta. Tiene que serlo, que sobrevivirme.

Tomo una decisión y le ofrezco una ligera sonrisa.

—Solo analizando a dos unidades Al-Quadar —digo observando su reacción—. Ahora estamos determinando cómo eliminarlas y cómo capturar durante el proceso a algunos de sus miembros. La reunión era para coordinar la logística de esa operación.

Abre los ojos un poco más, pero disimula muy bien su asombro ante lo que le cuento.

—¿Cuántas unidades hay? —pregunta moviendo la silla hacia delante. Veo que aprieta un puño, aunque la voz la sigue teniendo tranquila—. ¿Cómo es de grande su organización?

—Nadie lo sabe, excepto los líderes mayores. Por eso es tan difícil erradicarlos. Están esparcidos por todo el mundo, como una plaga, pero se han equivocado al querer jugar sucio conmigo. Se me da muy bien exterminar plagas.

Nora traga saliva y se muestra reflexiva, pero continúa manteniéndome la mirada. «Chica valiente».

—¿Qué querían de ti? —pregunta—. ¿Por qué decidieron jugar sucio?

Dudo un momento y después decido ponerla al día. Llegados a este punto, será mejor que sepa toda la historia.

—Mi empresa desarrolló una bomba nueva, una bomba explosiva muy poderosa que es casi imposible de detectar —le explico—. Solo hacen falta un par de kilos para poder hacer estallar a un aeropuerto mediano y unos doce kilos podrían acabar con una ciudad pequeña. Tiene la fuerza explosiva de una bomba nuclear, pero no es radiactiva y el material del que está hecha es parecido al plástico, así que se le puede dar la forma de casi cualquier cosa... incluso la del juguete de un niño.

Se me queda mirando fijamente y palidece. Comienza a entender las implicaciones de esto.

—¿Por eso no querías dárselas? —pregunta—.

¿Porque no querías poner un arma tan peligrosa en manos de los terroristas?

—No, no exactamente. —Le lanzo una mirada compasiva. Me resulta muy dulce que me achaque razones nobles, pero a estas alturas debería conocerme mejor—. No, solo que es difícil producir el explosivo en grandes cantidades y ya tengo una larga lista de compradores esperando. Al-Quadar estaba casi al final de la lista, o sea, tendría que esperar años, si no décadas, para que yo se la proporcionara.

A pesar del asombro de Nora, su expresión no cambia.

—¿Entonces quién está el primero en la lista? —dice sin reparo—. ¿Otro grupo terrorista?

—No. —Río—. Para nada. Es tu gobierno, mi niña. Han hecho un pedido tan grande que tendrá mis fábricas ocupadas durante años.

—Ah, ya veo. —Al principio parece aliviada, pero luego frunce el ceño de manera desconcertante y arruga la tersa frente—. ¿Entonces los gobiernos legítimos también te compran? Creía que el ejército estadounidense fabricaba sus propias armas…

—Así es. —Sonrío por su ingenuidad—. Sin embargo, no dejarían pasar la oportunidad de tener algo así. Y cuanto más compran ellos, menos puedo vender a los otros. Es un acuerdo que nos viene bien a todos.

—Pero ¿por qué no te las quitan a la fuerza, y ya está? ¿Por qué no te cierran la fábrica? —Se me queda mirando confundida—. A ver, si saben que existes, ¿por qué permiten que fabriques armas ilegales?

—Porque si no lo hago yo, lo hará otro... y esa persona podría no ser tan racional ni pragmática como yo. —Veo la mirada incrédula de Nora y sonrío aún más —. Sí, mi niña, lo creas o no, el gobierno estadounidense prefiere negociar conmigo, que no tengo a Estados Unidos ningún rencor en particular, que tener a alguien como Majid a cargo de una operación similar.

—¿Majid?

—El cabronazo que mató a Beth. —Alzo la voz y ya no queda ni rastro de mi diversión—. El responsable de secuestrarte en la clínica.

Nora se tensa cuando nombro a Beth y veo cómo vuelve a cerrar los puños.

—El Trajeado; así lo llamaba mentalmente —murmura con una mirada que parece distante durante un momento—, porque llevaba puesto un traje, ya sabes... —Parpadea y luego vuelve a fijar la atención en mí—. ¿Ese era Majid?

Asiento, manteniendo la expresión impasible a pesar de la ira que me corroe por dentro.

—Sí, ese mismo.

—Ojalá no hubiera muerto en la explosión —dice sorprendiéndome por un momento. Los ojos le brillan con pesimismo a la luz del sol—. No merecía una muerte sin sufrimiento.

—No, no la merecía. —Ahora comprendo lo que quiere decir. Al igual que yo, desea que Majid hubiera sufrido. Tiene sed de venganza, lo oigo en su voz y lo veo en su rostro. Eso hace que me pregunte qué habría pasado si hubiera acabado con Majid por compasión. ¿Realmente habría sido capaz de herirlo? ¿De causarle tanto daño que rogaría para morir?

Es una idea que me resulta más que intrigante.

—¿Alguna vez trajiste aquí a Beth? —me pregunta interrumpiendo el hilo de la conversación—. A este complejo, quiero decir.

—No. —Niego con la cabeza—. Antes de que se quedara en la isla, ella viajaba conmigo y no pasé por aquí durante mucho tiempo.

—¿Por qué no?

Me encojo de hombros.

—No era mi sitio preferido, supongo —digo con indiferencia, haciendo caso omiso de los oscuros recuerdos que inundan mi mente ante su pregunta inocente. Pasé gran parte de mi infancia en la finca, donde el cinturón y los puños de mi padre imperaban hasta que fui lo suficientemente mayor para contraatacar. Es aquí donde maté al primer hombre y donde vine a rescatar el cadáver ensangrentado de mi madre hace doce años. Hasta que no reformé la casa por completo no soportaba la idea de venir a vivir aquí de nuevo e incluso ahora, solo la presencia de Nora hace que estar aquí sea tolerable.

Me pone la mano en la rodilla y me hace volver al presente.

—Julian... —Hace una pausa, insegura. Después

parece que se decide a seguir adelante—. Hay algo que me gustaría preguntarte —dice en voz baja, pero con firmeza.

Enarco las cejas.

—¿Qué es, mi niña?

—Di clases en casa —dice apretándome inconscientemente la rodilla con la mano—. Defensa personal y tiro, esas cosas…y me gustaría reanudarlas aquí, si es posible.

—Entiendo.

Esbozo una sonrisa. Mis especulaciones anteriores eran ciertas, parece. Ya no es la misma chica asustada e indefensa que traje a la isla. Esta Nora es más fuerte, más resistente… e incluso más atractiva. Recuerdo haber leído sobre esas clases en el artículo de Lucas, conque su petición no me coge totalmente por sorpresa.

—¿Quieres que te enseñe a luchar y usar armas?

Ella asiente.

—Sí, o quizá otra persona que me enseñe si tú estás ocupado.

—No. —Pensar que alguno de mis hombres ponga las manos en ella, aunque sea para instruirla, me enfada —. Te enseñaré yo mismo.

Decido empezar a entrenar a Nora esa misma tarde, después de ponerme al día con unos correos electrónicos sobre negocios. No sé por qué, pero me gusta enseñarle defensa personal. No quiero que se vuelva a encontrar en una situación peligrosa, pero aún así quiero que sepa protegerse si surge la necesidad.

Soy consciente de la paradoja de lo que estoy haciendo. La mayoría de las personas diría que soy yo quien debe protegerla y seguramente sea cierto. Me importa una mierda, sin embargo. Nora es mía y haré todo lo posible para mantenerla a salvo, aunque eso conlleve enseñarle cómo matar a alguien como yo.

Cuando acabo con los correos electrónicos voy a buscarla a casa. Esta vez la encuentro en el gimnasio, corriendo en la cinta estática a toda velocidad. A juzgar por el sudor que le cae por la esbelta espalda, ya lleva corriendo un rato.

Con cuidado de no asustarla me acerco a ella por el lado.

Al verme reduce la velocidad de la cinta, disminuyendo hasta el trote.

—Hola —dice sin aliento y alcanzando una toalla pequeña para secarse la cara—. ¿Es hora de entrenar?

—Sí, tengo un par de horas.

Mi voz suena baja y ronca mientras un arrebato de excitación que me resulta familiar me endurece la polla. Me encanta verla así, casi sin respiración, con la piel húmeda y brillante. Me recuerda al aspecto que tiene después de un rato de sexo sucio. Por supuesto, que solo lleve puestos unos pantalones cortos de correr y un sujetador deportivo no ayuda. Quiero lamer las gotitas de sudor de su barriga plana y delicada para después lanzarla a la alfombra más cercana para echar un polvo rápido.

—Perfecto. —Esboza una gran sonrisa y para la cinta. Luego baja de la máquina y coge su botella de agua—. Estoy lista.

Parece tan entusiasmada que decido posponer lo de la alfombra por ahora. Una recompensa atrasada puede ser buena idea y voy a hacerlo específicamente para que ella entrene.

—Genial —digo—. Vamos.

Y cogiéndola de la mano, la guío fuera de la casa.

Vamos al campo donde suelo entrenarme con mis hombres. A estas horas del día hace mucho calor para hacer un ejercicio fuerte, por lo que la zona está prácticamente vacía. Aun así, cuando pasamos vemos unos pocos guardias que miran a Nora a escondidas, lo que me hace querer arrancarles los ojos. Creo que se dan cuenta porque miran hacia otro lado en cuanto me ven. Sé que no es racional ser tan posesivo con ella, pero no me importa. Ella me pertenece y todos tienen que saberlo.

—¿Qué hacemos primero? —me pregunta mientras nos acercamos a una caseta que hay en la esquina de la zona de entrenamiento.

—Tiro. —La miro de reojo—. Quiero ver cómo se te dan las armas.

Ella sonríe y los ojos le brillan con entusiasmo.

—No se me da mal —dice con una seguridad en sí misma que me hace sonreír. Parece que mi niña aprendió algunas cosas mientras yo no estaba. Me muero de ganas de ver la demostración de sus nuevas habilidades.

Dentro de la caseta hay algunas armas y materiales de entrenamiento. Entro y elijo algunas de las armas más usadas normalmente, desde una pistola de 9 mm a un fusil M16. También cojo un AK-47, aunque quizá ella sea muy pequeña para usarla con facilidad.

Después salimos al campo de tiro. Hay unos cuantos blancos colocados a diferentes distancias. Le hago que empiece con el blanco más cercano: unas doce latas vacías de cerveza apoyadas sobre una mesa de madera a unos quince metros. Le entrego la pistola de 9 mm y le enseño a usarla y a fijar el objetivo en las latas.

Para mi sorpresa, alcanza diez de las doce latas en el primer intento.

—¡Vaya! —murmura al bajar el arma—. No me puedo creer que haya fallado esas dos.

Sorprendido e impresionado, le hago probar las demás armas. Ella se encuentra cómoda con la mayoría de las pistolas y los fusiles de caza; vuelve a dar en el blanco la mayor parte de las veces. Los brazos le tiemblan cuando intenta apuntar con el AK-47.

—Vas a tener que ponerte más fuerte para coger esa —le digo quitándole el fusil.

Ella asiente y coge su botella de agua.

—Sí —dice entre sorbos—. Quiero ponerme más fuerte y ser capaz de manejar todas esas armas, como tú.

No puedo evitar reírme ante eso. Aunque es fácil de

tratar, Nora tiene una vena competitiva. Ya lo había notado antes cuando participamos en aquella carrera de cinco kilómetros en la isla.

—Vale —le digo todavía riendo. Le cojo la botella, doy un sorbo y luego se la devuelvo—. También puedo entrenarte para que te pongas más fuerte.

Practica el tiro unas pocas veces más y luego volvemos a la caseta. Después la llevo al gimnasio interior para enseñarle algunos movimientos básicos de lucha.

Lucas está allí, peleando con tres guardias. Al vernos entrar se detiene y saluda a Nora con respeto, clavando los ojos fijos en su rostro. Ya sabe lo que siento por ella y es lo suficientemente inteligente para no mostrar ningún interés en su cuerpo delgado y medio desnudo. Los oponentes, en cambio, no son tan listos y hace falta una mirada asesina de mi parte para que dejen de mirarla boquiabiertos.

—Hola, Lucas —dice Nora sin hacer caso a esta pequeña interacción—. Me alegro de volver a verte.

Lucas esboza con cuidado una sonrisa neutral.

—Yo también, señora Esguerra.

Para mi fastidio, a Nora parece que le pesa el apellido y mi leve enfado con los guardias se transforma en enfado repentino hacia ella. Siento su reticencia a casarse conmigo como una espina infectada en el fondo de mi ser y no tarda mucho en volver la sensación que tuve en la iglesia.

A pesar del supuesto amor que ella siente por mí,

sigue negándose a aceptar nuestro matrimonio y yo ya no estoy dispuesto a ser sensato y olvidar.

—Fuera —grito a Lucas y a los guardias, dirigiendo mi pulgar hacia la puerta—. Necesitamos este espacio.

Se retiran al momento, dejándonos solos a mí y a Nora.

Ella da un paso hacia atrás, recelosa. Me conoce bien y sé que nota algo raro.

Como de costumbre, se lo huele.

—Julian —dice con cautela—. No era mi intención reaccionar así. Solo que no estoy acostumbrada a que me llamen así. Solo es eso.

—¿De verdad, mi niña? —Mi voz parece de seda y no refleja nada de la furia que hierve en mi interior. Doy un paso hacia ella, levanto la mano y le paso suavemente los dedos por la mandíbula—. ¿Prefieres que no te llamen así? ¿Quizá deseabas que no hubiera vuelto a por ti?

Sus ojos enormes se agrandan aún más.

—No, ¡claro que no! Te dije que quiero estar aquí contigo.

—No me mientas.

Las palabras suenan frías y cortantes mientras dejo caer la mano. Me enfurece que esto me importe tanto, que deje que algo tan insignificante como los sentimientos de Nora me molesten. ¿Qué más da si me quiere? No debo querer eso de ella, no debo esperarlo y aun así lo hago. Es parte de esta puta obsesión que tengo con ella.

—No miento. —Niega con vehemencia dando un

paso atrás. Tiene la cara pálida en la luz tenue de la habitación, pero su mirada es directa y firme—. No debería querer estar contigo, pero así es. ¿Crees que no me doy cuenta de lo mal que está esto, de lo desastroso? Me secuestraste Julian, me forzaste.

La acusación cae entre nosotros, dura y pesada. Si yo fuera un hombre diferente, una mejor persona, habría mirado a otro lado y estaría arrepentido por lo que hice.

Pero no lo estoy.

No quiero engañarme y no lo voy a hacer ahora. Cuando secuestré a Nora sabía que estaba cruzando una línea, que caí muy bajo. Lo hice con el total conocimiento de en lo que eso me convierte: una bestia inexorable, un destructor de la inocencia. Es una etiqueta con la que estoy dispuesto a vivir para tenerla. Haría lo que fuera para tenerla.

Así que, en lugar de mirar para otro lado, le mantengo la mirada.

—Sí —digo en voz baja—. Lo hice.

Ya no estoy enfadado, ahora lo he cambiado por un sentimiento que no quiero analizar con detenimiento. Doy un paso hacia ella, vuelvo a alzar la mano y le acaricio la gran suavidad del labio inferior con el pulgar. Ella separa los labios cuando los toco y la ira que me lleva dominando todo el día aumenta, me come por dentro.

La quiero. La quiero y pienso poseerla.

Después ya no tendrá ninguna duda de que me pertenece.

10

NORA

Miro a mi marido y tengo que controlarme para no alejarme. No debí dejar que Julian viera la reacción ante mi nuevo apellido, pero había disfrutado tanto la sesión de tiro y la compañía de Julian, que olvidé cuál era mi nueva situación. Me sorprendió oír ese «señora Esguerra» de los labios de Lucas; me devolvió al sentimiento desconcertante de pérdida de identidad, y, por un momento, no fui capaz de esconder la consternación.

Bastó ese instante para transformar la compañía agradable y bromista de Julian en el hombre aterrador e impredecible que me llevó a su isla.

Noto que se me acelera el pulso mientras me acaricia los labios con el dedo. Su tacto es gentil a pesar de la oscuridad que destellan sus ojos. No parece molesto por mis acusaciones imprudentes; más bien parece calmado, incluso divertido. No estoy segura de qué pensé que ocurriría cuando le dije eso, pero no esperaba que admitiera los crímenes tan fácilmente sin una pizca de culpa o arrepentimiento. La mayoría de las personas justifica sus acciones ante ellos y los demás tergiversando los hechos para adaptarse a sus propósitos; pero Julian no es así: él ve las cosas tal como son; no le preocupa cometer actos de los que la mayoría de las personas se avergonzaría. En vez de un psicópata confiado que cree que hace lo correcto, mi nuevo marido no es más que un hombre inconsciente.

Un hombre a quien amo y temo a la vez.

Sin decir nada más, Julian baja los dedos, me agarra el brazo y me lleva a un tatami que hay cerca de la pared. Mientras caminamos, echo un vistazo al bulto en sus pantalones y se me acelera la respiración en una mezcla de ansiedad y deseo involuntario.

Julian pretende follarme aquí y ahora, donde cualquiera puede sorprendernos.

Mi piel arde en una incómoda mezcla de lujuria y vergüenza. La lógica me dice que este no va a ser uno de esos encuentros acaramelados, pero mi cuerpo no conoce la diferencia entre el sexo de castigo y el sexo delicado. Solo conoce a Julian y sus ansias de tocar.

Para mi sorpresa, Julian no se abalanza sobre mí al instante. En lugar de eso, me suelta el brazo y me mira. Su boca sensual me ofrece una sonrisa fría y cruel.

—¿Por qué no me enseñas lo que has aprendido en esas clases de defensa propia, mi gatita? —dice despacio

—. Déjame ver algún movimiento que te hayan enseñado.

Lo miro fijamente mientras se me sale el corazón por la garganta al darme cuenta de lo que Julian me está pidiendo: quiere que lo ataque, que me resista aun sabiendo que eso no cambiará el resultado. Aun sabiendo que solo me hará sentir indefensa y derrotada cuando pierda.

—¿Por qué? —pregunto desesperada, intentando evitar lo inevitable. Sé que Julian solo está jugando conmigo, pero no quiero formar parte de su juego, no después de todo lo que ha ocurrido entre nosotros. Quiero olvidar aquellos primeros días en la isla, no revivirlos de esta forma tan retorcida.

—¿Por qué no? —Empieza a dar vueltas a mi alrededor y se me dispara la ansiedad—. ¿No fuiste a clases por eso, para protegerte de hombres como yo, de hombres que quieren follarte, de hombres que quieren abusar de ti?

Se me acelera más y más la respiración. Me sube la adrenalina y empiezo a notar un impulso creciente de lucha o huida. Me giro de manera instintiva, intentando no perderlo de vista, como si fuera un depredador. Porque en estos momentos lo es.

Un depredador hermoso y mortal que está decidido a darme caza.

—Adelante, Nora —murmura mientras me arrincona contra la pared—. Lucha.

—No. —Intento no encogerme cuando se acerca y me agarra la muñeca—. No voy a hacerlo, Julian. Así no.

Se le ensanchan los agujeros de la nariz. No está acostumbrado a que le niegue nada, así que contengo la respiración, esperando a ver lo que hace. Me late muy fuerte el corazón y una gota de sudor me baja por la espalda al sostenerle la mirada. Hasta ahora, sé que Julian no me haría daño realmente, pero eso no significa que no me castigue por desafiarlo.

—Muy bien —dice suavemente—. Tú lo has querido así. —Me agarra de la muñeca, me retuerce los brazos hacia arriba y me obliga a ponerme de rodillas. Con la mano libre, se desabrocha los pantalones y sale su erección. Después me aparta el pelo con el puño y me dirige la boca hacia la polla.

—Chúpala —ordena con firmeza, mirándome fijamente.

Aliviada por ser una tarea tan simple, obedezco encantada, cerrando los labios alrededor de su grueso miembro. El líquido preseminal que aflora en la punta de su polla sabe a sal y a hombre, y me siento un poco menos ansiosa, mejor, lo deseo cada vez más. Me encanta darle placer de esta forma y como Julian me suelta la muñeca, uso ambas manos para masajearle los huevos con firmeza.

Gime, cierra los ojos y empiezo a mover la boca hacia delante y atrás, usando el movimiento de succión para llevarla cada vez más al fondo de la garganta. La manera en que sujeta el pelo hace que me duela la cabeza, pero la incomodidad solo aumenta mi excitación. Julian tenía razón al decir que tengo tendencias masoquistas. Bien sea por naturaleza o por aprendizaje, ya no siento el dolor. Al contrario, mi cuerpo ansía la intensidad de estas sensaciones.

Lo miro, absorta en la expresión torturada de su rostro y disfruto de ese poder que me permite.

Sin embargo, hoy no me deja marcar el ritmo durante mucho tiempo. Empuja sus caderas hacia delante y me mete la polla hasta el fondo de la garganta, por lo que me atraganto y escupo saliva. Esto parece gustarle, ya que murmura con fuerza:

—Sí, eso es, cariño. —Abre los ojos para mirarme al tiempo que empieza a follarme la boca a un ritmo incesante y duro. Me atraganto de nuevo, y cada vez sale más saliva, que llena la barbilla y la polla de una viscosa humedad.

Entonces me suelta, pero sin tiempo para controlar mi respiración, me empuja hacia el tatami de boca, sin poder poner las manos antes. Después se pone detrás de mí y noto que me quita los pantalones y la ropa interior. Mi sexo se tensa, hambriento por la excitación... pero hoy no me quiere por ahí. Es la otra puerta la que le llama la atención y por instinto me pongo más tensa al sentir la presión de la punta de su polla en mis cachetes.

—Relájate, mi gatita —murmura y me sujeta las caderas para colocarme y empezar a empujar—. Relájate... Así, buena chica...

Respiro de manera breve y entrecortada e, intentando seguir el consejo de Julian, lucho contra el deseo de apretar cuando me penetra despacio el culo. Sé por experiencia que duele mucho menos si no estoy tan tensa, pero mi cuerpo parece decidido a luchar contra esta intromisión. Después de meses de abstinencia, es como si fuera virgen de nuevo, y siento una gran presión ardiente cuando mi esfínter se abre forzosamente.

—Julian, por favor... —Se lo suplico despacio y en voz baja mientras empuja rudamente más adentro. La saliva que le empapa la polla hace de lubricante. Me retuerzo en mi fuero interno y toda la dulzura se esfuma de mi cuerpo cuando el músculo cede finalmente y deja pasar a su enorme polla. Ahora, él late dentro de mí, lo que me hace sentir insoportablemente llena, abrumada y superada.

—Por favor, ¿qué? —Respira, me coloca un brazo musculoso bajo las caderas y me sostiene. Al mismo tiempo, me estira del pelo con la otra mano y me obliga a arquearme hacia atrás. El nuevo ángulo le permite profundizar más y grito, empezando a temblar. Es demasiado, no puedo soportarlo, pero Julian no me deja otra posibilidad. Este es mi castigo: ser follada como un animal en un tatami sucio, sin reparo ni preparación. Debería sentirme mal por haber matado todo sentimiento de deseo, pero no sé por qué, me pone; mi cuerpo está impaciente por cualquier sensación que Julian elija compartir.

—Por favor, ¿qué? —repite con voz alta y dura—. Por favor, ¿fóllame? Por favor, ¿dame más?

—No... No lo sé... —Apenas puedo hablar, mis sentidos me abruman. Entonces se detiene y doy gracias por ese gesto de compasión al dejar que me adapte a la brutal dureza alojada dentro de mí. Intento regular mi respiración, relajarme, y el dolor poco a poco empieza a cesar, transformándose en algo más, en un calor agobiante que me supera.

Empieza a moverse de nuevo, me embiste despacio pero profundo, y el calor se intensifica, centrándose en el corazón. Mis pechos están duros y una oleada de humedad me inunda el sexo. A pesar de la incomodidad, hay algo erótico y perverso en ser follada así, en ser poseída de esta manera tan sucia y prohibida. Cierro los ojos y empiezo a sentir el ritmo de sus movimientos, con cada embestida me agito por dentro con agonía y placer. Mi clítoris crece, cada vez siento más y más y sé que solo hacen falta unos pocos tocamientos más para llegar al orgasmo, para aliviar la tensión que crece dentro de mí.

Pero no me toca el clítoris. En vez de eso, me suelta el pelo y me pasa la mano por el cuello. Entonces me aprieta la garganta, haciendo que me levante y me ponga de rodillas, con la espalda medio arqueada. Abro los ojos de golpe y de manera instintiva agarro sus dedos estranguladores, pero no puedo hacer nada para liberarme de la opresión. En esta posición, él está incluso más dentro de mí y apenas puedo respirar. Noto como me late el corazón con un nuevo miedo desconocido.

Entonces, se inclina hacia delante y puedo sentir que me roza la oreja con los labios.

—Eres mía para el resto de tu vida —susurra con dureza. El calor de su aliento me pone la piel de gallina —. ¿Sabes, Nora? Todo tú: tu coño, tu culo, tus putos pensamientos... Todo es mío para usar y abusar cuanto quiera. Soy tu dueño, dentro y fuera, de todas las formas posibles... —Hunde los dientes afilados en el lóbulo de la oreja, haciéndome jadear por el dolor repentino—. ¿Me escuchas? —Me asusta el deje oscuro de su voz. Esto es nuevo, nunca me había hecho esto antes y se me eleva mucho el pulso al apretarme la garganta, dejándome sin aire lenta pero inexorablemente.

Tengo más miedo: la adrenalina se me desata en las venas.

—Sí... —logro decir con voz áspera. Ahora le araño la mano con las uñas para hacer palanca y liberarme. Me doy cuenta con espanto de que empiezo a ver las estrellas, la habitación se nubla y se oscurece. «No intenta matarme, de verdad... No intenta matarme, de verdad...». Estoy horrorizada, pero por alguna extraña razón, mi sexo palpita y unos temblores eléctricos me recorren la piel mientras la excitación aumenta.

—Bien. Ahora dime: ¿de quién eres esposa? —Ejerce más presión con los dedos y las estrellas se convierten en supernovas al tiempo que mi cerebro lucha por conseguir oxígeno. Mi cuerpo está al borde del sofoco, pero aun así está más vivo que nunca en este momento. Toda sensación se agudiza y perfecciona. El grosor ardiente de su polla dentro de mi culo, el calor de su respiración en mi sien, el pulso de mi clítoris abultado... Es demasiado y muy poco al mismo tiempo. Quiero gritar y luchar, pero no puedo moverme, no puedo respirar... y de forma lejana, oigo a Julian preguntarme otra vez—: ¿De quién?

Justo antes de desmayarme, me agarra un poco más flojo y consigo decir:

—Tuya.

Incluso con el cuerpo convulsionando en un paroxismo de éxtasis, experimento un orgasmo repentino y sorprendentemente tan intenso como la necesidad de oxígeno en los pulmones.

Trago aire frenéticamente y me desplomo en él, temblando. No puedo creer que haya llegado al orgasmo sin que Julian me haya tocado siquiera.

No puedo creer que haya llegado al orgasmo mientras temía por mi vida.

Después de un instante, me percato de que me roza la mejilla sudorosa con los labios.

—Sí —susurra y me acaricia la garganta—, eso es, cariño... —Él aún está dentro de mí, su dura polla me parte por dentro, invadiéndome—. ¿Y cómo te llamas?

—Nora. —Jadeo con voz ronca y tiemblo cuando me baja los dedos del cuello al pecho. Todavía llevo el sujetador deportivo. Pasa la mano por debajo de la tela ajustada y me cubre el pecho.

—¿Nora qué? —insiste. Me pellizca el pezón, que está erecto y sensible del orgasmo, y el tacto me produce una ola de calor que desciende hasta mi torso—. ¿Nora qué?

—Nora Esguerra —susurro y cierro los ojos. Nunca lo podré olvidar, y mientras Julian continúa follándome, sé que Nora Leston nunca más volverá a existir.

Se ha ido para siempre.

PARTE DOS
LA FINCA

II

NORA

Durante las próximas dos semanas me voy acostumbrando a mi nuevo hogar. La finca es un sitio fascinante y paso mucho tiempo explorando y conociendo a sus habitantes.

Además de los guardias, aquí viven una decena de personas; algunos solos, otros con sus familias. Todos trabajan para Julian, desde el más viejo hasta el más joven. Algunos, como Ana y Rosa, cuidan de la casa y sus jardines; otros gestionan los negocios de Julian. Parece que él ha vuelto hace poco al recinto, pero sus empleados han vivido aquí desde que Juan Esguerra, su padre, reinaba como uno de los narcotraficantes más poderosos del país. Para una estadounidense como yo, tal lealtad por parte de los empleados es incomprensible.

—Todos cobran un buen sueldo, tienen un hogar gratis e incluso tu marido contrató a un maestro hace unos años para que enseñara a los niños. —Me explica

Rosa cuando le pregunto por este fenómeno tan inusual
—. Puede que no esté aquí mucho tiempo, pero siempre
ha cuidado de su gente. Todos pueden irse cuando
quieran, pero saben que no encontrarán un lugar mejor.
Además, aquí se sienten protegidos, pero ahí fuera, ellos
y sus familias son el blanco de policías entrometidos o
personas que buscan información sobre la organización
Esguerra —Me dirige una sonrisa irónica y añade—: Mi
madre dice que una vez que entras a formar parte de su
vida, lo eres para siempre. No hay vuelta atrás.

—¿Por qué elegiste esta vida? —pregunté con el fin
de entender qué motivo tendría una persona para
mudarse a un recinto aislado, al borde del bosque del
Amazonas, propiedad de un traficante de armas. No
conozco a nadie que en su sano juicio hiciera algo así
por voluntad propia, sobre todo si ellos saben que la
vuelta a casa no será fácil.

—Bueno, cada uno tiene una historia diferente. —
Rosa se encoge de hombros—. A algunos los buscaban
las autoridades, otros se enemistaron con personas
peligrosas... Mis padres vinieron aquí para escapar de la
pobreza y ofrecernos una vida mejor a mis hermanos y a
mí. Sabían que corrían un gran riesgo, pero creían que
no les quedaba otra. Hoy en día mi madre está
totalmente convencida de que tomaron la decisión
correcta para todos.

—¿Incluso después de...? —Empiezo a preguntar,
pero luego cierro la boca al darme cuenta de que solo
traería a Rosa malos recuerdos.

—Sí, incluso después de eso —dice al adivinar lo que iba a decir—. No hay nada seguro en esta vida. Podrían haber muerto de todos modos. Asesinaron a mi padre y a Eduardo, mi hermano mayor, en su trabajo, pero al menos tenían trabajo. Cuando estaban en el pueblo no había trabajo alguno y en las ciudades la situación era incluso peor. Mis padres hicieron todo lo posible por traer algo que llevarnos a la boca, pero no era suficiente. Cuando mi madre se quedó embarazada de mí, Eduardo, que por aquel entonces tenía solo doce años, fue a Medellín para hacer de mula y que nuestra familia no muriera de hambre. Mi padre fue detrás de él para pararlo y fue entonces cuando conocieron a Juan Esguerra, que estaba en la ciudad negociando con el cartel de Medellín. Les ofreció trabajo en su organización, y el resto es historia. —Se detiene y me sonríe antes de continuar—. Ya lo ves, Nora, trabajar para el señor Esguerra ha sido lo mejor que le ha pasado a mi familia. Y como dice mi madre, al menos no he tenido que venderme por comida como hizo ella en su juventud.

Rosa dice esta última parte sin ningún tono amargo ni de autocompasión. Se limita a narrar lo que pasó. Realmente se considera afortunada por haber nacido en la finca Esguerra. Le está muy agradecida a Julian y a su padre por haberle dado a su familia un buen nivel de vida y, a pesar de su anhelo de ver Estados Unidos, no le importa vivir en mitad de la nada. Para ella, este recinto es su hogar.

Todo esto lo aprendo durante nuestros paseos. A Rosa no le gusta correr, pero está más que encantada de pasear al aire fresco por la mañana, antes de que todo se vuelva bochornoso y húmedo. Empezamos a hacerlo en mi tercer día aquí y se está convirtiendo en parte de la rutina. Me gusta pasar tiempo con Rosa, es amable y radiante y me recuerda un poco a mi amiga Leah. A Rosa parece gustarle mi compañía también, aunque estoy segura de que sería amable conmigo de todos modos, dada mi situación aquí. Todo el mundo en la finca me trata con respeto y educación.

Al fin y al cabo, soy la mujer del señor.

Después del incidente en el gimnasio, he intentado por todos los medios aceptar que estoy casada con Julian. Ese hombre guapo y amoral que me raptó es ahora mi marido. Pensarlo me atormenta aún en cierto modo, pero conforme pasan los días me acostumbro más a ello. Mi vida cambió irrevocablemente cuando Julian me secuestró, y ese lejano futuro normal es un sueño que tuve que rechazar hace mucho tiempo. Aferrarme a ello y a la vez enamorarme de mi secuestrador ha sido tan irracional como sentir algo por él.

En vez de una casa en las afueras y dos niños y otro en camino, mi futuro parece ser un enorme recinto a salvo cerca de la selva amazónica y un hombre que me excita y me aterra a la vez. Me es imposible pensar en tener hijos con Julian y me asusta que dentro de unos pocos meses dejará de funcionar el tratamiento de tres años contra el embarazo que empecé a los diecisiete. En algún momento tendré que sacarle el tema a Julian, pero de momento intento no pensar en ello. Si no estoy lista para ser su esposa, mucho menos lo estoy para ser madre y esa posibilidad me produce sudores fríos. Quiero a Julian, pero ¿criar a un niño junto a un hombre que aprueba el rapto y el asesinato? Eso es harina de otro costal.

En casa, mis padres y mis amigos no ayudan mucho. Un día hablé con Leah y le conté todo lo relacionado con mi matrimonio exprés. Se quedó de piedra, por decirlo suavemente.

—¿Te has casado con ese traficante de armas? —exclamó con incredulidad—. ¿Después de todo lo que te ha hecho a ti y a Jake? ¿Estás loca? ¡Solo tienes diecinueve y él debería estar en la cárcel! —Y a pesar de lo mucho que intenté cambiarlo todo con un toque de optimismo, seguro que colgó pensando que mi secuestro había hecho que se me fuera la olla.

Con mis padres es todavía peor. Cada vez que hablo con ellos tengo que esquivar el interrogatorio sobre mi inesperado matrimonio y los planes de Julian para nuestro futuro. No los culpo por ello porque sé que están muy preocupados por mí. La última vez que tuvimos una videollamada, vi que los ojos de mi madre estaban hinchados y enrojecidos, como si hubiese estado llorando. Es obvio que la historia inventada que les conté en mi boda no los ha aliviado mucho. Mis padres saben cómo empezó mi relación con Julian, y les cuesta creer que soy feliz con un hombre que ellos consideran perverso.

Pero sí, soy feliz; dejando a un lado mi preocupación por el futuro. Se ha ido toda la frialdad que había dentro de mí y han llegado nuevas sensaciones y emociones abrumadoras. Es como si la película de mi vida en blanco y negro se viera ahora en color.

Cuando estoy con Julian, me siento completa y feliz de una forma que no termino de entender del todo y que tampoco puedo expresar con palabras. No es que estuviera deprimida antes de conocerlo, al contrario, he tenido buenos amigos, una familia que me quiere y la promesa de una buena vida, si bien corriente, delante de mí. He estado colada por un chico, Jake, con quien sentí las mariposas en el estómago. No tiene sentido que necesitara algo tan perverso como esta relación con Julian para enriquecer mi vida y darme lo que me faltaba.

No soy loquera, pero puede que haya una explicación a estos sentimientos. Puede que aún mantenga algún trauma de mi niñez o que sufra algún desequilibrio mental. O quizá sea solo Julian y la manera deliberada en que ha ido moldeando mis respuestas físicas y sentimentales desde los primeros días en la isla. Soy consciente de sus métodos de condicionamiento, pero reconocerlos no los hará menos efectivos. Es extraño saber que estás siendo manipulada y a la misma vez disfrutar de los resultados de esa manipulación.

Pero de verdad los disfruto. Estar con Julian es tan

emocionante y a la vez tan aterrador y excitante como montarse sobre un tigre. Nunca sé qué parte de él veré en su próximo movimiento, si el amante encantador o el amo cruel. Y, como es tan complicado, quiero a ambos. Soy adicta a ambos. La luz y la oscuridad, la violencia y la ternura... Todo va junto y forma un cóctel volátil y vertiginoso que juega a confundir mi equilibrio y me hace caer en el hechizo de Julian una y otra vez.

Por supuesto, verlo todos los días no ayuda. En la isla, sus frecuentes ausencias me daban tiempo para recuperarme del potente efecto que tenía en mi mente y en mi cuerpo, y así era capaz de mantener un equilibrio emocional. Sin embargo, aquí no tengo descanso del atractivo magnético que ejerce sobre mí; no hay manera de protegerme de esa atracción tóxica. Cada día que pasa, pierdo un trozo de mi alma y mi necesidad de él crece en vez de disminuir.

Solo me mantiene cuerda saber que Julian siente la misma atracción que yo. No sé si será mi parecido con Maria o nuestra química inexplicable, pero sí sé que la adicción es mutua.

El hambre que tiene Julian de mí no conoce límites. Me posee un par de veces todas las noches y a veces también durante el día y aun así siento que quiere más. Está ahí, en la intensidad de su mirada, en la manera en que me toca, en que me sostiene. No puede quitarme las manos de encima y eso me hace sentir mejor con respecto a mi propia atracción irremediable hacia él.

También parece agradarle pasar tiempo conmigo

fuera de la habitación. Cumpliendo su promesa, Julian ha empezado a entrenarme, a enseñarme a pelear y a usar diferentes armas. Después del comienzo accidentado, ha resultado ser un instructor excelente, sabio, paciente y sorprendentemente dedicado. Nos entrenamos juntos casi todos los días y ya he aprendido mucho más en este par de semanas que durante los tres meses de cursos de autodefensa. Es verdad que lo que me enseña no es autodefensa, ya que las lecciones de Julian son más bien un entrenamiento militar para matar.

—Tu meta es matar siempre. —Me indica durante una sesión por la tarde en que me hace lanzar cuchillos a una diana colgada en la pared—. No eres muy grande y tampoco tienes mucha fuerza, así que tu ventaja será la velocidad, la flexibilidad y la crueldad. Necesitas coger desprevenidos a tus oponentes y eliminarlos antes de que se den cuenta de que los vas a matar. Cada movimiento tiene que ser mortal, cada movimiento cuenta.

—¿Y si no quiero matarlos? —le pregunto mirándolo —. ¿Y si solo quiero herirlos para poder huir?

—Un hombre herido siempre puede contraatacarte. No requiere mucho esfuerzo apretar el gatillo o apuñalar con una navaja. A menos que tengas una buena razón para mantener vivo a tu enemigo, tu meta es matar, Nora. ¿De acuerdo?

Asiento y lanzo un pequeño cuchillo afilado a la pared. Impacta en la diana y se cae sin apenas rasguñar la pared. No es mi mejor tiro, pero mucho mejor que los cinco primeros.

No sé si seré capaz de hacer lo que dice Julian, pero no quiero volver a sentirme indefensa. Si eso significa aprender a matar, lo haré encantada. No significa que lo vaya a usar, es solo que sabiendo que puedo protegerme me siento más fuerte y segura y me ayuda a lidiar con las continuas pesadillas de la experiencia con los terroristas.

Para mi alivio, eso también ha ido mejorando. Es como si mi subconsciente supiera que Julian está aquí y que estoy a salvo con él. Por supuesto, también ayuda que, cuando me levanto gritando, él está aquí para calmarme y hacerme olvidar las pesadillas.

La primera de ellas tiene lugar la tercera noche después de que llegara a la finca. Sueño de nuevo con la muerte de Beth, con el océano de sangre que me ahoga; pero esta vez, unos brazos fuertes me agarran y me salvan de una muerte segura. Esta vez, cuando abro los ojos, no estoy sola en la oscuridad. Julian ha encendido la lámpara de la mesita y me zarandea para que despierte, con una expresión de preocupación en su hermoso rostro.

—Estoy aquí ahora. —Me calma deslizándome hasta su regazo sin poder parar de temblar. Por mi cara resbalan lágrimas de terror al recordarlo—. Todo está bien, te lo prometo… —Me acaricia el pelo hasta que me tranquilizo y dejo de sollozar. Luego me pregunta con suavidad—: ¿Qué pasa, cariño? ¿Has tenido una pesadilla? Estabas gritando mi nombre...

Asiento, aferrándome a él con todas mis fuerzas. Puedo sentir el calor de su piel, oír el latido de su corazón y la pesadilla comienza a desvanecerse poco a poco, volviendo a la realidad.

—Era Beth —susurro cuando puedo hablar sin que la voz se quiebre— la estaba torturando... la estaba matando.

Julian me abraza estrechando sus brazos. No dice nada, pero siento su rabia, su ira. Beth había sido más que un ama de llaves para él, aunque su verdadera relación continuaba siendo un misterio para mí.

Desesperada por apartar las imágenes sangrientas de mi mente, decido satisfacer la curiosidad que me comía por dentro en la isla.

—¿Cómo os conocisteis Beth y tú? —pregunto y me separo para verle la cara—. ¿Cómo acabó en la isla conmigo?

Me mira con los ojos llenos de recuerdos. Antes, siempre que había preguntado estas cosas o le quitaba importancia o cambiaba de tema. Pero ahora las cosas son muy diferentes entre nosotros. Julian parece más dispuesto a hablar conmigo, a dejar que me introduzca en su vida.

—Hace siete años, estaba en Tijuana en una reunión con uno de los cárteles —empieza a hablar—. Cuando concluyó la reunión, fui a buscar algo de entretenimiento en la Zona Norte, el barrio rojo de la ciudad. Estaba paseando por una de las avenidas cuando la vi... una mujer lloraba y gritaba sobre un cuerpo pequeño en el suelo.

—Beth —susurré, recordando lo que me contó sobre su hija.

—Sí, Beth —confirma—. No era asunto mío, pero llevaba unas copas de más y sentía curiosidad, así que me acerqué... entonces vi que el cuerpo pequeño era una niña. Una preciosa niña pelirroja con el pelo rizado, una réplica de la mujer que estaba llorando. —Un destello de furia le iluminó los ojos—. La niña yacía sobre un charco de sangre con un tiro en el pecho. Al parecer, la habían asesinado para castigar a la madre, que no quería dejar que su proxeneta ofreciera a su hija a algunos clientes con gustos un poco más exclusivos.

Una fuerte oleada de náuseas me sube por la garganta. A pesar de todo lo que he pasado, aún me horroriza saber que hay tanto monstruo ahí fuera. Monstruos mucho peores que el hombre de quien me he enamorado.

No me extrañaba que Beth viera el mundo en tonos negros. Su vida había estado llena de oscuridad.

—Cuando escuché la historia, me llevé a Beth y a su hija —prosigue Julian con una voz áspera—. Seguía sin ser asunto mío, pero no podía quedarme parado, no después de ver el cuerpo de la niña. La enterramos en un cementerio a las afueras de Tijuana. Después cogí a dos de mis hombres y a Beth y volvimos a buscar al proxeneta. —Se le asoma una sonrisa pequeña y despiadada mientras dice—: Beth lo mató personalmente, a él y a sus dos mafiosos, los que ayudaron a matar a su hija.

Respiro despacio porque no quería empezar a llorar de nuevo.

—¿Despúes de eso empezó a trabajar para ti? ¿Despúes de que la ayudaras?

—Sí —asiente Julian . Tijuana no era un sitio seguro para ella, así que le ofrecí trabajo como cocinera y sirvienta. Aceptó, por supuesto. Era mucho mejor que ser prostituta en México, así que viajó conmigo dondequiera que fuera. No fue hasta que decidí adquirirte cuando le ofrecí la oportunidad de quedarse en la isla y bueno, ya conoces el resto.

—Sí —murmuro empujándolo para escapar de su abrazo, un abrazo que se torna de cómodo a sofocante. Ese «adquirirte» es un recordatorio desagradable de cómo llegué a estar hoy aquí... de que el hombre que tengo al lado planeó y llevó a cabo mi secuestro despiadadamente. En una escala de maldad, puede que Julian no sea del todo perverso, pero no está muy lejos tampoco.

Con el paso de los días las pesadillas cesan. Aunque suene contradictorio, ahora que vuelvo a estar con mi secuestrador, empiezo a curarme de la dura experiencia de ser secuestrada. Incluso mi arte se ha calmado. Todavía siento la necesidad de dibujar las llamas de una explosión, pero he vuelto a interesarme por los paisajes:

plasmo en los lienzos la belleza salvaje del bosque que rodea la propiedad.

Al igual que antes, Julian me anima a que siga con mi afición. Además de prepararme un estudio, ha contratado a un profesor de arte: un anciano enjuto del sur de Francia que habla inglés con un acento muy fuerte. Antes de retirarse a los setenta, Monsieur Bernard dio clases en las mejores escuelas de arte de Europa. No tengo ni idea de cómo lo ha persuadido Julian para que venga a la finca, pero agradezco su presencia. Las técnicas que me enseña son mucho más avanzadas que las que aprendí con los vídeos de formación y estoy preparada para empezar un nuevo nivel de sofisticación en mi arte, al igual que hace Monsieur Bernard.

—Tiene talento, señora —dice con su fuerte acento francés al comprobar mi último intento de pintar una puesta de sol en la selva. Los árboles aparecen oscuros en contraposición con el vivo atardecer naranja y rosa y los bordes de la pintura aparecen difuminados y desenfocados—. Esto es... ¿Cómo se dice? ¿Un paisaje casi siniestro? —Me mira con una mirada llena de curiosidad—. Sí —continúa tras examinarme por un momento—, tiene talento y algo más... algo más dentro de usted que sale a través de su arte. Una oscuridad que pocas veces he visto en alguien tan joven.

No sé qué responder a eso, así que me limito a sonreír. Tampoco estoy segura de si Monsieur Bernard sabe algo de la profesión de mi marido, pero estoy casi segura de que el viejo profesor no tiene ni idea de cómo empezó mi relación con Julian.

Y, hasta ahora, para el mundo soy la mujer joven y mimada de un hombre apuesto y rico. Ya está.

—Te he matriculado en el semestre de invierno de Stanford —dice Julian de pasada una noche mientras cenamos—. Tienen un nuevo programa online. Todavía está en fase experimental, pero los primeros comentarios son muy buenos. Son los mismos profesores, pero las clases están grabadas así que no hay que asistir de forma presencial.

Abro la boca del asombro. ¿Estoy matriculada en Stanford? No sabía ni que existiera la posibilidad de ir a la universidad, mucho menos a una de las diez mejores.

—¿Qué? —digo incrédula, soltando el tenedor en la mesa. Ana había preparado una deliciosa cena para nosotros, pero ya no me interesa la comida del plato. Toda mi atención va para Julian.

—Le prometí a tus padres que tendrías una buena educación y estoy cumpliendo mi promesa. ¿No te gusta Stanford? —Sonríe tranquilo.

Lo miro estupefacta. No tengo ninguna opinión sobre Stanford porque nunca he contemplado la posibilidad de ir allí. Mis notas en el instituto han sido buenas, pero los resultados de los exámenes finales no fueron muy altos. Además, de todas formas, mis padres no se podían permitir una universidad tan cara. Mi camino universitario iba a ser entrar en una universidad regional y luego pasarme a una universidad del estado, así que nunca he pensado en Stanford ni ninguna universidad de tal calibre.

—¿Cómo me has metido? —pregunto al final—. ¿La lista de admisión no es tan exclusiva? ¿O acaso hay menos demanda en el programa online?

—No, creo que es incluso más competente —dice Julian, rellenando su plato con más pollo—. Creo que este año solo admitirán a cien estudiantes para el programa y había cerca de diez mil solicitudes.

—Entonces, ¿cómo has podido...? —empiezo a decir, pero luego me callo al darme cuenta de que entrar en una universidad de élite es un juego de niños para alguien como Julian y sus contactos—. Dices que ¿empiezo en enero? —pregunto. La emoción me corre por las venas y dejo de estar asombrada. Stanford. Madre mía, voy a ir a Stanford. Debería sentirme culpable por no haber entrado por mérito propio o al menos estar indignada por el uso de poder de Julian, pero solo puedo pensar en la reacción de mis padres cuando les dé la noticia. ¡Voy a ir a Stanford!

Julian asiente y se sirve más arroz.

—Sí, es cuando empieza el cuatrimestre. En los próximos días te enviarán un correo con un paquete de orientación para que puedas pedir los libros una vez que sepas los requisitos de las clases. Me aseguraré de que te lleguen a tiempo.

—¡Vaya! Muy bien. —Sé que no es la respuesta apropiada para algo de esta magnitud, pero no se me ocurre nada mejor que decir. Dentro de menos de dos semanas seré estudiante en una de las universidades más prestigiosas del mundo. Esto es lo último que podría imaginarme cuando Julian volvió a por mí. Es un programa online, sí, pero sin duda es mil veces mejor que lo que hubiera soñado.

Se me ocurren muchas preguntas.

—¿Cuál será mi especialidad? ¿Qué voy a estudiar? —pregunto, inquiriendo si Julian ya ha tomado esa decisión por mí también. No me sorprende que haya escogido él la universidad. Después de todo, este es el hombre que me secuestró y me obligó a casarme con él. No es exactamente muy flexible al dejarme elegir No es que sea precisamente flexible a la hora de dejarme elegir cosas.

—Lo que tú quieras, mi gatita. Creo que hay algunas asignaturas comunes que tendrás que hacer, o sea, que no tendrás que elegir tu especialidad hasta dentro de un año o dos. ¿Sabes lo que quieres estudiar? —Julian me ofrece una sonrisa benévola.

—La verdad es que no. —Había pensado en tomar clases en diferentes áreas para averiguar lo que quería hacer, pero me alegra que Julian me permita elegir a mí. En el instituto la mayoría de las asignaturas se me daban bien por igual, por lo que delimitar las posibilidades entre las distintas carreras era más difícil.

—Bueno, aún tienes tiempo para averiguarlo —dice Julian para consolarme—. No hay prisa.

—Vale, sí. —Una parte de mí no se puede creer que estemos hablando de esto. Hace menos de dos horas Julian me acorraló en la piscina y me folló hasta la saciedad sobre una de las tumbonas. Hace menos de cinco horas, me enseñaba cómo dejar incapacitado a un hombre metiéndole los dedos en el ojo. Hace dos noches, me ató a la cama y me azotó con un látigo. ¿Y ahora estamos hablando sobre mi especialidad en la universidad? Intento asimilar este giro de los acontecimientos y le pido a Julian que me eche un cable.

—Dime, ¿qué estudiaste en la universidad?

En cuanto digo eso, me doy cuenta de que no tengo ni idea de si ha ido alguna vez a la universidad. Aún sé muy poco sobre el hombre con quien me acuesto todas las noches. Frunzo el ceño al hacer unos cálculos mentales rápidos. Según Rosa, asesinaron a los padres de Julian hace doce años, cuando él se hizo cargo del negocio de su padre. Dado que ha pasado exactamente un año desde que Beth me dijo que Julian tenía veintinueve ahora tiene que tener unos treinta y uno, lo que significa que se hizo cargo del negocio familiar a los diecinueve.

Por primera vez, caigo en la cuenta de que Julian tenía mi edad cuando relevó a su padre como jefe de una operación ilegal de droga que se transformó en un avanzado imperio de armas tan ilegal como el anterior.

—Estudié ingeniería electrónica —dijo Julian para mi sorpresa.

—¿Qué? —exclamo sin esconder mi sorpresa—. Pensaba que te hiciste cargo del negocio de tu padre muy joven...

—Sí —Julian me mira divertido—. Dejé Caltech después de un año y medio. Pero mientras que estaba allí estudié ingeniería electrónica en un programa avanzado.

¿Caltech? Miro a Julian fijamente y descubro un nuevo respeto hacia él. Siempre supe que era listo, pero estudiar ingeniería en Caltech requiere un nivel superior de inteligencia.

—¿Por eso elegiste el negocio con las armas? ¿Por qué sabías algo de ingeniería?

—En parte sí y en parte porque vi más oportunidades que en el procesamiento de drogas.

—¿Más oportunidades? —Cojo de nuevo el tenedor y lo paso entre los dedos al tiempo que estudio a Julian. Intento entender qué lo llevó a abandonar una empresa criminal por otra. Apuesto a que alguien con su nivel de inteligencia y empuje podría haber elegido hacer algo mejor, algo menos peligroso e inmoral—. ¿Por qué no terminaste la carrera en Caltech para después hacer algo bueno con ella? —pregunto tras unos instantes—. Estoy segura de que podrías haber elegido cualquier trabajo o incluso haber empezado tu propio negocio si no te gusta el mundo corporativo.

—Lo pensé —dice con una expresión ilegible,

sorprendiéndome de nuevo—. Cuando dejé Colombia tras la muerte de Maria, quería terminar con ese mundo. Durante el resto de mis días como adolescente, intenté con todas mis fuerzas olvidar las lecciones que mi padre me enseñó; intenté controlar la violencia. Por eso me matriculé en Caltech, porque quería tomar un camino diferente y no convertirme en quien estaba destinado a ser.

Lo miro fijamente y se me acelera el pulso. Esta es la primera vez que oigo a Julian reconocer que quería algo diferente a la vida que vive ahora.

—¿Por qué no lo lograste? Nada te ataba a ese mundo a partir de la muerte de tu padre...

—Tienes razón. —Julian me sonríe—. Podría haber olvidado la muerte de mi padre y dejar que el otro cartel tomara el poder de la organización. Podría haber sido fácil. No tenían ni idea de quién era o cuál era mi nombre por aquel entonces, es decir, podría haber empezado de cero, terminar la universidad y conseguir un trabajo en una de las compañías incipientes de Silicon Valley. Y probablemente lo hubiera hecho si no hubieran matado a mi madre también.

—¿Tu madre?

—Sí. —Sus hermosos rasgos mostraron un odio profundo—. Le pegaron un tiro aquí en la finca junto a una decena de personas más. No pude pasarlo por alto.

No, por supuesto que no. Alguien como Julian no podría olvidarlo puesto que ya ha matado por venganza.

Recordando la historia que me contó sobre el hombre que asesinó a Maria, siento que se me eriza la piel.

—Así que viniste y los mataste.

—Sí. Reuní a todos los hombres de mi padre que quedaban vivos y contraté a otros nuevos. Atacamos en mitad de la noche, dimos un golpe a los líderes del cartel en sus propias casas. No esperaban tal represalia y los pillamos desprevenidos. —Esbozó una sonrisa oscura—. A la mañana siguiente, no había supervivientes, y sabía que había sido un estúpido al pensar que podía pasar por alto lo que soy… Al imaginar que podía ser otra cosa en vez del asesino que nací para ser.

Un escalofrío me recorre la piel poniéndome el vello de punta. Este lado de Julian me aterra y junto mis manos por debajo de la mesa para que no tiemblen.

—Me dijiste que ibas a terapia después de la muerte de tus padres porque querías matar más.

—Sí, mi gatita. —Hay una mirada feroz en sus ojos azules—. Maté a los líderes del cartel y a sus familias, y cuando todo terminó, estaba sediento de más sangre… de más muerte. El deseo que se instaló dentro de mí se intensificó con los años que pasé lejos. Intentar llevar una vida normal solo empeoró las cosas. —Hizo una pausa. Me estremezco con la sombra oscura que denota su mirada—. Ir a terapia fue el último intento de luchar contra mi naturaleza, y no tardé en darme cuenta de que era inútil. La única manera de seguir adelante era asimilar y aceptar mi destino.

—Y lo hiciste metiéndote en el tráfico de armas. —

Intento mantener la voz firme—. Te convertiste en un criminal.

En ese instante, Ana llega a la habitación y empieza a recoger los platos de la mesa. La miro y subo las manos despacio, intentando disipar el frío que hay dentro de mí. Que Julian tuviera una oportunidad y que deliberadamente eligiera esa parte oscura de él empeoraba las cosas. De esa forma, no hay esperanzas de redención, de hacerle ver que ese no era el camino correcto. No es que nunca supiera que había una alternativa a esa vida criminal, al contrario, siempre supo de ella y decidió rechazarla.

—¿Quieren algo más? —pregunta Ana. Niego con la cabeza porque estoy demasiado confundida para pensar en el postre. Sin embargo, Julian le pide una taza de chocolate caliente, tan sereno como siempre.

Cuando Ana sale de la habitación, Julian me sonríe averiguando lo que estoy pensando.

—Siempre he sido un criminal, Nora —dice suavemente—. Maté por primera vez cuando tenía ocho años y desde entonces supe que no había vuelta atrás. He intentado enterrar todo lo que sé durante un tiempo, pero siempre ha estado ahí, esperando reaparecer. —Se reclina en la silla. Tiene una postura indolente, pero aun así agresiva, como un gato salvaje tumbado—. La verdad es que necesito este estilo de vida, mi gatita. El peligro, la violencia y el poder que lleva implícito. Todo me satisface de una manera en la que un aburrido trabajo corporativo no lo conseguiría.

—Se detiene y, con ojos relucientes, añade—: Me hace sentir vivo.

Esa noche, antes de irnos a la cama, me doy una ducha rápida mientras Julian responde a un par de correos urgentes desde el iPad. Cuando salgo del baño con la toalla liada, deja la tablet y empieza a desnudarse. Al verlo quitarse la camiseta, siento una agitación inusual en su interior, una energía reprimida en cada movimiento, lo que nunca había visto antes.

—¿Qué ha pasado? —pregunto con cautela teniendo en mente la conversación de antes. Las cosas que agitan a Julian, a menudo, son cosas que a mí me hacen temblar. Me acerco a la cama y me ajusto la toalla, todavía un poco reacia a desnudarme ante él.

Me ofrece una sonrisa cautivadora mientras se sienta en la cama para quitarse los calcetines.

—¿Te acuerdas de que te dije que teníamos información sobre dos células de Al-Quadar? —Asiento y continúa—: Bueno, las hemos destruido y hemos capturado a tres terroristas por el camino. Lucas los está trayendo para interrogarlos. Llegarán por la mañana.

—Oh. —Lo miro fijamente y experimento una mezcla rara de sensaciones. Sé lo que significa «interrogarlos» para Julian. Debería estar horrorizada y asqueada porque mi marido torturará a esos hombres y, muy en el fondo, lo estoy. También siento una alegría vengativa y enfermiza. Es una sensación que me atormenta mucho más que imaginarme a Julian interrogándolos mañana. Sé que esos hombres no son los que asesinaron a Beth, pero no implica que no sienta lo mismo por ellos también. Hay una parte de mí que quiere que paguen por la muerte de Beth... que sufran por lo que hizo Majid.

Sin embargo, Julian malinterpreta mi reacción, se pone de pie y me dice con dulzura:

—No te preocupes, mi gatita. No van a hacerte daño. Me aseguraré de ello. —Y sin poder siquiera replicarlo, se baja los pantalones y me muestra una erección en crecimiento.

Al contemplar su cuerpo desnudo me invade una ola de deseo, sofocándome por dentro a pesar de mi confusión mental. Estas dos últimas semanas, Julian ha desarrollado los músculos que perdió cuando estuvo en coma e incluso ahora está más deslumbrante que antes: tiene los hombros anchos y la piel tostada por el sol. Levanto la vista hacia sus ojos y me pregunto por centésima vez cómo alguien tan hermoso puede tener tanta maldad dentro y si se me habrá pegado parte de esa maldad.

—Ya sé que no me harán daño mientras esté aquí —digo despacio mientras me alcanza—. No les tengo miedo.

Esboza una sonrisa sarcástica y me quita la toalla, dejándola caer en el suelo.

—¿Y a mí me tienes miedo? —murmura acercándose

un paso más. Subiendo las manos, me cubre las tetas con las palmas y me las aprieta; sus pulgares juegan con mis pezones. Cuando me mira, aún advierto una mirada cruel, aunque divertida, en sus ojos azules.

—¿Debería? —Mi corazón late a mil por hora, mi sexo se contrae al sentir su polla dura rozarme el estómago. Sus manos están calientes y ásperas en contraste con la piel sensible de mil pecho desnudo. Respiro de forma entrecortada y mis pezones se endurecen con su tacto—. ¿Me vas a hacer daño esta noche?

—¿Quieres que te lo haga, mi gatita? —Me pellizca los pezones con fuerza, los retuerce con los dedos, lo que me provoca una mezcla de placer y dolor. Su voz se agrava, volviéndose oscura y seductora—. ¿Quieres que te haga daño? ¿Que te marque tu piel suave y te haga gritar?

Me relamo los labios y siento temblores de calor y excitación por el cuerpo entero. Debería estar asustada, sobre todo después de la conversación de esa noche, pero en lugar de eso, siento una excitación desesperada. Aunque sea perverso, quiero hacerlo, quiero sentir la ferocidad de su deseo, la crueldad de su afección. Quiero perderme en su abrazo, olvidar todo lo bueno y malo y dedicarme a sentir.

—Sí —susurro, admitiendo por primera vez mis necesidades oscuras, mis ansias aberrantes que ha introducido dentro de mí—. Sí, eso quiero…

Un calor salvaje y volcánico le aparece en los ojos y

después nos caemos en la cama en un enredo de extremidades y piel. En este momento no hay ningún atisbo aparente del amante gentil o del sádico sofisticado que me manipula la mente y el cuerpo todas las noches. No, este Julian es solo un macho lleno de deseo, salvaje y descontrolado.

Sus manos deambulan por mi cuerpo, me muerde, me chupa y me pellizca cada poro de mi piel. Su mano izquierda encuentra el camino hacia mis muslos, y me mete uno de los dedos, haciéndome jadear mientras lo mete y saca sin compasión de mi sexo, húmedo y agitado. Es brusco, pero cada vez siento más calor, y le araño la espalda, desesperada por más.

Termino tumbada de espaldas, inmovilizada bajo su cuerpo musculoso; los brazos estirados sobre mi cabeza y las muñecas atrapadas por el agarre férreo de su mano derecha. Esta es la posición de la conquista, y mi corazón todavía late con un sentimiento de expectación más que de miedo al ver sus ojos depredadores y hambrientos.

—Voy a follarte —dice con dureza. Tiene las rodillas entre mis piernas y me las separa. Su voz no denota seducción alguna, sino solo una necesidad cruda y agresiva—. Voy a follarte hasta que clames piedad y después voy a follarte un poco más, que lo sepas.

Me las apaño para asentir y mi pecho se agita al mirarlo. Se me acelera la respiración y me arde la piel allá por donde me toca su cuerpo. Por un momento, noto la longitud punzante de su erección contra el interior de mi muslo, la ancha cabeza suave y aterciopelada, y entonces se sujeta la polla con la mano libre y la guía hasta mi entrada.

Estoy mojada, pero aún no estoy preparada para la brutal embestida con que junta nuestros cuerpos, y una sacudida de dolor me recorre cuando me penetra partiéndome casi en dos. Se me escapa un sollozo gutural y aprieto los músculos internos, resistiendo a la violenta penetración, pero no me da tregua. En vez de eso establece un ritmo duro y doloroso, reclamándome con una agresividad que me deja aturdida y sin respiración, incapaz de hacer nada excepto aceptar las incesantes embestidas.

No sé cuánto tiempo me folla así ni cuántas veces he llegado al orgasmo con la cadencia brutal de sus embistes. Solo sé que cuando él alcanza el clímax, temblando sobre mí, yo estoy ronca de chillar y tan dolorida que hasta me duele cuando sale de mí. La humedad de su semen me escuece la piel desgastada.

Yo también estoy demasiado agotada como para moverme, así que él se levanta, va al baño y coge una toalla fría y húmeda. Con ella me limpia con delicadeza el sexo inflamado para después bajar. Estoy exhausta, pero me fuerza con los labios y la lengua a llegar a otro orgasmo.

Y después dormimos con las manos entrelazadas.

12

JULIAN

A la mañana siguiente me despierto cuando la luz del sol me acaricia la cara. Anoche dejé las cortinas abiertas a propósito porque quería comenzar temprano el día. La luz causa más efecto en mí que cualquier alarma y es mucho menos molesta para Nora, que duerme sobre mi pecho.

Durante algunos minutos, permanezco tumbado, deleitándome con el tacto de su piel tibia contra la mía, con su suave respiración y con la forma en que sus largas pestañas reposan como oscuras medias lunas sobre sus mejillas. Nunca había querido dormir con una mujer, nunca había visto el atractivo de compartir cama con otra persona para algo más que para follar. Solo al raptar a mi cautiva comprendí el placer de quedarme dormido abrazado a su cuerpecito sedoso, de sentirla a mi lado toda la noche.

Suspiro profundamente y separo con delicadeza a

Nora de mí. Necesito levantarme, aunque estoy muy tentado de permanecer allí tumbado y no hacer nada. No se despierta cuando me incorporo, solo rueda sobre su costado y continúa durmiendo. La manta se desliza por su cuerpo y deja su espalda expuesta, en gran parte, a mi mirada. Incapaz de resistirlo, me inclino para besarle uno de los hombros esbeltos y percibo unos cuantos arañazos y moratones que deslucen su delicada piel, marcas que seguramente le dejé anoche.

Me excita verlas en ella. Me gusta marcarla, dejar indicios de mi posesión en su delicada piel. Ya lleva mi anillo, pero no es suficiente. Quiero más. Cada día que pasa la necesito más, cada vez estoy más obsesionado con ella... y no menos.

Estos acontecimientos me perturban. Tenía la esperanza de que ver a Nora cada día y tenerla como esposa calmaran esta hambre desesperada que siento por ella todo el tiempo, pero parece que ocurre lo contrario. No me gusta pasar tiempo lejos de ella, que haya momentos en que no la toco. Como ocurre con cualquier adicción, parece que necesito dosis cada vez más grandes de mi droga; mi dependencia por ella crece hasta el punto de estar constantemente ansiando el siguiente chute.

No sé qué haría si la perdiera alguna vez. Es un miedo que me despierta por las noches envuelto en un sudor frío y que me brota en la mente en cualquier momento a lo largo del día. Sé que está a salvo aquí en la finca, solo un ataque directo de un ejército perfectamente preparado puede franquear mi seguridad, pero no puedo evitar preocuparme, no puedo evitar sentir miedo de que me la arrebaten de alguna manera. Es de locos, pero estoy tentado a encadenarla a mí todo el tiempo. Así sabría que está bien.

Echo un último vistazo a su silueta durmiente, me levanto con el mayor sigilo posible y me dirijo hacia la ducha, obligándome a olvidar mi obsesión. Veré a Nora de nuevo esta tarde, pero primero hay una entrega nocturna que requiere mi atención. Cuando centro la mente en mi próxima tarea, sonrío con una anticipación desagradable.

Los prisioneros de Al-Quadar me están esperando.

Lucas los ha traído a un almacén en el extremo más alejado de la finca. De lo primero que me percato es del hedor. Es una combinación punzante de sudor, sangre, orina y desesperación, lo que me dice que Peter ya ha estado trabajando intensamente esta mañana.

Cuando mis ojos se acostumbran a la luz tenue del interior del almacén, veo que hay dos hombres atados a sillas metálicas, mientras que un tercero pende de un gancho en el techo, colgado de una cuerda que le une las muñecas por encima de la cabeza. Los tres están cubiertos de mugre y sangre, por lo que es difícil identificar su edad o nacionalidad.

Primero me acerco a uno de los que están sentados.

Tiene el ojo izquierdo cerrado por la hinchazón y sus labios, inflamados y cubiertos de sangre. Sin embargo, me mira con furia y desafío con su ojo derecho. Al estudiarlo más de cerca veo que es un hombre joven. Tendrá veintipocos o estará al final de su adolescencia, con un intento desaliñado de barba y pelo negro cortado al ras. Dudo que sea algo más que un soldado raso, pero aún así lo voy a interrogar. Incluso los peces pequeños pueden, en ocasiones, tragar pedazos de información útiles y luego regurgitarlos si se induce a ello correctamente.

—Se llama Ahmed —dice una voz profunda con un ligero acento detrás de mí. Al girarme veo a Peter de pie, con la misma cara inexpresiva de siempre. Que no lo haya localizado enseguida no me sorprende. Peter Sokolov destaca por acechar en las sombras—. Fue reclutado hace seis meses en Pakistán.

Un pez aún más pequeño de lo que me esperaba, entonces. Estoy decepcionado, pero no sorprendido.

—¿Y este? —pregunto dirigiéndome hacia el otro hombre sentado. Parece mayor, cerca de los treinta, tiene la cara delgada y completamente afeitada. Como a Ahmed, lo han golpeado un poco, pero no hay furia en sus ojos cuando me mira. Solo un odio gélido.

—John, también conocido como Yusuf. Nacido en Estados Unidos, de padres palestinos, reclutado por Al-Quadar hace cinco años. Le he sonsacado eso a este hasta ahora —dice Peter, señalando al hombre colgado del gancho—. El propio John aún no ha hablado conmigo.

—Claro. —Miro a John, satisfecho por dentro por este acontecimiento. Si ha sido entrenado para soportar una cantidad significativa de dolor y tortura, entonces es al menos un mando de nivel medio. Si conseguimos presionarlo, estoy seguro de que seremos capaces de obtener alguna información valiosa.

—Y este es Abdul. —Peter hace un gesto hacia el hombre colgado—. Es el primo de Ahmed. Supuestamente se unió a Al-Quadar la semana pasada.

¿La semana pasada? Si eso es verdad, no nos sirve. Frunzo el ceño y camino hacia él para echar un vistazo más de cerca. Según me aproximo, se tensa y veo que su cara es un enorme moratón hinchado. Además, apesta a meada. Cuando me paro enfrente de él, comienza a balbucear en árabe, la voz llena de miedo y desesperación.

—Dice que nos ha contado todo lo que sabe. —Peter se coloca a mi lado—. Asegura que solo se unió a su primo porque prometieron que le iban a dar dos cabras a su familia. Jura que no es terrorista, que nunca ha querido herir a nadie en su vida, que no tiene nada en contra de Estados Unidos, etcétera, etcétera.

Asiento, ya lo había captado. No hablo árabe, pero lo entiendo un poco. Esbozo una fría sonrisa al sacar una navaja suiza de mi bolsillo trasero y mostrar su pequeño filo. Al ver el cuchillo, Abdul tira frenéticamente de las cuerdas que lo sostienen y suplica cada vez más alto. Es claramente inexperto, lo que me hace pensar que está diciendo la verdad: no sabe nada.

Sin embargo, no importa. De él solo necesito información y, si no me la puede proporcionar, es hombre muerto.

—¿Estás seguro de que no sabes nada más? —le pregunto, girando con lentitud el cuchillo entre los dedos— ¿Quizá algo que hayas podido ver, oír o con lo que te hayas podido topar? ¿Algún nombre, cara o algo por el estilo?

Peter traduce mi pregunta y Abdul niega con la cabeza; le caen lágrimas y mocos por la cara magullada y ensangrentada. Balbucea algo más, algo sobre conocer solo a John, a Ahmed y a los hombres asesinados ayer durante su captura. Por el rabillo del ojo veo que Ahmed lo fulmina con la mirada, sin duda deseando que su primo mantenga la boca cerrada, pero John no parece alarmado por la verborrea de Abdul. Su falta de preocupación solo confirma lo que mis instintos me están diciendo: que Abdul está diciendo la verdad sobre no saber nada más.

Como si me leyera la mente, Peter se pone a mi lado.

—¿Quieres hacer los honores o lo hago yo? —Su tono es casual, como si me estuviera ofreciendo un café.

—Lo hago yo —contesto de la misma manera. Ni la indulgencia ni el sentimentalismo tienen cabida en mi negocio. La culpa o inocencia de Abdul no importan, se alió con mis enemigos y, al hacerlo, firmó su propia sentencia de muerte. La única piedad que le concederé es la de darle un rápido fin a su mísera existencia.

No hago caso a sus súplicas aterrorizadas y paso el filo de la navaja por la garganta de Abdul, después retrocedo y veo cómo se desangra. Cuando acaba, limpio el cuchillo en la camiseta del hombre muerto y me giro hacia los otros dos prisioneros.

—Muy bien —digo mostrándoles una plácida sonrisa —, ¿quién es el siguiente?

PARA MI DESGRACIA, nos lleva casi toda la mañana hacer hablar a Ahmed. Para ser un recluta novato, es sorprendentemente fuerte. Al final se rinde, como es obvio —todos lo hacen— y averiguo el nombre del hombre que actúa como intermediario entre su célula y otra dirigida por un líder superior. También me entero de un plan para hacer explotar un autobús turístico en Tel Aviv, información que mis contactos en Israel encontrarán muy útil.

Dejo que John vea el proceso completo, hasta que Ahmed da su último suspiro. Aunque puede haber sido entrenado para soportar la tortura, dudo que esté preparado psicológicamente para ver a su compañero desmembrado pieza a pieza, sabiendo en todo momento que él va a ser el siguiente. Poca gente es capaz de mantenerse serena en una situación como esta y sé que John no es uno de ellos cuando lo descubro mirando al suelo durante un momento especialmente macabro. Aun así, sé que nos llevará al menos unas cuantas horas sacarle algo y no puedo descuidar mis negocios el resto del día. John tendrá que esperar hasta esta tarde, después de que haya comido y me haya puesto al día con algo de trabajo.

—Puedo empezar si quieres —dice Peter cuando lo informo de esto—. Sabes que puedo hacerlo solo.

Lo sé. En el año que lleva trabajando para mí, ha demostrado su gran capacidad en esta faceta. Sin embargo, prefiero encargarme siempre que sea posible; en mi línea de trabajo, la microgestión suele recompensarse.

—No, está bien así —digo—. ¿Por qué no te tomas tú también un descanso para comer? Continuaremos con esto a las tres.

Peter asiente y abandona después el almacén sin ni siquiera molestarse en lavarse la sangre de las manos. Yo soy más minucioso con este asunto, por lo que me aproximo a un cubo de agua situado cerca de la pared y me enjuago los restos más sangrientos de las manos y la cara. Al menos no me tengo que preocupar por la ropa; hoy me he puesto a propósito una camiseta y unos pantalones cortos negros para que las manchas no se vean. De esta manera, si me encuentro con Nora antes de que me haya podido cambiar de ropa, no le provocaré pesadillas. Sabe de lo que soy capaz, pero saberlo y verlo son dos cosas muy distintas. Mi esposa es todavía inocente en ciertos sentidos y quiero que mantenga la mayor inocencia posible.

No la veo de camino a casa, lo que probablemente es mejor. Siempre me siento salvaje justo después de matar, nervioso y excitado al mismo tiempo. Este goce que siento por cosas que aterrarían a la mayor parte de la gente solía perturbarme, pero ya no me preocupo por ello. Soy así, para lo que me han entrenado. La baja autoestima lleva a la culpa y al arrepentimiento y me niego a albergar estas emociones inútiles.

Cuando llego a casa, me doy una ducha concienzuda y me pongo ropa nueva. Después, sintiéndome más limpio y calmado, bajo a la cocina a por un rápido almuerzo.

Ana no está allí cuando entro, por lo que me hago un sándwich y me siento a comer en la mesa de la cocina. He traído el iPad y, durante la siguiente media hora, me ocupo de asuntos de producción en la fábrica de Malasia, me pongo al día con mi proveedor en Hong Kong y le envío un breve correo electrónico a mi contacto en Israel sobre el bombardeo inminente.

Cuando termino de comer, me quedan todavía unas cuantas llamadas que hacer, por lo que me dirijo a mi despacho, donde tengo instaladas líneas de comunicación seguras.

Me encuentro con Nora al salir de la casa.

Está subiendo las escaleras, hablando y riendo con Rosa. Parece un rayo de sol gracias al vestido amarillo estampado, el pelo suelto cayéndole por la espalda y su sonrisa grande y radiante.

Al verme, se para en mitad de las escaleras, su sonrisa se vuelve un poco tímida. Me pregunto si estará pensando en lo de anoche; desde luego mis pensamientos se dirigen hacia esa dirección en cuanto la veo.

—Hola —dice en voz baja, mirándome. Rosa se para también, inclinando la cabeza hacia mí con respeto. Asiento secamente antes de centrarme en Nora.

—Hola, mi gatita —mi voz suena grave sin querer. Aparentemente al sentir que está en medio, Rosa murmura algo sobre tener que ayudar en la cocina y escapa hacia la casa, dejándonos a Nora y a mí solos en el porche.

Nora sonríe ante la rápida marcha de su amiga, después sube los escalones restantes para colocarse a mi lado.

—Me ha llegado el paquete de orientación de Stanford esta mañana y ya me he matriculado en todas las clases —dice con una voz impregnada de un entusiasmo que apenas contiene—, vaya si se dan prisa.

Le sonrío, satisfecho al verla tan feliz.

—Sí, así es. —Y así tiene que ser, dada la donación generosa que una de mis empresas fantasmas le ha hecho a su fondo de antiguos alumnos. Por tres millones de dólares, espero que la oficina de admisión haga lo imposible para admitir a mi esposa.

—Voy a llamar a mis padres esta noche. —Le brillan los ojos—. Ay, se van a sorprender tanto...

—Sí, estoy seguro —digo con sequedad, imaginándome la reacción de Tony y Gabriela ante esto. He oído unas cuantas conversaciones de Nora con ellos y sé que no se lo creyeron cuando dije que le daría una buena educación. Será bueno que mis nuevos suegros sepan que mantengo mis promesas, que me tomo en serio el cuidado de su hija. No cambiará su opinión sobre mí, desde luego, pero al menos estarán un poco más calmados respecto al futuro de Nora.

Sonríe de nuevo, probablemente imaginándose lo mismo, pero luego su expresión se ensombrece de improviso.

—Entonces, ¿han llegado ya los hombres de Al-Quadar que has capturado? —pregunta y percibo un indicio de duda en su voz.

—Sí. —No me molesto en endulzarlo. No quiero traumatizarla dejándole ver esa parte de mis negocios, pero tampoco voy a ocultarle su existencia—. He comenzado a interrogarlos.

Me observa, sin rastro de su entusiasmo anterior.

—Ya veo. —Me recorre el cuerpo con la mirada, se detiene en mi ropa limpia y me alegro de haber tomado la precaución de haberme duchado y cambiado antes.

Cuando levanta la vista para encontrarse con mi mirada, hay una expresión peculiar en su cara.

—Entonces, ¿has descubierto algo útil? —me pregunta en voz baja—. Al interrogarlos, quiero decir.

—Sí —digo despacio. Me sorprende que tenga curiosidad sobre esto, no está tan conmocionada como yo habría esperado. Sé que odia a Al-Quadar por lo que le hicieron a Beth, pero aun así habría esperado que se acongojara por la tortura. Extiendo una sonrisa al preguntarme cuánta maldad estará dispuesta soportar mi gatita estos días—. ¿Quieres que te lo cuente?

Me sorprende de nuevo al asentir.

—Sí —dice en voz baja, sosteniéndome la mirada—. Cuéntamelo, Julian. Quiero saberlo.

13
NORA

No sé qué demonio me ha incitado a decir eso y contengo la respiración a la espera de que Julian se ría de mí y se niegue. Nunca le ha entusiasmado contarme mucho acerca de sus negocios y, aunque se ha abierto a mí desde su regreso, me da la impresión de que sigue tratando de protegerme contra las partes más desagradables de su mundo.

Para mi sorpresa, no se niega ni se burla de mí de ninguna manera. En su lugar, me tiende la mano.

—Muy bien, mi gatita —dice con una sonrisa enigmática—. Si quieres saberlo, acompáñame. Tengo que hacer unas llamadas.

Con el corazón acelerado, pongo mi mano sobre la suya con indecisión y dejo que me guíe escaleras abajo. Al caminar hacia el pequeño edificio que le sirve de despacho, no puedo evitar preguntarme si estaré cometiendo un error. ¿Estoy preparada para salir de la zona de confort de la ignorancia y zambullirme de cabeza en la turbia cloaca del imperio de Julian? A decir verdad, no tengo ni idea.

Sin embargo, no me paro, no le digo a Julian que he cambiado de opinión… porque no lo he hecho. Porque en lo más profundo de mí, sé que mirar para otro lado no cambia nada. Mi marido es un criminal poderoso y peligroso y mi falta de conocimiento sobre sus actividades no cambia que yo sea mala por estar con él. Al caer en sus brazos cada noche por voluntad propia, amarlo a pesar de todo lo que ha hecho, estoy aprobando implícitamente sus acciones y no soy tan inocente como para pensar de otra manera. Puedo haber comenzado como una víctima de Julian, pero no sé si ya puedo sostener esa dudosa distinción. Drogada o no, me fui con él sabiendo perfectamente qué era y la forma de vida por la que estaba firmando.

Además, una curiosidad oscura se va apoderando de mí en estos momentos. Quiero saber lo que ha descubierto esta mañana, qué tipo de información le han proporcionado sus métodos brutales. Quiero saber qué llamadas está planeando hacer y con quién tiene intención de hablar. Quiero saber todo lo que haya que saber sobre Julian sin importar cuánto me va a horrorizar la realidad de su vida.

Al acercarnos al edificio del despacho, veo que la puerta es de metal. Como en la isla, Julian la abre sometiéndose a un escáner de retina, una medida de seguridad que ya no me sorprende. Dado que ahora sé el tipo de armas que fabrica su compañía, su paranoia parece bastante justificada.

Entramos y veo que se trata de una enorme habitación, con una gran mesa con forma ovalada cerca de la entrada y un amplio escritorio con un conjunto de pantallas de ordenador al fondo. Las paredes están forradas con pantallas planas de televisión y hay sillas de cuero rodeando la mesa que parecen cómodas. Todo parece muy tecnológico y lujoso. El despacho de Julian me parece una mezcla entre una sala de reuniones de ejecutivos y un lugar en el que me imagino a la CIA reuniéndose para elaborar estrategias.

Mientras estoy parada allí, mirándolo todo boquiabierta, Julian me pone las manos sobre los hombros por detrás.

—Bienvenida a mi guarida —murmura, presionándome los hombros durante un instante. Después me libera y se dirige hacia el escritorio para sentarse detrás de él.

Lo sigo hasta allí, conducida por una curiosidad imperiosa.

En la mesa, hay seis pantallas de ordenador. Tres de ellas muestran lo que parece un vídeo en directo desde varias cámaras de vigilancia y diferentes gráficas y números parpadeantes ocupan otras dos. La última pantalla es la que está más cerca de Julian y parece mostrar algún programa de correo electrónico con una apariencia inusual.

Intrigada, echo un vistazo más de cerca para descubrir qué estoy viendo.

—¿Estás controlando tus inversiones? —pregunto observando los dos ordenadores con números parpadeantes. Disto mucho de ser una experta en acciones, pero he visto un par de películas sobre Wall Street y el sistema de Julian me recuerda a los monitores de los inversores que aparecían allí.

—Se podría llamar así. —Cuando me giro para mirarlo, Julian se reclina en la silla y me sonríe—. Una de mis sucursales es un fondo de inversión libre. Participa en todo, desde divisas hasta aceite, centrándose en situaciones especiales y acontecimientos geopolíticos. Tengo gente muy cualificada a su cargo, pero me interesan bastante estas cosas y a veces me gusta jugar con ellas.

—Ah, ya veo… —Lo miro, fascinada. Este era otro aspecto de Julian del que no sabía nada. Hace que me pregunte cuántas capas más descubriré con el tiempo—. Bueno, ¿a quién tienes pensado llamar? —pregunto recordando las llamadas que ha mencionado antes.

La sonrisa de Julian se amplía.

—Ven aquí, pequeña, siéntate —dice, estirando el brazo para agarrarme de la muñeca. Sin darme ni cuenta, estoy sentada en su regazo, con sus brazos apresándome con fuerza entre su pecho y el borde del escritorio—. Siéntate aquí y estate callada —me murmura al oído y teclea algo rápidamente mientras estoy allí sentada, inspirando su aroma sensual y sintiendo su duro cuerpo a mi alrededor.

Oigo unos cuantos pitidos, luego una voz masculina sale del ordenador.

—Esguerra. Me estaba preguntando cuando te pondrías en contacto. —El hombre tiene acento estadounidense y parece culto, quizá un poco estirado. Al instante me imagino a alguien de mediana edad con traje. Un burócrata cualquiera, pero uno importante a juzgar por la confianza que denota su voz. ¿Quizá uno de los contactos de Julian en el gobierno?

—Supongo que nuestros amigos israelíes te habrán puesto ya al día —dice Julian.

Contengo la respiración y escucho con atención porque no quiero perderme nada. No sé por qué ha decidido dejarme descubrirlo de esta manera, pero no voy a protestar.

—No tengo mucho más que añadir —continúa Julian —. Como ya sabes, la operación fue un éxito y ahora tengo un par de detenidos a los que estoy exprimiendo para obtener información.

—Sí, eso hemos oído. —Reina el silencio por un segundo, luego el hombre dice—: Para la próxima vez nos gustaría ser los primeros en conocer estas noticias. Hubiera estado bien si los israelíes hubieran sabido acerca del autobús por nosotros y no al revés.

—Oh, Frank... —suspira Julian, rodeándome la cadera con el brazo y desplazándome un poco hacia la izquierda. Casi pierdo el equilibrio, por lo que me agarro a su brazo, intentando no hacer ningún ruido mientras me coloca más cómodamente sobre su pierna—. Ya sabes cómo funcionan estas cosas. Si queréis ser vosotros los que se lo deis mascado a los israelíes, necesito algún detalle insignificante para endulzar el acuerdo.

—Ya hemos eliminado todos los rastros de tu infortunio con la chica —dice Frank con tranquilidad y me tenso al darme cuenta de que está hablando de mi secuestro.

¿Un infortunio? ¿En serio? Durante un segundo, una ira irracional se apodera de mí, pero después respiro profundamente y me recuerdo que en realidad no quiero que castiguen a Julian por lo que me hizo, no si eso significa separarme de él de nuevo. Sin embargo, hubiera sido agradable que al menos hubieran reconocido que había cometido un delito en lugar de llamarlo un puñetero «infortunio». Suena estúpido, pero me siento insultada, como si ni siquiera importara.

Ajeno a mi molestia por su elección de términos, Frank continúa:

—No te podemos ofrecer nada más en este momento.

—En realidad, sí —interrumpe Julian. Sujetándome aún con fuerza, me acaricia el brazo con un gesto posesivo y reconfortante. Como de costumbre, su tacto me calienta por dentro, llevándose consigo parte de la tensión. Probablemente entiende por qué estoy molesta;

no importa cómo se suavice, es insultante que se hable con tanta indiferencia de mi secuestro.

—¿Qué tal un pequeño ojo por ojo? —continúa Julian con suavidad, dirigiéndose a Frank—. Os dejo ser los héroes la próxima vez y me dejáis participar en alguna acción extraoficial con Siria. Estoy seguro de que hay unos cuantos chismes que os gustaría filtrar... y me encantaría ser yo quien os ayude.

Hay otro momento de silencio, luego Frank dice con brusquedad:

—Está bien. Dalo por hecho.

—Excelente. Hasta la próxima, entonces —dice Julian e, inclinándose hacia delante, hace clic en la esquina de la pantalla para finalizar la llamada.

En cuanto acaba, me giro en sus brazos para mirarlo.

—¿Quién era ese hombre?

—Frank es uno de mis contactos en la CIA —responde, confirmando mis suposiciones—. Un chupatintas, pero es bastante bueno en su trabajo.

—Ah, me lo imaginaba. —Comenzando a sentirme inquieta, empujo el pecho de Julian ya que necesito levantarme. Me suelta mirándome con una leve sonrisa cuando retrocedo un par de pasos, después apoyo la cadera contra el escritorio y le dedico una mirada confusa—. ¿Qué era eso de los israelíes y el autobús? ¿Y lo de Siria?

—Según uno de mis huéspedes de Al-Quadar, hay planeado un ataque a un autobús turístico en Tel Aviv —me explica Julian, reclinándose en la silla—. He informado sobre esto antes al Mossad, la agencia de inteligencia israelí.

—Oh. —Frunzo el ceño—. Entonces, ¿por qué se ha quejado Frank de eso?

—Porque los estadounidenses tienen complejo de salvadores o les gustaría que los israelíes pensaran que lo son. Quieren que esta información proceda de ellos en lugar de mí, para que el Mossad les deba el favor a ellos.

—Ah, ya entiendo. —Y lo entiendo de verdad. Estoy empezando a ver cómo funciona este juego. En el mundo turbio de las agencias de inteligencia y la política extraoficial, los favores son como el dinero, y mi marido es rico en más de un sentido. Lo suficientemente rico como para que no lo procesen nunca por delitos como secuestros o trata ilegal de armas—. Y tú quieres que Frank te dé alguna información que puedas filtrar a Siria y así ellos te deban un favor a ti.

Julian me sonríe mostrando sus dientes blancos.

—Sí, efectivamente. Eres rápida, mi gatita.

—¿Por qué has decidido dejarme escuchar hoy? —pregunto, observándolo con curiosidad—. ¿Por qué precisamente hoy?

En lugar de responder, se levanta y se acerca a mí. Se para a mi lado, se inclina hacia delante y pone las manos en el escritorio a ambos lados de mi cuerpo, atrapándome de nuevo.

—¿Por qué crees tú, Nora? —murmura, acercándose. Siento su aliento cálido en la mejilla y sus brazos son como vigas de acero que me rodean. Me hace sentir como un animalillo que ha caído en la trampa de un cazador, una sensación inquietante que, no obstante, me pone.

—¿Porque estamos casados? —sugiero con un hilo de voz. Su cara está a escasos milímetros de la mía y la parte baja del abdomen se me tensa por un arrebato de excitación al empujar sus caderas hacia delante, lo que me permite sentir su dura erección.

—Sí, pequeña, porque estamos casados —dice con voz ronca. Sus ojos están oscurecidos por el deseo cuando mis pezones erguidos le rozan el pecho— y porque pienso que ya no eres tan frágil como pareces…

Baja la cabeza, captura mi boca con hambre en un beso posesivo y lleva las manos hacia mis muslos con unas intenciones que conozco perfectamente.

Durante los próximos días, descubro más sobre el oscuro imperio de Julian y comienzo a entender lo poco que la mayor parte de la gente conoce de lo que ocurre entre bastidores. Nada de lo que oigo en el despacho de Julian sale en las noticias… porque si lo hiciera, rodarían cabezas y algunas personas muy importantes acabarían entre rejas.

Divertido por mi constante interés, Julian me deja escuchar más conversaciones. Una vez incluso llego a ver una videoconferencia desde el fondo de la sala, donde la cámara no me puede captar. Para mi sorpresa, reconozco a uno de los hombres en la transmisión de vídeo. Es un importante general estadounidense, alguien a quién he visto un par de veces en algunos programas de debate populares. Quiere que Julian abandone sus actividades de producción de Tailandia por miedo a que la inestabilidad política de la región pueda arruinar el próximo envío del nuevo explosivo, envío que se supone que va dirigido al gobierno estadounidense.

Mi antiguo captor no mentía cuando decía que tenía contactos; en todo caso, había subestimado la extensión de su alcance.

Obviamente los políticos, los líderes militares y otros de su calaña son solo una pequeña parte de las personas con las que Julian trata en su día a día. La mayoría de sus interacciones son con clientes, proveedores y diferentes intermediarios, individuos turbios y con frecuencia aterradores de todo el mundo. En lo que respecta a la venta de armas, mi marido no hace distinciones. Terroristas, narcotraficantes o gobiernos legítimos, él hace negocios con todos.

Me da un vuelco el corazón, pero no puedo obligarme a permanecer fuera del despacho de Julian. Cada día le sigo hasta aquí, movida por una curiosidad morbosa. Es como ver una exposición clandestina; lo que descubro es a la vez fascinante y perturbador.

Julian tarda tres días, pero consigue hacer hablar al último prisionero de Al-Quadar. La manera no me la ha dicho ni yo he preguntado. Sé que es a través de tortura, pero no sé los detalles. Solo sé que la información que ha obtenido se traduce en Julian localizando dos células más de Al-Quadar y en la CIA debiéndole otro favor.

Ahora que Julian me ha permitido entrar en esta parte de su vida, pasamos aún más tiempo juntos. Le gusta tenerme en su despacho. No solo es práctico para cuando quiere sexo, que es al menos una vez al día, sino que también parece disfrutar de la velocidad con la que estoy aprendiendo. Soy avispada, dice. Intuitiva. Veo las cosas como son en lugar de como quiero que sean, un don escaso, según Julian.

—Mucha gente lleva una venda —me dice un día durante el almuerzo—, pero tú no, mi gatita. Te enfrentas a la realidad y eso te permite ver más allá de la superficie.

Le doy las gracias por el cumplido, pero en mi interior me pregunto si en realidad ver más allá de la superficie es algo bueno. Si pudiera engañarme con que, en el fondo, Julian es un buen hombre, que simplemente es un incomprendido y que puede mejorar, todo sería mucho más fácil para mí. Si no fuera consciente de la naturaleza de mi marido, no dudaría tanto de mis sentimientos hacia él.

No me preocuparía estar enamorada del diablo.

Pero veo cómo es, un demonio disfrazado de hombre guapo, un monstruo con una hermosa máscara. Y me pregunto si eso significa que yo también soy un monstruo... que soy malvada por quererlo.

Ojalá tuviera a Beth para hablar sobre esto. Sé que

no era precisamente el paradigma de la normalidad, pero sigo echando de menos sus opiniones heterodoxas sobre las cosas, el modo en que le daba la vuelta a la tortilla y hacía que todo tuviera algún sentido retorcido. Estoy casi segura de que sé lo que diría sobre mi situación. Me diría que soy afortunada por tener a alguien como Julian, que estamos destinados a estar juntos y que todo lo demás son tonterías.

Y probablemente estaría en lo cierto. Cuando echo la vista atrás a esos meses solitarios y vacíos antes de la vuelta de Julian, cuando era libre y tenía mi vida normal, pero no lo tenía a él, todas mis dudas desaparecen. No importa lo que sea o lo que haga, preferiría morir que pasar por esa abrumadora tristeza otra vez.

Para lo bueno o para lo malo, ya no estoy completa sin él y ningún tipo de autoflagelación puede cambiarlo.

UNA SEMANA después de la conversación de Julian con Frank, llamo a la pesada puerta metálica y espero a que me deje entrar. He pasado toda la mañana caminando con Rosa y preparándome para mis próximas clases, mientras Julian se ha encerrado sin mí para hacer algo de papeleo de sus cuentas extraterritoriales. Al parecer, hasta los mayores criminales tienen que ocuparse de impuestos y asuntos legales; parece ser un mal universal del que nadie se libra.

Cuando la puerta se abre, me sorprende ver a un

hombre alto de pelo oscuro sentado frente a Julian en la gran mesa ovalada. Parece rondar los treinta y cinco años, solo unos pocos años mayor que mi marido. Lo he visto deambular por la finca anteriormente, pero nunca he tenido ocasión de relacionarme con él en persona. Desde lejos, me recordaba a un depredador elegante y oscuro, impresión que aumenta por el modo en que me está mirando ahora, sus ojos grises siguen cada uno de mis movimientos con una mezcla peculiar de vigilancia e indiferencia.

—Ven, Nora —dice Julian, haciendo un gesto para que me una a ellos—. Este es Peter Sokolov, nuestro asesor de seguridad.

—Vaya, hola. Encantada de conocerte. —Caminando hacia la mesa, le muestro una sonrisa cautelosa mientras me siento al lado de Julian. Peter es un hombre atractivo, con una fuerte mandíbula y unos pómulos altos y exóticamente sesgados, que, no sé por qué, pero hace que se me ericen los pelos de la nuca. No es lo que dice o hace, puesto que solo asiente hacia mí con educación y permanece sentado con su pose fingidamente calmada y relajada, es lo que veo en sus ojos color acero.

Rabia. Pura rabia concentrada. La siento dentro de Peter, la siento emanando de sus poros. No es enfado ni un arrebato momentáneo de irascibilidad. No, este sentimiento va más allá. Es una parte de él, como su cuerpo musculoso o la cicatriz blanca que le parte la ceja izquierda.

Por su apariencia fría minuciosamente controlada, este hombre es un volcán letal a punto de explotar.

—Ya estábamos terminando —dice Julian y capto en su voz una nota de descontento. Despego los ojos de Peter y veo un pequeño músculo flexionado en la mandíbula de Julian. Debo haber mirado a Peter durante demasiado tiempo y mi marido ha malinterpretado como interés mi fascinación involuntaria.

Mierda. Un Julian celoso nunca es algo bueno. De hecho, es algo muy muy malo.

Mientras me estrujo el cerebro para descubrir cómo suavizar la situación, Peter se levanta.

—Si quieres, podemos terminar esto mañana —dice con calma, dirigiéndose a Julian. No puedo evitar darme cuenta de que, a diferencia de muchos en la finca, Peter no tiene miedo a contradecirlo. Le habla como un igual, con respeto, pero totalmente seguro de sí mismo. Distingo un vago acento de Europa del Este en su pronunciación y me pregunto de dónde será. ¿Polonia? ¿Rusia? ¿Ucrania?

—Sí —dice Julian, levantándose también. Su expresión es todavía sombría, pero su voz es ahora calmada y apacible—. Te veo mañana.

Peter desaparece, dejándonos solos, y me levanto con lentitud, las palmas me sudan. No he hecho nada malo, pero convencer a Julian de eso no va a ser tan fácil. Su posesividad raya lo obsesivo, a veces, me sorprende que no me tenga encerrada en su habitación para que nunca me vean otros hombres.

Como era de esperar, en cuanto la puerta se cierra detrás de Peter, Julian da un paso hacia mí.

—¿Te ha gustado Peter, mi gatita? —dice con suavidad, empujándome con su cuerpo poderoso hasta que me veo obligada a retroceder contra la mesa—. ¿Te gustan los hombres rusos?

—No. —Niego con la cabeza y le sostengo la mirada. Espero que pueda ver la verdad en mi cara. Peter puede ser guapo, pero también da miedo y el único hombre temible que quiero es el que me está mirando en este momento—. Para nada. No lo estaba observando por eso.

—¿No? —Sus ojos se empequeñecen al sujetarme la barbilla—. ¿Entonces por qué?

—Me da miedo —reconozco, suponiendo que la sinceridad es la mejor opción en este caso —. Hay algo en él que me perturba.

Julian me estudia con atención durante un segundo, luego me suelta la barbilla y retrocede, haciendo que dé un suspiro de alivio. Pasó la tormenta.

—Tan perspicaz como siempre —murmura, su voz algo divertida—. Sí, estás en lo cierto, Nora. Sí hay algo perturbador en Peter.

—¿Cuál es el trato con él? —pregunto. Mi curiosidad aumenta ahora que Julian ya no está enfadado conmigo. Sé que no contrata a santitos, pero presiento que Peter es diferente, más inestable—. ¿Quién es?

Me dedica una pequeña sonrisa sombría y se dirige hacia el escritorio para sentarse detrás.

—Es un antiguo *spetsnaz*, de las Fuerzas Especiales Rusas. Era uno de los mejores hasta que mataron a su mujer y a su hijo. Ahora quiere venganza y ha venido a mí con la esperanza de que pueda ayudarlo.

Siento un poco de pena. No es solo rabia entonces; Peter está también lleno de aflicción y dolor.

—¿Ayudarlo? —pregunto, inclinándome contra la mesa. No me ha parecido que el asesor de seguridad de Julian necesite ayuda con muchas cosas.

—Usando mis contactos para conseguirle una lista de nombres. Aparentemente, había algunos soldados de la OTAN implicados y la cortina de humo tiene kilómetros de grosor.

—Ah. —Lo miro, me siento incómoda. Solo puedo imaginar lo que Peter tiene planeado hacer con esos soldados—. Entonces, ¿le has dado la lista de nombres?

—Todavía no. Estoy trabajando en ello. Mucha de esta información parece ser confidencial, por lo que no es fácil.

—¿No puedes pedirle a tu contacto en la CIA que te ayude?

—Ya se lo he pedido. Frank está dándome largas porque hay algunos estadounidenses en esa lista. —Parece molesto durante un breve segundo—. Sin embargo, seguro que acabará haciéndolo. Siempre lo hace. Solo necesito tener algo que la CIA quiera con las ganas suficientes.

—Sí, claro —murmuro—. Un favor por otro favor...

¿Por eso trabaja Peter para ti? ¿Porque le has prometido esa lista?

—Sí, ese es el trato. —Sonríe abiertamente—. Tres años de servicio leal a cambio de conseguirle esos nombres al final. También le pago, como es obvio, pero a Peter el dinero le da igual.

—¿Y Lucas? —pregunto, pensando ahora en la mano derecha de Julian—. ¿También él tiene una historia?

—Todos tenemos una historia —dice, pero parece distraído, desvía la atención hacia la pantalla del ordenador—. Incluso tú, mi gatita.

No me deja curiosear más y se centra en los correos electrónicos, poniendo fin a nuestra charla por lo que resta de día.

14

JULIAN

Las siguientes semanas se acercan más a la tranquilidad hogareña de lo que nunca he experimentado. Aparte de un viaje de un día a México para una negociación con el cártel de Juárez, paso todo el tiempo en la finca con Nora.

Con el inicio de las clases, sus días están llenos de libros de texto, redacciones y exámenes. Está tan ocupada que con frecuencia estudia hasta bien entrada la tarde, una práctica que no me gusta, pero a la que no pongo fin. Parece dispuesta a demostrar que puede defenderse ante los estudiantes que entraron en el programa de Stanford por sus propios méritos y no quiero desalentarla. Sé que lo hace en parte por sus padres, que siguen preocupados por su futuro junto a mí, y en parte porque está disfrutando del reto. A pesar del estrés añadido, mi gatita parece estar radiante estos días, le brillan los ojos de entusiasmo y sus movimientos rebosan una energía exultante.

Me gusta esta evolución. Me gusta verla feliz y confiada, contenta con su vida junto a mí. Aunque a mi monstruo interior lo excita su dolor y su miedo, su creciente fuerza y resistencia me atraen. Nunca he querido destruirla, solo hacerla mía y me complace ver que nos complementamos en más de un sentido.

Aunque los deberes consumen gran parte de su tiempo, Nora continúa su tutelaje con Monsieur Bernard, dice que le relaja dibujar y pintar. También insiste en que continúe dándole clases de defensa personal y de tiro dos veces a la semana, petición que estoy más que encantado de cumplir, puesto que nos proporciona más tiempo juntos. A medida que avanza el entrenamiento, veo que es mejor con las armas que con los cuchillos, aunque es sorprendente lo decentemente que se defiende con los dos. También se está volviendo bastante buena con algunas técnicas de combate; su pequeño cuerpo se convierte de forma lenta pero segura en un arma letal. Incluso consigue hacerme sangre en la nariz una vez, su codo puntiagudo va directo a mi cara antes de poder bloquear su golpe extremadamente rápido.

Es un logro del que debería estar orgullosa, pero, obviamente, como la niña buena que es, Nora se horroriza y arrepiente al instante.

—¡Ay! ¡Lo siento! —Corre hacia mí, cogiendo una toalla para detener la hemorragia. Parece tan consternada que estallo en carcajadas a pesar de que la nariz me duele la hostia. Esto me pasa por estar distraído durante el entrenamiento. Ha conseguido pillarme con la guardia baja en un momento en el que le estaba mirando los pechos y fantaseando con levantarle el sujetador deportivo.

—¡Julian! ¿Por qué te ríes? —La voz de Nora se agudiza al presionarme la toalla contra la cara—. Te debería ver un médico. ¡Podría estar rota!

—Todo va bien, pequeña —aseguro entre ataques de risa, cogiéndole la toalla de las manos temblorosas—. Te prometo que lo he pasado peor. Si estuviera rota, lo sabría. —Mi voz suena nasal por la presión de la toalla contra mi nariz, pero noto el cartílago con los dedos y está recto, no tiene daños. Se me amoratará el ojo, pero eso es todo. Sin embargo, si no me hubiera desviado hacia la derecha en el último segundo, su movimiento me hubiera aplastado la nariz por completo, trasladando fragmentos de hueso al cerebro y matándome en el acto.

—¡No va bien! —Nora se aparta, sumamente disgustada—. Podría haberte herido de gravedad.

—¿No me lo hubiera merecido? —digo, bromeando solo a medias. Sé que hay una parte de ella que todavía está molesta por el modo en que me la llevé, que siempre estará molesta por eso. Si yo fuera ella, no me disculparía por hacerme daño. Buscaría cualquier oportunidad para darme una paliza.

Me fulmina con la mirada, pero veo que está

comenzando a tranquilizarse ahora que ha pasado la conmoción inicial.

—Probablemente —dice con un tono de voz más calmado—. Pero eso no significa que quiera que sufras. Soy así de estúpida e irracional, ¿ves?

Le sonrío, bajando la toalla. Apenas sangro ya; como suponía, ha sido solo un golpe leve.

—No eres estúpida —digo con suavidad, acercándome a ella. Aunque me sigue doliendo la nariz, hay un nuevo dolor creciendo en una parte más baja de mi cuerpo—. Eres exactamente como quiero que seas.

—¿Con el cerebro lavado y enamorada de mi secuestrador? —pregunta con sequedad cuando la alcanzo, dejando caer la toalla manchada de sangre al suelo.

—Sí, exactamente —murmuro, quitándole el sujetador deportivo para liberar los pequeños pechos con una forma perfecta—. Y muy muy follable…

En cuanto la coloco sobre el tatami, la herida es en lo último en lo que pienso.

SEGÚN AVANZA el semestre de Nora, creamos una rutina. Normalmente me despierto antes que ella y voy a la sesión de entrenamiento con mis hombres. Al volver, está despierta, por lo que tomamos el desayuno y luego me dirijo al despacho mientras Nora va a dar un paseo con Rosa y escucha sus clases virtuales. Unas horas después, vuelvo a la casa y comemos juntos. Después regreso al trabajo y Nora o bien se reúne con Monsieur Bernard para su clase de pintura o bien me acompaña al despacho, donde estudia en silencio mientras trabajo o dirijo reuniones. Aunque parece que no está prestando atención, sé que sí, porque con frecuencia me hace preguntas sobre los negocios durante la cena.

No me importa su curiosidad, aunque sé que condena en silencio lo que hago. Le repugna que suministre armas a criminales y los métodos brutales que con frecuencia utilizo para mantener el control de los negocios. No entiende que, si no lo hiciera yo, alguien lo haría, y el mundo no sería necesariamente mejor o más seguro. Los narcotraficantes y los dictadores conseguirían las armas de una manera o de otra. La cuestión es quién se beneficiaría de eso y prefiero que esa persona sea yo.

Sé que Nora no está de acuerdo con este razonamiento, pero no me importa. No necesito su aprobación, la necesito a ella.

Y la tengo. Está tanto tiempo conmigo que estoy empezando a olvidar qué se siente al no tenerla a mi lado. Apenas estamos separados por más de unas horas y cuando lo estamos, la echo de menos con intensidad, es como un dolor en el pecho. No tengo ni idea de cómo fui capaz de dejarla sola en la isla durante días e incluso semanas por aquel entonces. Ahora ni siquiera me gusta ver a Nora ir a correr sin mí, por lo que hago lo posible para acompañarla cuando lo hace alrededor de la finca al caer la tarde.

Lo hago porque quiero la compañía de mi mujer, pero también porque quiero estar seguro de que está a salvo. Aunque aquí mis enemigos no pueden llevársela, hay serpientes, arañas y ranas venenosas en la zona. Y en la selva cercana hay jaguares y otros depredadores. Las probabilidades de que un animal salvaje la pique o la hiera de gravedad son pequeñas, pero no quiero correr riesgos. Si le pasara algo, no podría soportarlo. Cuando Nora tuvo el ataque de apendicitis, casi me vuelvo loco por el pánico y eso fue antes de que mi adicción por ella llegara a este nuevo nivel totalmente insensato.

Mi miedo a perderla está empezando a rozar lo patológico. Lo admito, pero no sé cómo controlarlo. Es una enfermedad para la que no parece haber cura. Me preocupo por Nora de forma constante, obsesiva. Quiero saber dónde está cada momento del día. Rara vez está fuera de mi vista, pero cuando lo está, no me puedo concentrar, mi mente fabula accidentes mortales que le podrían ocurrir u otras escenas horripilantes.

—Quiero que le pongas dos escoltas a Nora —le digo a Lucas una mañana—. Quiero que la sigan a cualquier parte de la finca a la que vaya para que se aseguren de que no le pasa nada.

—De acuerdo. —Lucas no pestañea ante mi extraña petición—. Trabajaré con Peter para dejar libres a dos de nuestros mejores hombres.

—Bien. Y quiero que me manden un informe sobre ella cada hora en punto.

—Considérelo hecho.

Los informes de los escoltas cada hora mantienen mis miedos a raya durante un par de semanas, hasta que recibo un mensaje que le da un vuelco a mi vida.

—Majid está vivo —le digo a Nora en la cena, estudiando su reacción con atención—. Lo acabo de saber por uno de los contactos de Peter en Moscú. Lo han localizado en Tayikistán.

Sus ojos se agrandan por la sorpresa y la consternación.

—¿Qué? ¡Pero si murió en la explosión!

—No, desafortunadamente no. —Hago lo posible por contener la rabia. Que el asesino de Beth esté vivo hace que me hierva la sangre—. Resulta que él y cuatro hombres abandonaron el almacén dos horas antes de que yo llegara. No lo viste allí cuando fui a por ti, ¿verdad?

—No. —Nora frunce el ceño—. Supuse que estaba fuera, vigilando el edificio o algo…

—Eso pensé yo también. Pero no era así. No estaba en ningún lugar cercano al almacén cuando se produjo la explosión.

—¿Cómo lo sabes?

—Los rusos han capturado a uno de los hombres que

se marcharon con Majid esa noche. Lo cogieron en Moscú, conspirando para volar el metro. —A pesar de mis esfuerzos, la ira se filtra en mi voz y puedo ver la tensión correspondiente en Nora. Si hay algún tema que pueda enfadar a mi gatita es el de los asesinos de Beth—. Lo interrogaron y descubrieron que se ha estado escondiendo los últimos meses en Europa del Este y en Asia Central, junto con Majid y otros tres.

Justo cuando Nora iba a responder, Ana entra en el comedor.

—¿Les apetecería tomar algún postre? —nos pregunta y Nora niega con la cabeza: su suave boca dibuja una tensa línea.

—Tampoco para mí, gracias —digo bruscamente y Ana desaparece, dejándonos solos de nuevo.

—¿Y ahora qué? —pregunta Nora—. ¿Vas a encontrarlo?

—Sí. —Y cuando lo haga, voy a romperle los huesos de uno en uno y a descuartizarlo, pero no se lo digo a Nora. En lugar de eso, le explico—: Su secuaz ha confesado que la última vez que vio a Majid fue en Tayikistán, por lo que comenzaremos nuestra búsqueda allí. Al parecer ha conseguido reunir un grupo considerable de seguidores en los últimos meses, introduciendo sangre fresca en Al-Quadar.

Este detalle me preocupa un poco. Aunque hemos causado un daño considerable al grupo terrorista a lo largo del último par de meses, la organización de Al-Quadar está tan extendida que podría haber todavía una decena de células operativas alrededor del mundo. Combinadas con los nuevos reclutas, podrían ser suficientemente poderosas como para ser peligrosas y, según la información que Peter había conseguido de sus contactos, Majid está organizando algo grande... algo en Latinoamérica.

Se está preparando para devolverme el golpe.

No vulnerará la seguridad de la finca, obviamente, pero solo la posibilidad de que esos cabrones se acerquen a unos cientos de kilómetros de Nora me enfada y despierta un miedo en mí del que no me puedo deshacer.

El miedo irracional a perderla.

Más de doscientos hombres muy cualificados vigilan el recinto y decenas de drones de uso militar peinan la zona. Nadie la puede tocar aquí, pero eso no cambia la manera en que me hace sentir, no apacigua el pánico primitivo que me come por dentro. Tan solo quiero coger a Nora y llevármela lo más lejos posible, a un lugar en el que nadie la encuentre... donde sea mía y solo mía.

Pero ya no existe ningún lugar así. Mis enemigos saben de su existencia y saben que es importante para mí. Lo he demostrado al perseguirla con anterioridad. Si todavía quieren el explosivo y estoy seguro de que es así, intentarán capturarla una y otra vez, hasta que acabe completamente con ellos.

Exagerado o no, dada la nueva información, necesito

tomar más precauciones para cerciorarme de la seguridad de Nora.

Necesito asegurarme de que siempre tenga conexión con ella.

—¿En qué estás pensando? —pregunta Nora con expresión preocupada. Me doy cuenta de que la he estado mirando fijamente un par de minutos sin decir nada.

Me esfuerzo en sonreír.

—En poca cosa, mi gatita. Solo quiero asegurarme de que estás a salvo, eso es todo.

—¿Por qué no iba a estarlo? —me mira más confundida que preocupada.

—Porque se rumorea que Majid está planeando algo en Latinoamérica —explico con la mayor calma posible. No quiero asustarla, pero quiero que entienda por qué voy a tomar estas precauciones.

Por qué tengo que hacer lo que voy a hacer.

—¿Crees que van a venir? —Su cara palidece un poco, pero su voz permanece firme—. ¿Crees que van a intentar atacar la finca?

—Puede ser. No quiere decir que lo vayan a conseguir, pero lo más probable es que lo intenten. —Extendiendo el brazo por la mesa, cierro los dedos alrededor de su delicada mano: la quiero tranquilizar con mi contacto. Su piel está fría, revelando su agitación. Masajeo su palma ligeramente para calentarla —. Por eso quiero asegurarme de que siempre te puedo encontrar, pequeña. Que siempre sé dónde estás.

Frunce el ceño y siento como se le enfría la mano antes de deshacerse de mi apretón.

—¿Qué quieres decir? —La voz le suena tranquila, pero puedo ver que se le empieza a acelerar el pulso en la base de la garganta. Como había previsto, no está encantada con la idea.

—Quiero ponerte algunos rastreadores —explico, sosteniéndole la mirada—. Estarán incrustados en un par de sitios en tu cuerpo, por lo que, si alguna vez alguien te aparta de mi lado, podré localizarte enseguida.

—¿Rastreadores? Te refieres a... ¿Como microchips de localización o algo así? ¿Como algo que utilizarías para marcar al ganado?

Aprieto los labios. Va a ser difícil convencerla, lo preveo.

—No, no es lo mismo —digo con tranquilidad—. Estos rastreadores ahora se usan específicamente en personas. Tendrán chips de localización, sí, pero también tendrán sensores que te medirán el ritmo cardíaco y la temperatura del cuerpo. De esta manera, siempre sabré si estás viva.

—Y sabrás siempre dónde estoy —dice con suavidad con ojos oscuros en la palidez de su cara.

—Sí. Siempre sabré dónde estás. —Saber que será así me llena de un alivio y una satisfacción inmensos. Debería haberlo hecho hace semanas, en cuanto la rescaté de Illinois—. Es por tu propia seguridad, Nora —añado, queriendo enfatizar este punto—. Si hubieras llevado estos rastreadores cuando os capturaron a Beth y a ti, os hubiera encontrado enseguida.

Y Beth estaría todavía viva. No digo esto último, no hace falta. Al oír lo que digo, Nora se encoge, como si acabara de asestarle un golpe y el dolor se le refleja en la cara.

Sin embargo, recobra la compostura un segundo después.

—Entonces, que quede claro... —Se inclina hacia delante, apoyando los antebrazos en la mesa y veo que tiene los dedos entrelazados con fuerza, los nudillos blancos por la tensión—. ¿Quieres implantarme unos microchips que te dirán dónde estoy siempre y así estaré a salvo en un recinto apartado que tiene más seguridad que la Casa Blanca?

Su tono rebosa sarcasmo y siento mi enfado crecer como respuesta. Le consiento muchas cosas, pero no voy a correr riesgos en lo que respecta a su seguridad. Hubiera sido más fácil si hubiera preferido colaborar, pero no voy a dejar que sus reticencias me impidan hacer lo correcto.

—Sí, mi gatita, así es —digo con voz aterciopelada, levantándome de la silla—. Eso es exactamente lo que quiero. Te voy a implantar esos rastreadores hoy mismo. En este momento, de hecho.

15

NORA

Miro a Julian incrédula, con el latido de mi corazón retumbando en los oídos. Una parte de mí no se cree que vaya a hacerme esto en contra de mi voluntad, que me marque como un animal estúpido, privándome de cualquier muestra de intimidad y libertad, mientras el resto de mí grita que soy una idiota, que debería haber sabido que un tigre no se puede domesticar.

Las últimas semanas habían sido muy diferentes a cualquier cosa que habíamos tenido antes los dos juntos. Había empezado a pensar que Julian se estaba abriendo a mí, que me estaba dejando entrar en su vida. A pesar del dominio en la cama y del control que ejerce sobre todos los aspectos de mi vida, había comenzado a sentirme menos como un juguete sexual y más como su pareja. Llegué a pensar que nos estábamos empezando a parecer a una pareja normal, que de verdad estaba empezando a preocuparse por mí... A respetarme.

Como una tonta, creí en la ilusión de llevar una vida feliz con mi secuestrador, con un hombre completamente falto de conciencia o moral.

«Qué estúpida y qué ingenua he sido». Quería darme una patada y llorar al mismo tiempo. Siempre he sabido qué tipo de hombre es Julian, pero sigo dejándome llevar por su encanto, por la manera en que parece quererme, necesitarme.

Me permití pensar que podría ser más que una posesión para él.

Al percatarme de que aún sigo aquí sentada, sufriendo por la dolorosa desilusión, empujo la silla hacia atrás y me levanto de la mesa para hacer frente a Julian. La sensación de tener un nudo en la garganta sigue ahí, pero ahora también siento ira. Pura e intensa, se me propaga por el cuerpo y elimina la conmoción y el dolor.

Estos rastreadores no tienen nada que ver con mi seguridad. Conozco el alcance de las medidas de seguridad en la finca y sé que las posibilidades de que alguien pueda volver a secuestrarme son más que ínfimas. No, la nueva amenaza terrorista es solo un pretexto, una excusa para que Julian haga lo que probablemente haya estado planeando hacer durante todo este tiempo. Le proporciona una razón más para incrementar su control sobre mí, para atarme tan fuerte a él que no pueda tomarme nunca un respiro sin que él lo sepa.

Estos rastreadores me harán su prisionera durante el resto de mi vida… Y aunque quiero mucho a Julian, no estoy dispuesta a aceptar ese destino.

—No —digo, y me sorprende lo calmada y firme que suena mi voz—. No voy a ponerme esos implantes.

Julian arquea las cejas.

—¿Eh? —Sus ojos destellean ira y una pizca de diversión—. ¿Y cómo vas a impedirlo, gatita mía?

Levanto la barbilla, el corazón se me acelera aún más. A pesar de todas las horas entrenándome en el gimnasio, aún no soy rival para Julian en una pelea. Puede vencerme en treinta segundos exactos; y eso sin mencionar que un montón de guardas hacen lo que les diga. Si está empeñado en ponerme estos rastreadores, no seré capaz de detenerlo.

Pero no significa que no vaya a intentarlo.

—Vete a la mierda —digo, enunciando con claridad cada palabra—. Vete por ahí con tus chips de mierda. —Y guiándome por un puro instinto de adrenalina, lanzo a Julian los platos de la cena hasta el otro lado de la mesa y huyo hasta la puerta.

Los platos chocan contra el suelo con un ruido estrepitoso y oigo a Julian maldecir al tiempo que se aparta para evitar que la comida lo salpique. Se distrae un momento, justo el tiempo que necesito para correr hasta la puerta y salir al recibidor. No sé a dónde voy ni tampoco tengo un plan. Lo que está claro es que no puedo quedarme aquí y aceptar de forma sumisa esta nueva violación.

No puedo ser la sumisa y pequeña víctima de Julian otra vez.

Oigo que me persigue mientras corro por toda la casa y tengo un recuerdo repentino de mi primer día en la isla. Entonces también corrí para escapar del hombre que se convertiría en mi vida entera. Recuerdo lo aterrada que me sentí, lo atontada que estaba por la droga que me inyectó. Ese fue el día que Julian me presentó el placer de su tacto, que me destrozó y dolió, el día en que vi por primera vez que yo ya no estaba a cargo de mi vida.

No sé por qué me sorprende esto de los rastreadores. Julian nunca se ha mostrado arrepentido de quitarme cualquier opción, nunca se ha disculpado por secuestrarme o forzarme a casarme con él. Me trata bien porque quiere, no porque haya alguna consecuencia desfavorable si hace lo contrario. No hay nadie que le evite hacerme lo que sea, ninguna palabra de seguridad que pueda usar para imponer mis límites.

Puede que sea su mujer, pero sigo siendo su prisionera de cualquier manera.

Estoy en la puerta principal y giro el pomo para abrirla. Por el rabillo del ojo veo a Ana cerca de la pared, mirándome pasmada mientras huyo por la puerta con Julian pisándome los talones. Corro tan rápido que solo siento un destello de vergüenza ante la idea de que nos vea así. Creo que nuestra ama de llaves sospecha de la naturaleza sadomasoquista de nuestra relación, ya que mi ropa de verano no siempre oculta las marcas que Julian deja en mi piel, y espero que se tome esto solamente como un juego raro.

No tengo ni idea de a dónde voy mientras bajo corriendo las escaleras principales, pero no importa. Solo me importa eludir a Julian un momento, ganar algo de tiempo. No sé qué me costará, pero sé que lo necesito; necesito sentir que he hecho algo para desafiarlo, que no me he doblegado a lo inevitable sin luchar.

Estoy en mitad del jardín cuando siento a Julian alcanzarme. Oigo su respiración agitada; él también debe de ir a su máxima velocidad. Me agarra el brazo, me gira y me atrae hacia sí.

El impacto me aturde un momento, expulsa el aire de los pulmones, pero mi cuerpo reacciona como un piloto automático y mi entrenamiento de autodefensa entra en acción. En vez de intentar empujarlo, me dejo caer para desequilibrarlo. Al mismo tiempo, elevo la rodilla y le apunto a los huevos y le propino un puñetazo con la mano derecha en la barbilla.

Se anticipa a mi movimiento, me da la vuelta en el último momento de tal modo que no le alcanzo la cara con el puñetazo, pero lo golpeo con la rodilla en la cintura. Sin tener tiempo para reaccionar, me tira al césped de espaldas e inmediatamente me sujeta con toda su fuerza, usando las piernas para controlar las mías y me agarra las muñecas para estirarme los brazos por encima de la cabeza.

Sé que estoy completamente indefensa, más que nunca, y Julian lo sabe.

Se le escapa una risilla por la garganta al tiempo que se encuentra con mi mirada furiosa.

—Eres un bichillo peligroso, ¿eh? —murmura, poniéndose más cómodo encima de mí. Para mi fastidio, ya empieza a respirar con normalidad y le brillan esos ojos azules de diversión y placer—. ¿Sabes? Si no hubiera sido yo el que te ha enseñado ese movimiento, mi gatita, podría haber funcionado.

Con el pecho jadeante, le fulmino con la mirada: me muero de ganas de machacarlo. Que esté disfrutando con esto solo aumenta mi furia; me muevo con toda mi fuerza, intentando quitarlo de encima de mí. Es inútil, por supuesto, mide más del doble que yo, cada centímetro de su cuerpo potente son músculos de acero. Al final, solo he conseguido divertirlo aún más.

Bueno, eso y excitarlo, como deja en evidencia el bulto duro contra mi pierna.

—Suéltame —siseo con los dientes apretados, claramente consciente de la respuesta automática de mi cuerpo ante esa dureza, ante su cuerpo presionado contra mí de esa manera. Ahora asocio la forma en que me ha sujetado con el sexo y odio que me esté poniendo ahora mismo, que mi interior lata de deseo a pesar de mi ira y resentimiento. Es otra cosa sobre la que no tengo el control; mi cuerpo está condicionado a responder a la dominación de Julian pase lo que pase.

Curva esos labios sensuales en una sonrisa ladeada: muestra satisfacción, el cabrón. Sabe perfectamente que me he excitado de forma involuntaria.

—¿O qué, gatita? —susurra, mirándome fijamente mientras separa mis piernas tensas con las rodillas—. ¿Qué vas a hacer?

Lo miro desafiante y hago todo lo posible por pasar de la amenaza de su erección dura como una piedra que me presiona la entrada. Solo nos separan sus vaqueros y mi ligera ropa interior, y sé que Julian puede deshacerse de esas barreras en un santiamén. El único impedimento para que me folle ahora mismo es que estamos a plena vista de todos los guardas y de cualquier persona que pasee por la casa en este preciso momento. A Julian no le va el exhibicionismo, es demasiado posesivo para ello, y estoy casi segura de que no me follará así al aire libre.

Puede que me haga otras cosas, pero estoy a salvo del castigo sexual por ahora.

Eso y la ira incitan mi respuesta imprudente.

—En realidad, la verdadera pregunta es: ¿qué vas a hacer tú, Julian? —digo con voz baja y cortante—. ¿Vas a arrastrarme pateando y gritando para conseguir ponerme estos rastreadores? Porque es lo que tendrás que hacer, ¿sabes? No voy a seguir con esto como una prisionera dócil. Estoy harta de ese papel.

Deja de sonreír y me mira implacable y con convicción.

—Voy a hacer lo que haga falta para mantenerte a salvo, Nora —dice con dureza y se pone de pie, levantándome con él.

Forcejeo, pero no sirve de nada; en un segundo, me levanta en brazos, con una mano me sujeta las muñecas y con la otra me agarra firmemente bajo las rodillas para inmovilizarme las piernas. Furiosa, arqueo la espalda, intentando que me suelte, pero me sujeta con demasiada fuerza para ello. No hago más que cansarme y, tras un par de minutos, dejo de forcejear y jadeo de frustración y agotamiento mientras Julian comienza a caminar hacia la casa. Me lleva como a una niña indefensa.

—Grita todo lo que quieras —me informa con voz tranquila y distante al tiempo que llegamos a los escalones del porche. Su cara no se inmuta al mirarme —. No va a cambiar nada, pero te invito a intentarlo.

Sé que probablemente esté usando psicología inversa conmigo, pero me quedo en silencio mientras abre la puerta principal con su espalda y entra en la casa. Se me pasa el enfado, ahora me resigno. Siempre he sabido que pelearme con Julian no tiene sentido y lo que ha pasado hoy lo confirma. Puedo resistirme todo lo que quiera, pero no me servirá de nada.

Mientras Julian me lleva al vestíbulo, veo a Ana de pie, mirándonos sorprendida. Debe de haberse quedado a mirar por la ventana cómo acababa la persecución y noto su mirada siguiéndonos al tiempo que Julian pasa delante de ella sin decir nada.

Ahora que el chute de adrenalina se ha pasado, noto

cómo me ruborizo. Una cosa es que Ana me vea los moretones de los muslos, pero otra muy diferente es que nos vea así. Estoy segura de que ha visto cosas peores; al fin y al cabo, trabaja para un señor del crimen, pero sigo sin poder evitar sentirme expuesta e incómoda. No quiero que la gente de la finca sepa la verdad sobre mi relación con Julian; no quiero que me miren con compasión. Ya tuve suficiente en casa, en Oak Lawn y no me entusiasma repetir la experiencia.

—¿Vas a ponerme los rastreadores y ya está? —pregunto a Julian mientras me lleva a nuestra habitación —. ¿Sin anestesia ni nada? —pregunto con sarcasmo, pero realmente tengo curiosidad. Sé que mi marido disfruta infligiéndome dolor a veces, así que esto podría ser una cuestión sexual para él.

La mandíbula de Julian se tensa mientras me pone de pie.

—No —dice con brusquedad, liberándome y apartándose. Inmediatamente miro hacia la puerta, pero Julian está entre la salida y yo mientras camina hacia una pequeña cómoda y hurga entre los cajones.

—Me aseguraré de que no sientas nada. —Y mientras miro, saca una jeringuilla pequeña que me resulta familiar.

Se me congela el corazón. Reconozco esa jeringuilla; es la que tenía en el bolsillo cuando volvió a por mí, la que habría usado conmigo si no me hubiera ido con él por mi propia voluntad.

—¿Así es como me drogaste cuando me secuestraste

en el parque? —Lo digo con la voz tranquila, escondo que me estoy derrumbando por dentro—. ¿Qué droga es?

Julian suspira, mirándome inexplicablemente agotado al acercárseme.

—Tiene un nombre largo y complicado que no recuerdo a bote pronto y, sí, es lo que usé para llevarte a la isla. Es una de las mejores drogas de este tipo, con muy pocos efectos secundarios.

—¿Efectos secundarios? Qué majo. —Me alejo un paso, echo un vistazo frenético por la habitación en busca de algo que pueda usar para defenderme. Aunque no hay nada. Aparte de un bote de crema de manos y una caja de pañuelos en el cabecero de la cama, la habitación está impecablemente limpia, muy ordenada. Sigo alejándome hasta que me doy en las rodillas con la cama y entonces sé que no tengo a dónde ir.

Estoy atrapada.

—Nora... —Julian está ahora a menos de treinta centímetros de mí, tiene la jeringuilla en la mano derecha—. No hagas esto más difícil de lo que es.

¿Más difícil de lo que es? ¿Está de coña? Una ráfaga fresca de furia me vuelve a dar fuerzas. Me lanzo a la cama y ruedo sobre ella: espero llegar al otro lado para poder correr hasta la puerta. Sin embargo, antes de llegar al borde, Julian se pone sobre mí y me presiona contra el colchón con su cuerpo musculado. Con la cara enterrada en la manta suave, apenas puedo respirar, pero antes de entrar en pánico, Julian mueve gran parte de su cuerpo, lo que permite girar la cabeza a un lado. Cojo aire y siento que se mueve: con un escalofrío gélido, me percato de que está destapando la jeringuilla y sé que solo tengo unos pocos segundos antes de que me drogue otra vez.

—No hagas esto, Julian —le suplico desesperada y con voz entrecortada. Sé que rogarle es inútil, pero no puedo hacer nada más llegados a este punto. El corazón me late con fuerza en el pecho al jugarme la última carta —. Por favor, si de verdad te importo, si me quieres, no lo hagas, por favor...

Puedo escuchar su respiración entrecortarse y, por un momento, siento una pizca de esperanza; una pizca que se extingue inmediatamente al apartarme el pelo enredado del cuello, exponiendo mi piel.

—En realidad no va a ser tan malo, cariño —murmura y siento un pinchazo agudo en un lado del cuello.

Mis extremidades se vuelven pesadas inmediatamente, mi visión va disminuyendo al tiempo que la droga surte efecto.

—Te odio —consigo susurrar, y entonces la oscuridad vuelve a reclamarme.

16

JULIAN

Te odio... *Si me quieres, no lo hagas...*

Mientras alzo su cuerpo inconsciente, las palabras de Nora retumban en la mente, se repiten una y otra vez como un disco rayado. Sé que no debería doler tanto, pero duele. Con solo un par de frases, se las ha arreglado para hacerme trizas, para hacerse paso a través del muro que me ha encerrado desde la muerte de Maria; el muro que me ha permitido guardar una distancia de todo y de todos excepto de ella.

No me odia en realidad. Lo sé. Me quiere. Ella me ama o, al menos, cree que sí. Cuando todo esto termine, volveremos a la vida que hemos tenido durante los últimos meses, salvo que yo me sentiré mejor, más seguro.

Menos temeroso de perderla.

Si me quieres, no lo hagas...

Mierda. No sé por qué me importa que haya dicho

eso. No la quiero, por supuesto. No puedo. El amor es para aquellos que son fieles y altruistas, para la gente que aún tiene una pizca de corazón.

Ese no soy yo. Nunca lo he sido. Lo que siento por Nora no es como los sentimientos dulces y tiernos que aparecen en todos los libros y películas. Es más profundo, mucho más visceral que eso. La necesito con una fuerza que me retuerce las entrañas, con un anhelo que me destroza y me estimula al mismo tiempo. La necesito como el aire y haría lo que fuera para mantenerla conmigo.

Moriría por ella, pero no puedo dejarla ir.

Acuno su cuerpo pequeño y frágil en mis brazos y la llevo de la habitación al salón. David Goldberg, nuestro médico residente, ya está aquí, esperando con su maletín y todo el equipo sobre el sofá. Le pedí que parase antes para hacer todo el procedimiento lo antes posible después de la cena, y me alegro de que haya llegado a tiempo. Solo he inyectado a Nora un cuarto de la droga que había en la jeringuilla y quiero estar seguro de que todo esto acabe antes de que se despierte.

—¿Ya está inconsciente? —pregunta Goldberg, levantándose para saludarnos. Es pequeño, calvo, de unos cuarenta años y es uno de los mejores cirujanos que jamás he conocido. Le pago un ojo de la cara para que trate lesiones menores, pero considero que merece la pena. En un trabajo como el mío nunca se sabe cuándo hará falta un buen doctor.

—Sí. —Pongo a Nora en el sofá con cuidado. Su

brazo izquierdo cuelga del borde, así que la muevo con suavidad para colocarla en una posición más cómoda, asegurándome de que su vestido le cubra los muslos delgados. De todos modos, a Goldberg no le importa; es más probable que se empalme por mí que por mi esposa, pero aun así no me gusta la idea de exponerla sin necesidad, incluso para un hombre que es abiertamente gay.

—¿Sabe? Podría haber adormecido la zona —dice, sacando el instrumental que necesita. Todos sus movimientos son experimentados y eficaces; es un profesional en lo suyo—. Es un procedimiento sencillo, no requiere que el paciente esté inconsciente.

—Es mejor así. —No le explico nada más, pero creo que Goldberg lo entiende porque no dice nada más. En su lugar, se pone los guantes, saca una jeringuilla grande con una aguja hipodérmica gruesa y se acerca a Nora.

Me aparto para darle algo más de espacio.

—¿Cuántos rastreadores quiere? ¿Uno o más? —pregunta, mirando hacia mi dirección.

—Tres. —Ya había pensado antes en esto y es lo que me parece más lógico. Si alguna vez la secuestran, puede que mis enemigos piensen en buscar un microchip rastreador en su cuerpo, pero seguro que no buscan tres.

—Vale. Pondré uno en el brazo, otro en la cadera y otro en el interior del muslo.

—Con eso valdrá. —Los rastreadores son diminutos, del tamaño de un grano de arroz, así que Nora ni siquiera los sentirá hasta que pasen varios días. También estoy planeando que lleve una pulsera especial como señuelo; tendrá un cuarto rastreador dentro. De este modo, si los secuestradores encuentran la pulsera rastreadora, puede que se despisten lo suficiente como para no buscarle ninguno más.

—Vale, pues eso haremos —dice Goldberg y, frotando el brazo de Nora con una solución desinfectante, presiona la aguja en su piel. Una pequeña gotita de sangre brota al entrar la aguja, depositando el rastreador; después vuelve a desinfectar la zona y la cubre con un apósito pequeño.

El siguiente implante es en su cadera, seguido de otro en el interior del muslo. Han pasado menos de seis minutos desde el comienzo hasta el fin del procedimiento y Nora duerme tranquilamente.

—Ya está —dice Goldberg, quitándose los guantes y guardando el instrumental en su cartera—. Puede quitarle los apósitos dentro de una hora, una vez que deje de sangrar, y ponerle tiritas normales. Puede que esas zonas estén sensibles durante un par de días, pero no debería haber ninguna cicatrización si mantiene los puntos de inserción limpios mientras tanto. Si ocurre algo, llámeme, pero no creo que haya ningún problema.

—Excelente, gracias.

—Encantado. —Y así, Goldberg coge su maletín y sale de la habitación.

Nora recupera la conciencia sobre las tres de la madrugada.

Mi sueño es ligero, conque me despierto tan pronto como ella empieza a moverse. Sé que tendrá dolor de cabeza y un poco de náuseas por la droga y tengo una botella de agua preparada en caso de que tenga sed. Espero que los efectos secundarios sean leves, ya que le di una dosis pequeña. Cuando me la llevé del parque tuve que darle mucho más para asegurarme de que estuviera inconsciente durante el viaje a la isla de más de veinte horas, así que hoy debería recuperarse más rápido.

Te odio.

Joder, otra vez no. Me olvido del recuerdo de su susurro breve y acusador y me concentro en el presente. Noto cómo se remueve a mi lado, emite un leve ruido de malestar al rozarse la zona delicada del brazo con el colchón. Ese sonido me afecta, me llega a lo más profundo, no sé por qué. No quiero que Nora sienta dolor; no de esta forma, al menos, y la atraigo hacia mí para abrazarla por la espalda.

Se pone rígida cuando la toco, se pone tensa de arriba abajo y sé que ahora está despierta, que recuerda lo que pasó.

—¿Cómo te sientes? —pregunto, manteniendo mi voz baja y relajada mientras le acaricio con la mano la curva exterior del suave muslo—. ¿Quieres un poco de agua o algo?

No dice nada, pero noto cómo mueve ligeramente la cabeza y lo interpreto como un sí.

—Está bien. —Agarro la botella de agua, buscando a tientas en la oscuridad. Me apoyo sobre un codo, enciendo la lámpara junto a la cama para poder ver y ofrezco la botella a Nora.

Parpadea un par de veces, entrecerrando los ojos por la luz y coge el agua, sus dedos delgados se curvan alrededor de la botella al sentarse. El movimiento hace que la sábana se caiga, dejando expuesta la parte superior de su cuerpo. Le quité la ropa antes de meterla en la cama, así que ahora está desnuda y solamente su abundante pelo oculta de mi mirada sus pechos bonitos, rosados y puntiagudos. Un deseo familiar se remueve en mi interior, pero no le hago caso; primero quiero asegurarme de que está bien.

Dejo que le dé un par de tragos a la botella de agua antes de preguntarle de nuevo:

—¿Cómo te encuentras?

Encoge los hombros; no me mira

—Bien, supongo. —Levanta la mano desde el torso hasta el brazo, se toca la tirita y la veo estremecerse levemente, como si tuviera frío.

—Tengo que ir al baño —dice de repente y, sin esperar a mi respuesta, se baja de la cama. Alcanzo a echar un breve vistazo a su trasero pequeño y redondo antes de que desaparezca por la puerta del baño y mi polla sube: no hace caso a mi voluntad de estarme quieto por una vez.

Suspiro y me recuesto en la almohada para esperarla. ¿A quién quiero engañar? Mi mascotita siempre tiene ese efecto en mí. Me cuesta tanto verla desnuda y no reaccionar como dejar de respirar. Casi de forma involuntaria, paso la mano bajo la sábana, curvo los dedos alrededor de mi duro tronco, cierro los ojos y me imagino sus paredes internas cálidas y sedosas agarrando mi polla, su coño húmedo y apretado. Mmm, qué delicia.

Te odio.

Joder. Abro los ojos, parte de mi calor interno se enfría. Sigo empalmado, pero ahora el deseo se mezcla con una pesadez extraña en mi pecho. No sé de dónde viene esto. Debería sentirme más feliz ahora que le he introducido los rastreadores, pero no lo estoy. En vez de eso, me siento como si hubiera perdido algo... Algo que no sabía que tenía.

Molesto, vuelvo a cerrar los ojos, esta vez concentrado a propósito en el ansia creciente en mis pelotas mientras aprieto la mano hacia arriba y hacia abajo por la polla, dejando acrecentar las ganas. Y aunque me odie, ¿qué más da? Es normal, después de todo lo que le he hecho. Nunca he dejado que tal preocupación me impidiera hacer lo que he querido y no voy a empezar a hacerlo ahora. Nora se acostumbrará a los rastreadores del mismo modo al que se acostumbró a ser mía y, si alguna vez se saltan la seguridad del recinto, agradecerá que haya sido tan previsor.

Al oír que se abre la puerta, abro los ojos y la veo salir del baño. Sigue sin mirarme directamente. En su lugar, mantiene los ojos en el suelo mientras se escurre por la cama, se mete bajo las sábanas y se tapa hasta la barbilla. Entonces mira fijamente al techo, como si yo no existiera.

Me ha dado un tortazo en la cara con su indiferencia.

El deseo en mi interior se vuelve más agudo, más oscuro. No tolero este comportamiento y lo sabe. Estoy deseando castigarla de forma casi irresistible, y saber que ya está herida es lo único que me impide atarla y rendirme a mis inclinaciones sádicas. Aun así, no permitiré que se salga con la suya. Ni esta noche ni nunca.

Aparto la sábana, me siento y le ordeno bruscamente:

—Ven aquí.

Por un momento, no se mueve, pero al final me mira a la cara. No hay miedo en ella: de hecho, no expresa ningún sentimiento. Sus grandes y oscuros ojos no tienen vida, son como los de una preciosa muñeca.

Crece el peso que siento en el pecho.

—Ven aquí —repito; la dureza de mi tono oculta la agitación intensa que hay dentro de mí—. Ahora.

Ella obedece por fin. Aparto su sábana, viene hacia mí a cuatro patas, arrastrándose a través de la cama con la espalda arqueada y con el culo ligeramente levantado. Es exactamente la manera en que me gusta que se mueva en la habitación y se me agita la respiración. La polla se me hincha de tal modo que hasta me duele. La he adiestrado bien; incluso angustiada, mi mascotita sabe cómo complacerme.

—Buena chica —murmuro, la sujeto y me la acerco. Le introduzco la mano izquierda en el cabello, envuelvo el brazo derecho alrededor de su cintura y la empujo hacia mi regazo, estrechándola contra mí. Luego inclino la boca hacia la suya para besarla con un hambre que parece emanar del núcleo mismo de mi ser.

Sabe a dentífrico de menta y a ella misma, sus labios son suaves y receptivos mientras exploro la sedosa profundidad de su boca. Mientras el beso sigue, cierra los ojos y levanta los brazos para dejarlos en mis costados. Siento sus pezones endurecerse contra mi pecho y me doy cuenta de que responde igual que siempre. Me invade el alivio, lo que aplaca parte de esta inquietud tan poco habitual en mí.

Sea cual sea el humor extraño que tiene hoy, sigue siendo mía. Besándola, me inclino hacia adelante hasta que ambos estamos acostados en la cama, yo encima. Tengo cuidado de moverla con delicadeza, de modo que no presione ninguna de las zonas cubiertas con tiritas. El monstruo de mi interior ansía su dolor y sus lágrimas, pero ese deseo palidece en comparación con mi necesidad irresistible de confortarla, de hacer desaparecer esa mirada sin vida de sus ojos.

Refreno mi propio deseo y me dispongo a cuidarla de la única manera que sé. La beso por todas partes, saboreando su piel suave y cálida mientras me dirijo desde la curva delicada de su oreja hasta los dedos pequeños de los pies. Le masajeo las manos, los brazos, las piernas y la espalda, disfruto de sus gemidos contenidos de placer a la vez que la ayudo a que relaje los músculos. Entonces la llevo al orgasmo con mi boca y mis dedos, retrasando mi propia liberación hasta que mis pelotas casi explotan.

Cuando al fin entro en su cuerpo es como volver a casa. Su vagina caliente y resbaladiza me da la bienvenida, me estrecha tanto que casi exploto en el acto. Mientras comienzo a moverme en su interior, se acerca y me abraza, y entonces detonamos juntos al final: nuestros cuerpos se tensan a la vez en un éxtasis violento y abrumador.

17

NORA

Me despierto más tarde de lo normal, con la sensación de tener la cabeza y la boca llenas de algodón. Por un momento, me esfuerzo para saber lo que pasó: ¿acaso bebí demasiado? Pero entonces me vienen los recuerdos de anoche y me noto un nudo en la garganta que me inunda de desesperación y confusión.

Julian me hizo el amor anoche. Me hizo el amor después de violarme, después de drogarme y forzarme a ponerme los rastreadores contra mi voluntad, y yo se lo permití. No, no solo se lo permití, sino que me deleité con su tacto y dejé que el calor abrasador de sus caricias quemara el dolor gélido que había dentro de mí. Hizo que me olvidara durante solo un momento de la enorme herida que había infligido en mi corazón.

De todas las cosas horribles que Julian ha hecho, no sé por qué esta es la que más me afecta. En toda la amplia gama de situaciones por las que he pasado, parece que implantarme unos rastreadores con la intención de mantenerme a salvo no sea nada comparado con secuestrarme, pegar a Jake o chantajearme para casarme. Se supone que si alguna vez me escapo de la finca, puedo ir al médico y quitarme los implantes, de modo que no los tendría durante el resto de mi vida. El miedo de ayer tenía, sin lugar a dudas, un componente irracional: reaccioné por instinto sin pararme a pensar bien sobre el asunto.

Sin embargo, sentí como si una parte de mí hubiera muerto anoche, como si el pinchazo de aquella aguja matara algo dentro de mí. Quizás sea porque había empezado a sentir que Julian y yo estábamos cada vez más cerca, que cada vez nos parecíamos más a una pareja normal. O quizás porque mi síndrome de Estocolmo o cualquier problema mental que tenga, me ha hecho imaginarme arcoíris y unicornios cuando no había nada. Sea cual sea la razón, interpreté los actos de Julian como la traición más atroz. Cuando recuperé la consciencia anoche, me sentí tan destrozada que me entraron ganas de que se me tragara la tierra.

Pero Julian no me dejó. Me hizo el amor. Me hizo el amor cuando pensaba que me daría una paliza, cuando esperaba que me castigara por no comportarme como su pequeña y sumisa mascota. Me dio ternura cuando esperaba crueldad: en vez de destrozarme, me hizo sentir completa de nuevo, aunque solo fuera durante un par de horas.

Y ahora… ahora lo echo de menos. Sin él a mi lado, vuelve a filtrarse el frío en mi interior, haciendo que el dolor me asfixie lentamente desde dentro. Casi no puedo soportar que Julian me hiciera esto en contra de mis objeciones, que lo hiciera aunque le rogara que no lo hiciera. Me demuestra que no me quiere, que puede que nunca lo haga.

Me demuestra que puede que el hombre con que me he casado nunca sea más que mi captor.

JULIAN NO ESTÁ en el desayuno, lo que contribuye a mi creciente depresión. Me he acostumbrado tanto a que estemos juntos en la mayoría de las comidas que su ausencia me sienta como un rechazo; aunque no me explico cómo puedo seguir anhelando su compañía después de todo lo que me ha hecho.

—El señor Esguerra ha tomado un pequeño tentempié antes —explica Ana, sirviéndome huevos mezclados con alubias fritas y aguacate—. Ha recibido noticias que tenía que atender inmediatamente, de modo que no puede unirse al desayuno esta mañana. Pidió perdón por ello y me dijo que puedes ir a la oficina cuando estés lista. —Me lo dice con la voz extrañamente cálida y amable, y en su mirada noto que me lo dice con compasión. No sé si conoce todos los destalles sobre lo que pasó anoche, pero tengo el presentimiento de que oyó lo esencial.

Avergonzada, bajo la mirada hacia mi plato.

—Vale, muchas gracias, Ana —murmuro, mirando el plato. Parece tan delicioso como siempre, pero no tengo apetito esta mañana. Sé que no estoy enferma, pero así es como me siento, con el estómago revuelto y el pecho dolorido. Los nuevos implantes en el muslo, cadera y brazo palpitan con un dolor muy molesto. Solo tengo ganas de meterme en la cama y pasarme el día durmiendo, pero por desgracia no puede ser. Tengo que escribir un artículo para mi clase de literatura inglesa y voy retrasada dos clases en cálculo. Ya he cancelado el paseo matutino con Rosa; no me apetece ver a mi amiga sintiéndome así.

—¿Te apetece un poco de chocolate a la taza? ¿Quizás un café o un té? —pregunta Ana, todavía rondando la mesa. Normalmente, cuando Julian y yo comemos juntos se esfuma, pero parece reacia a dejarme sola esta mañana.

Levanto la mirada de mi plato y me fuerzo a dedicarle una sonrisa.

—No, estoy bien, Ana. Gracias. —Cojo el tenedor y como un poco de huevo, decidida a comer algo para aliviar la preocupación que veo en la cara redondeada de la ama de llaves.

Mientras mastico, veo a Ana vacilar un momento, como si quisiera decir algo más, pero entonces desaparece por la cocina, y me deja con el desayuno. Durante los siguientes minutos, hago un gran intento de comer, pero todo me sabe mal y finalmente me rindo.

Me levanto y me dirijo hacia el porche, quiero notar el sol sobre mi piel. El frío de mi interior parece extenderse cada minuto que pasa, lo que me deprime más a medida que avanza la mañana.

Salgo por la puerta principal y camino hasta el borde del porche, apoyándome en la barandilla y respirando el aire húmedo y cálido. Mientras contemplo desde la distancia la gran extensión de hierba y a los guardias, noto que empiezo a ver borroso; unas lágrimas cálidas empiezan a brotar y me caen por las mejillas.

No sé por qué estoy llorando. Nadie ha muerto, no ha pasado nada terrible. He pasado por cosas peores durante estos dos años y he lidiado con ello; me he adaptado y he sobrevivido. Esta cosa relativamente menor no debería hacerme sentir como si me hubieran arrancado el corazón.

Mi creciente convicción de que Julian no es capaz de amar no debería destrozarme de esta manera.

Alguien me toca el hombro con suavidad y me sobresalta de mi miseria. Me seco rápidamente las lágrimas, me doy la vuelta y me sorprendo al ver a Ana ahí, con una expresión indecisa.

—Señora Esguerra... Quiero decir, Nora... —tartamudea mi nombre, su acento es más marcado de lo normal—. Perdona que interrumpa, pero me preguntaba si tendrías un momento para hablar.

Asiento, atónita por su petición inusual.

—Por supuesto. ¿Qué ocurre? —Ana y yo no tenemos demasiada relación, siempre ha sido un tanto reservada conmigo; cortés pero no demasiado amigable. Rosa me dijo que Ana es así porque así era como el padre de Julian ordenaba que se comportaran y para ella es difícil quitarse ese hábito.

Aliviada por mi respuesta, Ana sonríe, se acerca a la barandilla y apoya los antebrazos en la madera pintada de blanco. Le lanzo una mirada dubitativa, preguntándome de qué quiere hablar, pero parece contenta de estar ahí, con la mirada fija en la lejana selva.

Cuando finalmente gira la cabeza para mirarme y hablarme, sus palabras me pillan con la guardia baja.

—No sé si lo sabes, Nora, pero tu marido perdió a todas las personas que le importaban —dice con calma, sin rastro de su aparente cautela habitual—. A María, a sus padres... Por no hablar de las demás personas que conoció aquí en la finca y también fuera de ella, en la ciudad.

—Sí, me lo ha contado —digo lentamente, mirándola con precaución. No sé por qué ha decidido de repente hablarme de Julian, pero estoy encantada de escucharla. Quizá si entiendo mejor a mi marido sea más fácil mantener una distancia emocional con él.

Quizá no sea como un rompecabezas y no me sentiré atraída por él con tanta fuerza.

—Bien —dice Ana, tranquila—. Entonces espero que entiendas que Julian no quiso hacerte daño anoche... Que lo que fuera que hizo fue porque se preocupa por ti.

—¿Que se preocupa por mí? —La risa que se escapa

de mi garganta es mordaz y cortante. No sé por qué estoy hablando de esto con Ana, pero, ahora que se han abierto las compuertas, no puedo volver a cerrarlas—. Julian no se preocupa por nadie más que por sí mismo.

—No. —Niega con la cabeza—. Te equivocas, Nora. Es así, se preocupa mucho por ti. Lo veo. Es diferente contigo que con las demás. Muy diferente.

La miro fijamente.

—¿Qué quieres decir?

Suspira y después se gira para mirarme.

—Tu marido siempre fue un niño... oscuro —dice y veo una profunda tristeza en su mirada—. Un niño precioso, con los ojos de su madre y con sus rasgos, pero tan duro por dentro... Creo que era culpa de su padre. El viejo señor nunca lo trató como a un niño. Cuando Julian empezó a caminar, su padre ya lo empujaba, lo obligaba a hacer cosas que un niño no debería hacer...

Escucho con atención, casi ni respiro: quiero dejarla hablar.

—Cuando Julian era pequeño tenía miedo de las arañas. Aquí las hay grandes, algunas dan mucho miedo. Las hay venenosas también. Cuando Juan Esguerra se enteró, dejó a su hijo de cinco años en el bosque y le hizo cazar una decena de arañas grandes con sus propias manos para que Julian viera lo que significaba superar sus miedos y hacer sufrir a sus enemigos. —Hace una pausa y aprieta los labios con ira—. Julian no durmió durante dos noches después de aquello. Su madre se quejó cuando se enteró, pero no podía hacer nada. La palabra del señor era ley y todo el mundo tenía que obedecer.

Me trago la bilis que me ha subido por la garganta y desvío la mirada. Lo que acabo de saber solo incrementa mi desesperación. ¿Cómo puedo esperar que Julian ame a alguien después de haber sido educado de esa manera? No me sorprende que mi marido sea un asesino desalmado con tendencias sádicas; es un milagro que no sea aún peor. No tiene remedio.

Ana nota mi angustia y me posa la mano sobre el brazo; su tacto cálido y reconfortante es como el de mi madre.

—Durante mucho tiempo, pensé que Julian crecería y se convertiría en su padre —dice cuando me giro para mirarla—. Cruel, insensible, incapaz de sentir cualquier emoción cariñosa. Lo pensé hasta que un día, cuando tenía doce años, lo vi con una gatita. Era una criatura diminuta de pelaje blanco y blandito, y con unos ojos grandes, apenas lo suficientemente mayor para comer sola. Algo le ocurrió a la madre, por lo que Julian cogió la gatita y la llevó a la casa. Cuando lo vi, intentaba convencerla para que bebiera leche; la expresión de su cara... —Parpadea y creo percibir que va a llorar—. Era tan... Tan tierna. Eran tan paciente con la gatita, tan dulce. Y entonces supe que su padre no había conseguido transformar a Julian por completo, que el niño aún podía sentir.

—¿Qué le pasó a la gatita? —pregunto, abrazándome.

Me preparo para oír otra historia de terror, pero Ana se encoge de hombros como respuesta.

—Creció en la casa —dice, apretándome suavemente el brazo antes de quitar la mano—. Julian se la quedó como mascota y la llamó Lola. Se peleó con su padre por ello: al viejo señor no le gustaban las mascotas, pero para entonces Julian ya era lo bastante mayor y fuerte para hacer frente a su padre. Nadie se atrevía a tocar a la pequeña criatura mientras estuviera protegida por Julian. Cuando viajó a Estados Unidos, se llevó a la gata con él. Hasta donde sé, vivió una larga vida y murió de vieja.

—Vaya. —Desaparece un poco de la tensión—. Eso está bien. No que Julian perdiera a su mascota, quiero decir, sino que viviera durante mucho tiempo.

—Sí, por supuesto. ¿Y sabes qué, Nora? La forma en que miraba a la gatita... —Su voz se va apagando y me mira fijamente con una sonrisa extraña.

—¿Qué? —pregunto con cautela.

—A veces te mira de la misma forma. Con esa dulzura. Puede que no siempre lo muestre, pero te aprecia, Nora. A su modo, pero te quiere. Lo creo de verdad.

Aprieto los labios intentando reprimir las lágrimas que amenazan con volver a brotar.

—¿Por qué me estas contando esto, Ana? —pregunto cuando estoy segura de que puedo hablar sin romper a llorar—. ¿Por qué has venido a contármelo?

—Porque Julian es lo más parecido que tengo a un

hijo —dice con dulzura—. Y porque quiero que sea feliz. Quiero que ambos lo seáis. No sé si esto cambia algo para ti, pero pensé que deberías conocer algo más de tu marido. —Estira el brazo, me aprieta la mano y después vuelve a entrar en casa, dejándome apoyada en la barandilla, aún más confusa y con el corazón más roto que antes.

No voy al despacho de Julian esa mañana. En vez de eso, me encierro en la biblioteca y trabajo sobre el artículo, intentando no pensar en mi marido y en lo mucho que quiero estar sentada a su lado. Sé que solo estar sentada cerca de él me haría sentir mucho mejor, que su mera presencia me ayudaría con mi dolor y mi ira, pero un impulso masoquista me mantiene alejada. No sé qué estoy intentando demostrarme, pero estoy decidida a guardar las distancias durante, al menos, un par de horas.

Por supuesto, no puedo evitarlo a la hora de cenar.

—Hoy no has venido —comenta, mirándome mientras Ana nos sirve crema de setas como aperitivo—. ¿Por qué?

Me encojo de hombros, no haciendo caso de la mirada implorante que Ana me lanza antes de volver a la cocina.

—No me encontraba muy bien.

Julian frunce el ceño.

—¿Estás enferma?

—No, no me sentía bien. Además, tenía que terminar un artículo y ponerme al día con algunas clases.

—¿Es verdad? —Me mira fijamente con las cejas casi unidas. Se inclina hacia delante y pregunta con delicadeza—: ¿Estás enfurruñada, mi gatita?

—No, Julian —respondo de la forma más dulce que puedo e introduzco la cuchara en la crema—. Enfurruñada implicaría que estoy enfadada por algo que has hecho. Pero no puedo enfadarme, ¿no? Tú puedes hacerme lo que quieras y se supone que yo lo acepto, ¿verdad? —Y al sorber la sopa sabrosa, le dedico una sonrisa maliciosa, disfrutando de cómo entrecierra los ojos ante mi respuesta. Sé que me la estoy jugando, pero no quiero un Julian dulce y tierno esta noche. Es demasiado confuso, demasiado inquietante para mi bienestar mental.

Para mi frustración, no muerde el anzuelo. Cualquier tipo de ira que he logrado provocar dura poco y al momento se apoya con una sonrisa sexi.

—¿Estás intentando culparme, cariño? Sabes de sobra que esos sentimientos no me afectan lo más mínimo.

—Claro que sí. —Intento que las palabras suenen cortantes, pero salen sin fuerza. Incluso ahora tiene poder para hacer que mis sentidos se confundan con solo una sonrisa.

Sonríe, sabe perfectamente cómo me afecta, e introduce la cuchara en la crema.

—Come, Nora. Podrás enseñarme lo enfadada que estás en la cama, te lo prometo. —Y con esa amenaza tentadora, empieza a tomarse la crema; no me queda otra, tendré que obedecerlo

Mientras comemos, Julian me acribilla a preguntas sobre mis clases y sobre cómo me va con el curso online hasta ahora. Parece realmente interesado en lo que digo y pronto me encuentro hablándole sobre mis problemas con cálculo —¿alguna vez han inventado una asignatura más aburrida?— y hablando sobre los pros y contras de hacer un curso de humanidades el semestre que viene. Estoy segura de que mis preocupaciones lo divierten; al fin y al cabo, son cosas de la universidad, pero, si es así, no lo muestra. En vez de eso, me hace sentir como si estuviera hablando con un amigo o quizá con un asesor de confianza.

Esa es una de las cosas que hace a Julian tan irresistible: su capacidad de escuchar, de hacerme sentir importante para él. No sé si lo hace a propósito, pero hay pocas cosas más atractivas que tener la completa atención de alguien y siempre me ha pasado eso con Julian. Me ha pasado desde el primer día. Sea un secuestrador malvado o no, siempre me ha hecho sentir querida y deseada, como si fuera el centro de su mundo. Como si de verdad importara.

A medida que la cena continúa, la historia de Ana se repite una y otra vez en mi cabeza; me alegro enormemente de que Juan Esguerra esté muerto. ¿Cómo puede un padre hacerle algo así a su hijo? ¿Qué monstruo intentaría convertir a propósito a su hijo en un asesino? Me imagino al Julian de doce años ocupándose de esa gatita indefensa y siento un destello involuntario de orgullo por el coraje de mi marido. Tengo la sensación de que haberse quedado a la mascota contra la voluntad de su padre no debió de ser nada fácil.

Todavía no estoy lista para perdonar a Julian, pero mientras nos ponen el segundo plato me planteo la posibilidad de que haya algo más que las tendencias posesivas de Julian detrás de su deseo de ponerme estos rastreadores. ¿Será que en vez de no preocuparse por mí se preocupa demasiado? ¿Su amor puede llegar a ser tan oscuro y obsesivo? ¿Tan retorcido? Por supuesto, me enteré de la muerte de Maria y de sus padres, pero nunca vinculé ambos sucesos; nunca pensé que Julian perdiera a todos por los que se preocupaba. Si Ana tiene razón, si soy tan especial para Julian, entonces no es tan sorprendente que haga tanto para garantizar mi seguridad, sobre todo desde que casi me pierde una vez. Es de locos y da miedo, pero no es tan sorprendente.

—¿Qué era tan urgente esta mañana? —pregunto y termino la segunda ración de salmón asado que Ana ha preparado como plato principal. Me muero de hambre y todos los rastros de mi malestar anterior se han esfumado. Es increíble lo que puede hacerme un poco de la compañía de Julian; su proximidad es mejor que cualquier medicina estimulante del mercado—. Me refiero a cuando no desayunaste conmigo.

—Ah, sí, quería hablarte de ello —dice Julian y veo un destello de entusiasmo oscuro en sus ojos—. Los contactos de Peter en Moscú nos han dado permiso para entrar con una operación para extraer a Majid y el resto de los combatientes de Al-Quadar de Tayikistán. En cuanto estemos listos, espero que dentro de una semana más o menos, empezaremos.

—Vaya —lo miro fijamente, entusiasmada y preocupada por las noticias—. Al decir «nosotros», te refieres a tus hombres, ¿verdad?

—Bueno, claro —Julian parece confundido por mi pregunta—. Voy a formar un grupo de unos cincuenta de nuestros mejores soldados y dejaré el resto para que vigile el recinto.

—¿Vas a ir tú mismo a esta operación? —Se me para el corazón por un momento mientras espero ansiosa su respuesta.

—Por supuesto. —Parece sorprendido de que yo pensara lo contrario—. Siempre voy a estas misiones. Además, tengo negocios en Ucrania que son mejor hacerlos en persona, así que me encargaré de ello en el camino de regreso.

—Julian… —De repente, me siento enferma; toda la comida se me revuelve en el estómago—. Todo esto suena muy peligroso… ¿Por qué tienes que ir?

—¿Peligroso? —Emite una pequeña risa—. ¿Estás preocupada por mí, gatita mía? Puedo asegurarte de que no hay necesidad. Superaremos al enemigo en número y en armas. No tienen ninguna posibilidad, créeme.

—¡Eso no lo sabes! ¿Y si estallan una bomba o algo? —Elevo el tono de voz al recordar el horror de la explosión del almacén—. ¿Y si os engañan? Sabes que quieren matarte...

—Bueno, técnicamente quieren forzarme a que les dé el explosivo. —Me corrige con una oscura sonrisa en los labios—. Entonces querrán matarme. Pero no tienes nada de qué preocuparte, cariño. Rastrearemos la zona para detectar cualquier indicio de bomba antes de entrar y todos llevaremos equipos de cuerpo entero que puedan soportar de todo salvo una explosión de misiles.

Empujo mi plato, no menos tranquila.

—A ver si lo pillo... ¿Me obligas a llevar rastreadores aquí, donde nadie puede tocarme ni un solo pelo y tú estás planeando deambular por Tayikistán para jugar a «captura al terrorista»?

La sonrisa de Julian desaparece y endurece la expresión.

—No estoy jugando, Nora. Al-Quadar representa una amenaza muy real que debemos eliminar lo más rápido posible. Tenemos que atacarlos antes de que vengan a por nosotros y esta es la oportunidad perfecta para ello.

Lo fulmino con la mirada y la pura injusticia de todo esto hace que me suba la presión arterial.

—¿Pero por qué tienes que ir en persona? Tienes a todos estos soldados y mercenarios a tu disposición, seguro que no te necesitan allí.

—Nora... —Su voz es tierna, pero su mirada es dura

y gélida como un témpano—. Esto no es debatible. El día que empiece a asustarme de mi propia sombra será el día que tenga que abandonar el negocio por mi bien, porque significará que me he vuelto blando. Blando y perezoso, como el hombre al que quité la fábrica cuando empecé... —Vuelve a sonreír ante mi mirada conmocionada—. Claro, mi gatita, ¿cómo crees que cambié de las drogas a las armas? Tomé el control de una operación de otra persona y construí sobre ella. Mi predecesor también tenía soldados y mercenarios a su disposición, pero era poco más que un traficante y todo el mundo lo sabía. No daba rienda suelta a su organización y bastó sobornar a unas pocas personas y derrocarlo; me quedé con su fábrica de misiles. —Julian hace una pausa para que lo digiriera y después añade—: No voy a ser ese hombre, Nora. Esta misión es importante para mí y estoy decididísimo a supervisarla yo mismo. Majid no sobrevivirá esta vez; me aseguraré de ello.

18

JULIAN

Una vez hemos terminado de cenar, me llevo a Nora al dormitorio. Le pongo una mano en la espalda mientras subimos las escaleras. Está callada desde que le expliqué mi próxima misión. Aún sigue molesta conmigo y no solo por eso, también por los microchips rastreadores y el viaje.

Verla preocupada me conmueve e incluso me resulta adorable, pero no pienso malgastar esta oportunidad de ponerle las manos encima a Majid. Mi gatita no entiende el subidón que me da estar en plena acción, sentir la adrenalina por mi cuerpo y oír cómo las balas van por el aire. No entiende cuánto me pone ver la sangre a borbotones de mis enemigos, ni que sus gritos de agonía me llenan de un placer casi tan intenso como el sexo. Por esta razón, entre otras, un loquero que tuve opinaba que podría ser un sociópata... bueno, eso y también la ausencia casi total de remordimientos. Que me tachen de loco nunca me ha molestado demasiado... al menos desde que me quité de la cabeza aquella idea inocente de que, algún día, podría llevar una vida «normal».

Al entrar en la habitación, el hambre voraz que llevo reprimiendo desde ayer se dispara; el monstruo que habita dentro de mí quiere darse un festín. El distanciamiento que noto últimamente en ella solo lo empeora más. Siento el muro que Nora intenta interponer entre nosotros, cómo pretende no pensar en mí, y esto solo me enerva y alimenta el deseo sádico que crece dentro en mi interior.

Voy a derribar ese muro esta noche. Lo demoleré hasta que no le quede ningún mecanismo de defensa, hasta que su mente vuelva a ser de mi propiedad.

Nora se excusa para darse una ducha rápida mientras la espero en la cama. Ya noto cómo se me endurece la polla, se llena poco a poco de un deseo ardiente, fruto de todo lo que voy hacer con ella esta noche. Los calzoncillos me empiezan a estorbar, así que me quito la ropa y escucho cómo sigue corriendo el agua. Me acerco a la mesita de noche y abro un cajón del que saco todo tipo de herramientas que pretendo utilizar con ella.

Tal y como prometió, Nora no tarda mucho. A los cinco minutos ya ha salido del baño y lleva una suave toalla blanca cubriendo su cuerpo pequeño. Se ha recogido el pelo en un moño desaliñado; su piel bronceada aún está mojada y le caen gotitas de agua por el cuello y los hombros. Debe de haberse quitado las tiritas para ducharse, porque alcanzo a ver una costra y algunos moretones en el brazo, justo donde le implantaron el rastreador. Al ver aquellas marcas, siento una extraña mezcla de sentimientos: por un lado, me alivia poder estar siempre pendiente de ella; por el otro, siento una extraña sensación de remordimiento.

Nora echa un vistazo a la cama y, de repente, abre los ojos de par en par al reparar en los utensilios que he sacado.

No oculto mi sonrisa de satisfacción al ver la expresión de asombro que se le queda. Hacía tiempo que no usábamos juguetes, por lo menos no una variedad tan amplia.

—Quítate la toalla y ven a la cama —ordeno, tras lo cual me levanto para coger la venda.

Ella me mira boquiabierta y con la piel ruborizada. Sé perfectamente que esto la excita, que sus deseos son ya un reflejo de los míos. No titubea en absoluto al desprenderse de la toalla, que deja caer al suelo, y queda completamente desnuda ante mí.

El corazón se me acelera y se me endurecen las pelotas al contemplar las líneas sinuosas que forman su cuerpo delgado. La lógica me dice que deben de existir mujeres aún más bellas que Nora, pero si las hay, no se me ocurre ninguna. De arriba abajo, desde el pelo hasta los dedos de los pies, todo en ella se ajusta a mis gustos. La deseo con una intensidad que aumenta a cada minuto que pasa y que casi me hace enloquecer.

Se mete en la cama y se arrodilla, posando su culo bien carnoso y prieto encima de los pies. Se mueve grácil, con la delicadeza de un gatito manso.

Me pongo detrás de ella y le aparto el cabello para poder besarle el cuello con dulzura, solo con posar los labios hago que su respiración cambie de ritmo. El aroma natural de su piel cálida y sedosa se mezcla con la fragancia de flores del gel de baño y me transporta a otro mundo, por lo que se me levanta del todo la polla. Algunas noches lo único que deseo de ella es la dulce respuesta a mis estímulos o simplemente sentirla entre mis brazos. Otras noches quiero tratarla como la criatura frágil y vulnerable que es.

Sin embargo, esta noche me apetece algo distinto.

Le ato la venda en los ojos y me aseguro de que no pueda ver nada. Solo quiero que sienta al máximo lo que voy a hacerle, que sus sentidos se agudicen tanto como sea posible. Tras esto, le ato las manos a la espalda con un par de esposas y la dejo inmóvil.

—Esto, Julian... —Nora se lame el labio inferior y continúa—: ¿Qué me vas a hacer?

El atisbo de miedo que noto en su voz me excita y me hace sonreír.

—¿Qué crees que voy a hacerte, mi gatita?

—¿Azotarme? —tantea con la voz ronca y bajando el tono. Se le tensan los pezones al hablar; sé que la idea no le desagrada.

—No, cariño —le susurro al oído y alcanzo a coger otro de los juguetes que he preparado: un par de pinzas para los pezones unidas por una cadenita de metal—. Aún no te has recuperado tanto para eso. Hoy tengo en mente otra cosa para ti.

La rodeo con los brazos desde detrás y le pellizco el pezón izquierdo con los dedos. Después, le prendo una pinza y la aprieto con firmeza, haciendo que Nora jadee y que el aire se le escape entre los dientes.

—¿Cómo te sientes? —pregunto, a la vez que le beso la oreja y acerco una mano a su otro pezón. Ella aprieta fuerte los puños, maniatados, contra mi estómago; disfruto de tenerla a mi merced—. Quiero que me lo describas...

Ella jadea profundamente mientras se le estremece el pecho.

—Duele... —dice, al fin, y a continuación suelta un alarido muy agudo al apretarle la segunda pinza en el pezón, de la misma forma que antes.

—Bien... —Le muerdo suavemente el lóbulo de la oreja. Mi erección alcanza la parte baja de su espalda y la fricción se transforma en corrientes de placer que me llegan a los huevos—. ¿Y ahora?

—Du... duele más aún... —Las palabras le salen a duras penas. Tiene la espalda tensa, apoyada en mí, y sé que no miente, que tiene los pezones muy sensibles y están sufriendo los mordiscos feroces del juguete. Ya habíamos usado pinzas para los pezones cuando estábamos en la isla, sin embargo, esas eran mucho más suaves y solo ejercían una ligera presión. Estas son bastante más duras y le harán muchísimo más daño cuando se las quite. No puedo evitar sonreír de forma perversa al pensar en ello.

Ahueco los laterales de sus pechos con las manos y los estrujo un poco, moldeando la carne entre mis dedos.

—Duele, ¿verdad? —susurro, al tiempo que tiro de la cadenita que conecta ambas pinzas y ella da una sacudida—. Mi pobre gatita, tan dulce y tan maltratada…

Cuando le suelto los pechos, recorro con las manos el camino que va desde el abdomen hasta llegar a los pliegues de su entrepierna. Como ya sospechaba, su vagina está húmeda pese al dolor o quizás gracias a este. Se me tensa la polla. Verla maniatada y con sus frágiles pezones encadenados me atrae de una manera que hubiera perturbado a mi antiguo loquero, sin lugar a duda. Controlo mis impulsos un poco más y le presiono ligeramente el pequeño clítoris con el pulgar. Ella gime y se me apoya en el pecho, a la vez que alza las caderas; quiere más.

—Dime lo que sientes ahora mismo. —Mantengo la misma presión en el clítoris, a propósito—. Dímelo, Nora.

—No… no lo sé…

—Dime lo que sienten tus pezoncillos. Quiero oírtelo decir. —A mi petición le sumo un pinchazo fuerte en el clítoris, que la hace gritar y sacudirse por el dolor tan repentino.

—Duelen… aún me duelen. —Nora respira fuerte

cuando se recupera—, pero no es como un pinchazo, sino un dolor palpitante...

—Buena chica... —Como premio, le acaricio el sexo con dulzura—. ¿Y qué sientes cuando te toco así?

Ella vuelve a asomar la lengua rosada para chuparse el labio inferior.

—Me gusta —susurra—, me gusta mucho... Por favor, Julian...

—¿Por favor qué? —interrumpo. Quiero oír cómo me suplica. Tiene la voz perfecta para eso, dulce e inocente, pero a la vez sexi. Sus súplicas me provocan lo contrario de lo que realmente quiere, solo me dan ganas de atormentarla más.

—Por favor, tócame... —Levanta la cadera para aumentar la sensación de placer en su sexo.

—¿Qué te toque dónde? —Retiro la mano y con ello el placer que sentía—. Dime dónde quieres exactamente que te toque, mi gatita.

—El... el clítoris... —Sus palabras se funden en un gemido entrecortado. En su frente brillan las gotas de sudor; sé que mi tortura está haciendo efecto en ella, que lo que siente es tan intenso como pretendía.

—Claro que sí, cariño —La toco de nuevo, haciendo presión sobre su órgano del placer y estimulando sus nervios con caricias delicadas—. ¿Así?

—Sí. —Ahora respira más rápido y su pecho se expande y se contrae con fuerza: está a punto de llegar al orgasmo—. Sí, justo así...

Su voz se desvanece, se le tensa el cuerpo como las

cuerdas de un instrumento y justo entonces grita y se corre en mis manos al alcanzar el clímax. La sujeto con firmeza todo el rato, sin dejar de presionarle el clítoris hasta que deja de tener contracciones. En ese momento cojo otro objeto que tenía preparado.

Esta vez se trata de un consolador de aproximadamente el mismo tamaño que mi propio pene. Es de una mezcla de silicona y plástico, diseñado para imitar la sensación de su equivalente humano, con una textura que se asemeja a la de la piel. Hoy dejaré que Nora goce con este juguete, pero será lo más parecido a la polla de otro tío que podrá disfrutar jamás.

Se le corta la respiración cuando introduzco el enorme juguete en su coño, y oigo como vuelve a respirar con rapidez a la vez que se retuerce. Noto cómo aprieta los puños y me clava las uñas en la piel.

—N... no...

—¿No qué? —Elevo el tono y la interrumpo—. Dime cómo lo notas.

—Noto que está... duro y grueso. —Le tiembla la voz y eso me la pone más dura, mi hambre por ella ya resulta insoportable.

—¿Y? —digo, a la vez que introduzco el juguete aún más. Me sorprende cómo un cuerpo tan frágil no rechaza un consolador tan enorme, y ver cómo esa vaina se hunde en su interior me evoca un dolor sumamente erótico.

—Y... siento que me abre... —Exhala con fuerza y

reposa la cabeza en mi hombro—, que se mete dentro de mí y me llena.

—Sí, mi gatita, así es. —Ahora mismo el consolador se encuentra lo más hondo posible, solo sobresale el extremo. Recompenso su sinceridad acariciándole el clítoris con los dedos y extiendo el fluido de su corrida empapando todos los pliegues de la vagina. Cuando regresan los jadeos y balancea la cintura, me detengo en seco antes de que se corra y la libero de mi yugo, echándome un poco hacia atrás. Entonces la empujo y le aprieto la cara contra el colchón, al tiempo que le estiro las piernas hacia atrás, quedando tendida de espaldas.

Aunque me encantaría seguir jugando con ella, no puedo esperar más para tirármela.

La privo de mis caricias y ella restriega sus pezones pinzados contra las sábanas, gime de dolor e intenta recostarse de espaldas, pero no se lo permito. Con una mano la agarro del cuello y con la otra le pongo una almohada bajo la cadera. Después cojo un bote de lubricante y empapo lo suficiente el agujero pequeño y arrugado del culo, justo encima de donde está clavado el consolador, que sigue atravesándole el coño mojado.

Se le tensa el cuerpo ahora que comprende lo que voy a hacer y le azoto el culo con una mano para acallar cualquier protesta que pudiese salir de su boca.

—Vamos, tranquila. Tienes que decirme lo que sientes, ¿de acuerdo, mi gatita?

Ella gimotea cuando me siento encima de sus piernas y presiono la punta de la polla para metérsela por el ano, pero noto cómo intenta relajarse, tal y como la enseñé. Aún no se siente cómoda con el sexo anal y este rechazo me satisface; sé que suena cruel, ya que muestra lo lejos que he llegado con mi entrenamiento, aunque aún me queda bastante.

—¿Lo entiendes? —reitero con un tono de voz más seco, al ver que sigue callada, respirando con fuerza en el colchón y apretando las manos, aún atadas detrás de la espalda. Quiero clavarle la polla con ansia, pero primero se la voy a meter un poco y voy a ir untando el lubricante alrededor del agujero. Esta noche me quiero meter en su cabeza casi tanto como en su cuerpo y no me voy a conformar con menos.

—Sí... —murmura ella, medio ahogada entre las sábanas mientras la sostengo y empiezo a penetrarle el culo, obviando cómo intenta retorcerse—. Siento... ah, dios, no puedo... Julian, por favor, esto es demasiado...

—Dime —ordeno mientras sigo presionando, una vez atravesada la resistencia que ejerce el esfínter. Con el consolador en el coño, tiene el culo tan prieto que me cuesta la vida controlarme. Mi voz suena desesperada de puro placer cuando le digo en tono áspero—: Quiero oírlo todo.

—Que... quema... —jadea y veo que se le acumulan goterones de sudor sobre las escápulas, que le dejan el pelo pegado a la piel—. Joder, estoy llena... es demasiado intenso...

—Eso es, sigue así, sigue hablando... —Estoy casi dentro del todo y noto la polla en contacto con el consolador; solo una fina membrana me separa del juguete. Nora está temblando debajo de mí, su cuerpo no puede aguantar más sensaciones, pero aprieto un centímetro más hacia adelante mientras le acaricio con calma la espalda, llegando a lo más profundo de su cuerpo.

Ella musita algo; se le estremecen los hombros y se le endurecen los músculos anales alrededor de mi polla, en un intento fallido por expulsarme. El movimiento mueve el consolador en su interior y ella grita y tiembla con más fuerza.

—No puedo, Julian, por favor… no puedo…

Su culo estruja mi polla y noto un placer inmenso desde mis pelotas, que me hace gemir. No puedo controlarme y saco la mitad del miembro para después embestir de nuevo y gozar la resistencia que opone su cuerpo, la presión casi agónica que ejerce en mi polla.

Ella grita contra las sábanas mientras comienzo a follármela duro, y una mezcla de sollozos y gritos ahogados acompañan el ritmo constante de la penetración. Me inclino hacia adelante y me apoyo en ella con una mano, mientras que le paso la otra bajo la cintura hasta que encuentro su sexo. Cada empujón de mis caderas hace que su clítoris roce mis dedos y sus gritos adquieren un tono distinto: el del placer reticente, el del éxtasis combinado con el dolor. Noto cómo gira y se mueve el consolador mientras me la follo y comienzo a llegar al orgasmo con una intensidad súbita; se me tensa columna y mis huevos me envían una descarga por todo el cuerpo. A punto de correrme, se le endurece el culo y me doy cuenta, exultante, de que ella también va a llegar al orgasmo. Sus músculos convulsionan alrededor de mi polla y ella chilla debajo de mí. Entonces llega el orgasmo, un relámpago de placer me inunda entero al tiempo que mi semen emana hacia lo más profundo de su ser, dejándome casi sin respiración y pasmado por la fuerza de mi chorro.

Cuando dejo de sentir que el corazón me va a reventar, le saco con cuidado el pene del trasero y el consolador de la vagina. Ella permanece tumbada e inmóvil, excepto por los sollozos que aún se le escapan y que hacen que se tambalee su figura frágil. Le quito las esposas, le masajeo las muñecas y después le retiro la venda de los ojos. Las sábanas sedosas están empapadas de sus lágrimas, y cuando le doy la vuelta con suavidad veo en sus mejillas un surco húmedo sobre las marcas que ha dejado la sábana. Nora entreabre los ojos, luchando contra el fulgor de la luz, y alcanzo sus pezones, liberando primero uno y luego el otro de las pinzas. Por un momento no reacciona, pero al instante se le estremece el cuerpo cuando la sangre vuelve a sus pechos doloridos. Se le escapa un gemido en voz alta y llora aún más, tras lo cual se apresura a cubrirse los pechos con las manos, conteniendo inconscientemente el dolor.

—Shhh —susurro para calmarla y me inclino para besarla. Sus labios me saben salados por las lágrimas y eso me hace sentir de nuevo una ligera excitación.

Aunque tengo la polla flácida, su dolor y sus llantos me ponen cachondo de nuevo, aunque ya esté completamente saciado. No estoy aún del todo listo para la segunda ronda, así que, aunque me apetece seguir besándola, me detengo y la miro.

Ella me devuelve la mirada, aún algo perdida, y sé que se está recuperando de la experiencia tan intensa que le he hecho vivir. Es ahora, en este preciso instante, que he derribado por completo sus defensas, cuando su mente y su cuerpo está desprotegido y puedo aprovecharme de su debilidad para cumplir mis propósitos.

—Dime cómo te sientes ahora —le digo, a la vez que le acaricio el mentón—. Dímelo, cariño.

Ella cierra los ojos y le cae una lágrima sobre la mejilla.

—Me siento… vacía, pero a la vez llena; destrozada, pero al mismo tiempo recuperada. —Habla tan bajo que casi no la oigo—. Siento que me has hecho pedazos y que luego los has moldeado para formar algo nuevo, algo que ya no soy yo y que te pertenece…

—Sí. —Devoro cada una de sus palabras—. ¿Y qué más?

Ella abre los ojos y me desafía con la mirada, pero me da la sensación de que está algo abatida.

—Y te quiero —dice en voz baja—. Te quiero pese a que veo lo que eres de verdad, aunque sé lo que me estás haciendo. Te quiero porque ya no puedo no quererte… porque ahora eres parte de mí, para bien o para mal.

Le sostengo la mirada y alimento mi alma sucia y sombría con las palabras que dice, como si fuese una planta del desierto absorbiendo el agua que le llega. Puede que no haya conseguido que me ame de forma natural, pero lo que importa es que me ama y que siempre será mía.

—Y tú también eres parte de mí, Nora —admito, con una voz anormalmente tosca. No tengo otra manera posible de decirle lo mucho que realmente me importa, lo mucho que la deseo de verdad—. Espero que seas consciente de ello, mi gatita.

Y antes de que pueda responderme, la vuelvo a besar. Después la levanto y la llevo conmigo al baño, cogida entre los brazos, para asearnos.

19

NORA

La semana anterior al viaje de Julian me resulta agridulce. Aún no le he perdonado que me implantase los localizadores, ni que me obligara a llevar la pulsera con otro rastreador integrado unos días después. Pese a todo, desde que me dijo aquello la otra noche ya me siento muchísimo mejor.

Sé que no fue precisamente una declaración de amor incondicional, pero viniendo de un hombre como Julian, podría serlo perfectamente. Ana tiene razón, Julian ha perdido a todo aquel que le importaba de verdad; a todos menos a mí, claro está. Aunque la forma tremendamente posesiva con la que me trata es abrumadora, también es una muestra de lo que siente por mí.

El amor que me profesa es perverso y tóxico en muchos sentidos, pero eso no lo hace menos real. Y por ello, siento más miedo aún de que le pase algo durante el viaje. Se va acercando la hora de que se marche y noto que la felicidad fruto de su confesión se ve poco a poco sustituida por ansiedad.

No quiero que Julian se vaya. Cada vez que pienso en la misión me angustio. Sé perfectamente que mis temores son en parte irracionales, pero eso no me tranquiliza. A parte del peligro real al que se va a enfrentar Julian, también tengo miedo a estar sola. Hemos estado juntos a todas horas durante los últimos meses: me agobia muchísimo pensar en su ausencia, aunque solo vayan a ser unos días.

Tampoco ayuda que tenga exámenes y un montón de entregas y que, además, mis padres me hayan presionado para que vaya a visitarlos, lo cual Julian no me permitirá hasta que la amenaza de Al-Quadar esté totalmente neutralizada.

—No puedes salir de la finca, pero ellos pueden venir a verte si quieres —me dice una tarde, mientras practicamos tiro al blanco—, de todas formas, no lo recomiendo. Ahora mismo tus padres están más o menos fuera de todos los radares, pero cuanto más contacto tenga tu familia conmigo, más peligroso puede ser para ellos. Pero, vamos, tú decides. Si me lo pides, enviaré un avión a buscarlos.

—No, no hace falta —me apresuro a decir—, no quiero que atraigan atención.

Y, tras apuntar con el arma, empiezo a disparar a las latas de cerveza que hay al fondo del campo, dejando que la sacudida del disparo, a la que ya estoy más que acostumbrada, se lleve consigo parte de mi frustración.

Unos cuantos días después de llegar a la hacienda, me di cuenta de que mis padres corrían peligro. Para mi alivio, Julian me dijo que había creado un grupo discreto de escoltas muy cualificados para proteger a mi familia sin llegar a inmiscuirse en sus vidas. La alternativa, según decía, era traerlos a la finca con nosotros, pero mis padres se negaron en rotundo nada más sugerírselo.

—¿Qué dices? ¡No vamos a mudarnos a Colombia a vivir con un traficante ilegal de armas! —exclamó mi padre al comentarle la situación—. ¿Quién se cree que es ese imbécil? ¡Acabo de conseguir un nuevo empleo! Y ni que decir tiene que no vamos a dejar atrás a nuestros amigos y familiares.

Y no hubo mucho más que añadir. La verdad es que no culpo a mis padres por no querer recorrerse medio mundo para estar conmigo en la finca de mi secuestrador. Ambos aún son jóvenes, apenas pasan de los cuarenta y siempre han vivido de forma muy activa. Mi padre juega al lacrosse casi todos los fines de semana y mi madre tiene un grupo de amigas con el que se junta bastante para beber vino y cotillear. Además, ambos siguen tan enamorados el uno del otro como si fuese el primer día; de hecho, mi padre le regala cada dos por tres flores o bombones a mi madre o la lleva a cenar fuera. Nunca he dudado que me quieren mucho, pero también tengo claro que no soy el centro de sus vidas.

Además, si lo que dice Julian es verdad, y en este caso

prefiero hacerle caso, es mejor que parezca que mis padres no tienen relación con la organización de Esguerra. De ello depende que sus vidas sigan siendo tan normales como deberían ser.

PARA LA NOCHE previa a la partida de Julian, pido a Ana que nos prepare una cena especial para los dos. Hace poco descubrí que a Julian le puede el tiramisú, así que ese será el postre de esta noche. Como plato principal, una lasaña que Ana hace de la misma manera que la madre de Julian. Según dice, era su plato preferido cuando era pequeño.

No sé por qué estoy haciendo esto, como si un buen plato fuese a convencer a Julian de que abandone su plan de acabar de la manera más sádica con Majid. Conozco a mi marido lo suficiente para saber que por mucho que haga, nada le hará cambiar de idea. Julian está acostumbrado al peligro y en parte creo que hasta le gusta. No soy tan tonta de pensar que voy a domarlo con una cena.

Pese a ello, quiero que esta noche sea especial. Lo necesito. No puedo pensar en terroristas, en torturas, en secuestros ni en más pajas mentales. Por una vez solo quiero hacer como que somos una pareja más, que soy una esposa que quiere hacer algo bonito por su marido.

Antes de la cena, me doy una ducha y me seco el pelo con paciencia hasta dejarlo sedoso y brillante e incluso me pongo un poco de sombra de ojos y brillo de labios. Normalmente no hago el esfuerzo de arreglarme porque Julian es siempre insaciable, pero esta noche quiero estar incluso más guapa para él. Me pondré un vestido palabra de honor en color marfil con un pequeño ribete negro en la cintura y unos taconazos negros con la punta abierta. Por dentro me pondré un sujetador sin tirantes y un tanga a juego; el conjunto de lencería más sexi que tengo en el armario.

Esta noche voy a seducir a Julian, porque me apetece y punto.

Unos problemas de logística lo retrasan unos minutos, así que acabo esperándolo un rato sentada a la mesa, a la luz de las velas, mientras la ansiedad y la emoción libran una batalla campal en mi pecho. Ansiedad porque me pongo enferma de pensar en mañana y emoción porque muero de ganas de disfrutar con Julian esta noche.

Cuando llega por fin a la sala, me levanto para saludarlo y me clava la mirada como una flecha, con la intensidad de un relámpago. Se detiene a unos metros delante de mí para recorrerme el cuerpo con la mirada. Cuando me alcanza los ojos, la llama azul que le arde dentro del iris me lanza una chispa que recorre mi cuerpo de arriba abajo. Esbozando una sonrisita muy sexi, me dice:

—Estás preciosa, mi gatita... increíblemente preciosa.

Me embarga el calor al oír su cumplido.

—Gracias —murmuro, mirándolo fijamente a los ojos. Él también se ha cambiado de ropa para la cena: ha elegido un polo azul claro y unos pantalones gris caqui que se ajustan perfectamente a su complexión alta y fuerte, como si se los hubiesen entallado. Ahora que vuelve a tener el corte de pelo de antes, cualquiera podría pensar que Julian es un supermodelo o una estrella de cine que pasa el día en un club de golf.

Con voz algo temblorosa, le contesto:

—Tú también estás guapísimo.

Se le acentúa la sonrisa al acercarse a la mesa y ponerse delante de mí.

—Gracias, cariño —susurra, y sosteniendo mis hombros desnudos con su fuerte agarre, agacha la cabeza y me atrapa la boca en un beso profundo pero inmensamente dulce. Me derrito al instante, mi cuello se inclina ante la ardiente presión de sus labios. No recupero el sentido hasta que Ana carraspea a posta y me doy cuenta de que no estamos en nuestra habitación. Avergonzada, aparto a Julian, que me suelta y se echa para atrás con una sonrisa.

—Primero la cena, supongo —dice él en tono burlón, tras lo cual se aleja y toma asiento enfrente de mí.

Ana, algo ruborizada, nos sirve lasaña, nos pone una copa de vino a cada uno y desaparece tan rápido que ni siquiera puedo agradecérselo.

—Lasaña… —Julian olisquea la comida, en señal de satisfacción—. No recuerdo cuándo fue la última vez que me comí una.

—Ana me dijo que tu madre solía hacértela cuando eras pequeño —digo, y veo cómo prueba el primer bocado—. Espero que aún te guste.

Aparta los ojos del plato y me mira fijamente mientras mastica.

—¿Has preparado tú todo esto? —pregunta después de tragar, con un tono algo extraño en su voz. Hace gestos en dirección al vino y a las velas colocadas cerca de los bordes de la mesa—. ¿No ha sido Ana quien lo ha hecho?

—Bueno, ella lo ha cocinado todo —admito—. Yo solamente se lo pedí. Espero que no te importe.

—¿Importarme? Qué va, en absoluto. —Su voz aún suena rara, pero no me hace más preguntas. En vez de eso, empieza a devorar con ansia y comenzamos a hablar de los exámenes que me quedan.

Una vez hemos comida la lasaña, Ana nos trae el postre. Tiene pinta de estar de rechupete, como en los restaurantes italianos. Observo la reacción de Julian cuando Ana lo pone encima de la mesa.

Si le sorprende, no lo demuestra. En su lugar, dedica una sonrisa cálida a Ana y le agradece su dedicación. Hasta que ella no deja la sala, Julian no se dirige a mí.

—¿Tiramisú? —dice con calma, y en sus ojos se refleja la palpitante luz de las velas— ¿Por qué, Nora?

Me encojo de hombros.

—¿Por qué no?

Él me analiza durante un instante, con una mirada extrañamente pensativa que me hace pensar que quiere decir algo. Pero no lo hace. En lugar de eso coge el tenedor.

—¿Y por qué no? Bien dicho —murmura y dirige su atención al manjar que tiene delante.

Yo hago lo mismo y en poco tiempo ya hemos acabado los platos hasta dejarlos limpios.

Cuando llegamos arriba, Julian me lleva hasta la cama. Sin embargo, en lugar de quitarme la ropa de inmediato, me coge la cara con ambas manos.

—Gracias por esta velada deliciosa, cariño —susurra con una mirada cargada de un sentimiento difícil de explicar.

Yo le sonrío y acerco las manos a su cintura.

—No hay de qué... —Me palpita el corazón, abrumado de felicidad—. Es un placer.

Da la sensación de que va a decir algo, pero entonces se acerca y empieza a besarme con una pasión intensa, casi desesperado. Cierro los ojos y dejo que el placer me llene. Sus labios son increíblemente suaves, su lengua roza la mía con maestría y su suculento e intenso sabor me eleva al mismísimo cielo. Al tiempo que nos besamos me abraza y me acerca más hacia él. Su erección es firme, me presiona la barriga y se traspasa su calor directo hasta el centro de mi sexo. Me abrazo fuerte a él y relajo las piernas cuando él empieza a besarme el lóbulo de la oreja, pasando después al cuello.

—Estás tan buena —dice, con voz ronca. Siento su aliento como si me quemase en la piel, dejo caer la cabeza hacia atrás y gimo cuando empieza a mordisquear la delicada zona que rodea la clavícula. Se me endurecen los pezones, y comienzo a notar esa sensación palpitante tan familiar en mi sexo cuando Julian me chupa la piel y luego sopla aire fresco sobre la zona húmeda, haciendo que me recorran escalofríos de arriba abajo.

Sin recomponerme siquiera, me coge y me yergue, girándome hasta que me quedo de espaldas a él. A continuación, coge la cremallera del vestido y comienza a desabrocharlo, haciendo que caiga al suelo y que acabe llevando puestos solamente los tacones, el sujetador y el tanga.

Julian contiene una fuerte bocanada de aire, y me giro para regalarle una sonrisa coqueta.

—¿Te gusta? —murmuro, dando unos pasos atrás para ofrecerle una mejor vista. La expresión que muestra me sube el pulso de golpe por la emoción. Me mira como alguien hambriento miraría un trozo de pastel, con un deseo agónico y una lujuria palpable. Sus ojos dicen que quiere devorarme y saborearme al mismo tiempo, que soy la mujer más sexi que ha visto en toda su vida.

En lugar de responderme, se acerca a mí por la espalda para desabrocharme el sujetador. En cuanto mis pechos están desnudos, los cubre con sus manos cálidas y juguetea con mis pezones duros.

—Estás buenísima, joder —confiesa, mirándome de arriba abajo. Yo suspiro, conmovida por sus palabras y por las caricias de sus manos, que me hacen estremecerme en lo más hondo—. Solo puedo pensar en ti, Nora... no puedo dejar de pensar en ti...

Su confesión me hace derretir. Saber que tengo este efecto en él, que un hombre tan duro y peligroso está tan consumido por mí como yo por él, hace que me lata el corazón a un ritmo desenfrenado. Obviando cómo empezó todo, Julian ahora es mío, y lo deseo tanto como él me desea a mí.

Tomo la iniciativa y le abrazo por el cuello, acercando su cabeza hasta mí. Nuestros labios se encuentran y me entrego entera en ese beso para dejarle claro lo mucho que lo necesito, lo mucho que lo amo. Le acaricio el pelo, grueso pero sedoso, y él me abraza con fuerza; mis pezones redondeados se restriegan contra su camiseta de algodón de canalé y me excita sentir el tacto de la ropa. La polla erecta me presiona la barriga, ya no puedo estar más caliente y nuestros labios se derriten al unísono en una sinfonía única de pasión y lujuria.

No tengo ni idea de cómo acabamos en la cama, pero me encuentro allí, quitándole la ropa a bocados a Julian mientras él me llena de besos en el pecho y el abdomen. Me arranca el tanga de un plumazo y me mete los dedos en la vagina; dos dedos enormes me penetran con tal violencia que resuello y me encorvo de sopetón.

—Joder, estás muy húmeda —dice con ímpetu, y empuja los dedos hasta el fondo para luego sacarlos y llevarlos a mi boca—. Vamos, saboréame tanto como quieras.

Cachonda y desatada, me meto sus dedos en la boca y los chupo con fervor. Están empapados de mi líquido, pero el sabor no me repugna; de hecho, me pone aún más caliente de lo que estaba. Julian gime mientras le chupo los dedos con ansia, como si fuesen su polla, y entonces saca afuera la mano. Se incorpora hacia atrás y se quita la camiseta, dejando a la vista sus tremendos músculos. Después se quita rápidamente los calzoncillos, y veo por un instante la polla erecta antes de que se lance encima de mí y me agarre por las muñecas a la altura de los hombros, dejándome inmóvil y a su merced. Me mira con intensidad y me aparta los muslos con las rodillas, empujándome el capullo de su nabo contra la vagina.

El corazón se me sale por la boca, pero le mantengo la mirada. Su cara se mantiene tensa y aprieta fuerte la mandíbula mientras me penetra con calma. Esperaba que fuera brusco, pero esta noche está siendo cuidadoso, controlando deliberadamente cómo me mete la polla, lo cual me pone mucho, pero a la vez me molesta. Mi apertura se contrae para recibirlo sin dolor alguno, siento un placer pleno, pero mi lado más sádico no está conforme, también quiere la agresividad y la violencia que lo caracterizan.

—Julian… —Me recorro los labios con la lengua—. Quiero que me folles… pero que me folles en serio.

Para darle énfasis a mi petición, le rodeo la cintura

con las piernas y lo hago empujar con fuerza dentro de mí. Ambos gemimos por el enorme placer que sentimos, sus pupilas se dilatan de tal manera que solo un fino anillo de color azul rodea el círculo negro.

—¿Quieres que te folle? —farfulla con voz gutural, tan llena de ansia que apenas puedo entenderlo. Él aprieta más las manos sobre mis muñecas, casi cortándome la circulación—. ¿Que te folle en serio?

Asiento, con el pulso elevado hasta la estratosfera. Aún me jode admitirlo y reconocer que necesito algo que antes me aterrorizaba. Reconocer que le estoy pidiendo a mi secuestrador que me maltrate.

Julian respira fuerte y siento que ya no puede reprimirse más. Su boca desciende sobre la mía como una cascada y su lengua se desata con fiereza. El beso me devora, me roba el aliento y el alma. Al mismo tiempo, saca la polla casi del todo para luego clavármela hasta el fondo, con un empujón tan bestial que casi me parte en dos, desgarrando los nervios de mi interior.

Grito en su boca y me aferro con las piernas a su culo tonificado mientras me folla sin compasión. Me posee con la misma agresividad que una violación, pero mi cuerpo goza cada detalle de su asalto despiadado. Ahora quiero esto, lo necesito. Mañana quizás tenga heridas, pero ahora mismo solo quiero sentir esta tensión inhumana devorando mi cuerpo y cómo la presión se agolpa en el interior. Cada embestida violenta me aprieta más y más, hasta que siento que voy a reventar... y entonces sucede, una explosión de placer se extiende como la pólvora por todo el cuerpo y me fundo en los brazos de Julian, completamente sumergida en el placer oscuro.

Él se corre también, lanzando la vista hacia el techo al tiempo que se le tensan como una cuerda cada uno de los músculos del cuello, afinados por el éxtasis supremo. En un último esfuerzo me la clava lo más hondo posible, la presión de las ingles en mi clítoris prolonga mis contracciones y me exprime al máximo todos los sentidos, agotando la resistencia que mis músculos aún ejercían.

Tras el coito, Julian cae agotado a mi lado y desde detrás me arrastra poco a poco hacia él. Nuestra respiración se normaliza y al poco tiempo nos vemos sumidos en el sueño más plácido y profundo que puede haber.

20

JULIAN

A la mañana siguiente me despierto antes que Nora, como de costumbre. Duerme plácidamente abrazada a mí y con una pierna encima de la mía: su posición preferida. Me aparto de ella con cuidado y, sin hacer ni un solo ruido, me voy directo a la ducha. Intento no pensar en la tentación que ahora mismo yace en mi cama, en su cuerpo delgado y atractivo durmiendo entre las sábanas, la viva imagen de pureza y candidez. Es una pena, pero no tengo tiempo para saciar mis ganas de poseerla esta mañana; el avión está listo y me espera en la pista de despegue.

Anoche consiguió sorprenderme. Durante toda esta semana había notado un ligero distanciamiento de su parte, casi imperceptible. La otra noche quizás rompiese el muro que la rodeaba, pero consiguió reconstruir una parte. No es que hubiese estado enfurruñada y haciéndome el vacío, pero sí que es cierto que aún no me había perdonado del todo.

Hasta ayer por la noche.

Pensaba que podría seguir adelante sin que me perdonase, pero la satisfacción que siento hoy, esta sensación casi de euforia me dice lo contrario.

Termino de ducharme en menos de cinco minutos, me visto deprisa y me preparo para irme, no sin antes acercarme a la cama a darle a Nora un beso de despedida. Me inclino hacia su mejilla y le doy un beso muy suave, tanto como una caricia, y en ese instante abre sus ojos de par en par. Nora arquea con delicadeza las caderas y me dedica una sonrisa tierna.

—Hola…

—Buenos días —respondo, apartándole un pequeño mechón de pelo enredado de la cara. Joder, esta chica me hace sentir cosas que ninguna mujer debería ser capaz de hacerme sentir. Estoy a punto de vengarme del cabrón que mató a Beth y me arrebató a Nora, y solo pienso en abalanzarme sobre ella.

Tras pestañear unos segundos, su sonrisa se va desvaneciendo al recordar que esta mañana no es una cualquiera. La cara de estar adormilada desaparece y entonces se levanta de un plumazo y me mira fijamente, sin prestar atención a que la sábana se ha caído, dejándola completamente desnuda.

—¿Ya te vas?

—Sí, cariño. —Me siento a su lado en la cama e, intentando no fijarme demasiado en sus tetas dulces y redonditas, le cojo la mano y la acaricio con suavidad—. El avión ya está preparado y me están esperando.

Ella traga saliva.

—¿Cuándo vas a volver?

—Si todo va bien, dentro de una semana más o menos. Primero tengo que reunirme con un par de agentes del gobierno en Rusia, así que no vuelo directamente a Tayikistán.

—¿En Rusia? ¿Por qué? —dice, frunciendo un poco el ceño—. Pensaba que ibas a arreglar unos asuntos en Ucrania ya de vuelta.

—Iba a hacerlo, pero han cambiado las tornas. Ayer por la tarde me llamó uno de los contactos de Peter en Moscú. Quieren que me reúna con ellos primero, si no, no me dejarán llegar hasta Tayikistán.

—Ah. —Nora cada vez frunce más el ceño y la veo preocupada—. ¿Sabes por qué?

Tengo mis sospechas, pero será mejor que no le diga nada más ahora mismo. Ya estaba bastante preocupada de por sí y nunca se sabe por dónde te van a salir los rusos. Además, la situación allí es cada vez más inestable y eso no ayuda.

—Ya me he reunido con ellos otras veces —digo, sin desvelar nada más, y me levanto para que no siga preguntándome sobre el tema—. Me tengo que ir ya, cariño, pero te veré dentro de unos días. Espero que tengas suerte con los exámenes.

Ella asiente, pero le brillan los ojos de una manera

recelosa, y no puedo resistirme a agacharme para darle un último beso antes de salir de la habitación.

En Moscú en marzo hace un frío que pela. Se te mete por las capas de la ropa, te cala los huesos y solo piensas que no volverás a sentir calor en la vida. Rusia nunca ha sido especialmente de mi gusto, y esta visita no hace más que ratificar que no me gusta nada.

Congelada. Sucia. Corrupta.

Puedo soportar los dos últimos adjetivos, pero tres ya son muchos. Con razón Peter estaba tan contento de quedarse en la finca. El cabrón sabía perfectamente en lo que me estaba metiendo, me fijé en la sonrisilla que tenía en la cara cuando despegamos. Viniendo del calor tropical de la selva, el frío polar que ha venido haciendo en Moscú en las últimas semanas de invierno hasta duele; igual que duele tener que negociar con el gobierno ruso.

Después de casi una hora, diez aperitivos distintos y media botella de vodka, Buschekov por fin empieza a hablar del asunto que me ha traído hasta aquí. He aguantado toda esta espera porque así me ha dado tiempo a que se me calentaran los pies del todo. El tráfico para venir hasta aquí era tan insoportable que Lucas y yo tuvimos que salir del coche y andar ocho calles. Se nos había congelado hasta el culo.

Pero por fin parece que puedo mover los dedos y que

Buschekov está por la labor de hablar de negocios. El hombre es uno de los funcionarios no oficiales del gobierno, un hombre con una enorme influencia en el Kremlin, pero cuya identidad jamás aparece en las noticias.

—Tengo asuntos delicados que me gustaría comentarte —dice Buschekov, después de que el camarero se lleve algunos platos vacíos. O, más bien, lo dice la intérprete de Buschekov después de que este dijera algo en ruso. Como Lucas y yo apenas lo entendemos, Buschekov contrató a una chica para que interpretara. Yulia Tzakova es una chica guapa, rubia y con los ojos azules, y parece que solo se lleve un par de años con mi Nora, pero el agente me ha asegurado que la muchacha sabe ser discreta.

—Continúa —digo en respuesta a Buschekov. Lucas está sentado a mi lado y se está tomando en silencio su segunda ración de blinis rellenos de caviar. Solo me lo he traído a él a esta reunión; el resto de mi grupo está colocado en una posición cercana, esperando por si sucediese cualquier cosa. No creo que los rusos intenten nada raro ahora mismo, pero uno nunca es lo suficientemente precavido.

Buschekov me dirige un atisbo de sonrisa y responde en ruso.

—Estoy seguro de que conoces las dificultades de nuestra región —interpreta Yulia—. Me gustaría que nos ayudases a resolver estos asuntos.

—¿Ayudaros cómo? —Sospecho lo que quieren, pero prefiero oírlo directamente de su boca.

—Hay algunas partes de Ucrania que necesitan nuestra ayuda —dice en inglés Yulia—. Pero, con la opinión mundial siendo la que es ahora, sería problemático si fuésemos allí y los ayudásemos.

—Así que os gustaría que lo hiciese yo, en vuestro lugar.

Él asiente, con sus ojos apagados clavados en mí, mientras Yulia me traduce en esta ocasión.

—Sí —dice—, queremos que un cargamento grande de armas y otros materiales lleguen a los luchadores por la libertad de Donetsk. No pueden tener constancia de que es nuestro. A cambio, se te pagará la tarifa estándar y te concederemos un salvoconducto para ir a Tayikistán.

Le sonrío sin ninguna gana.

—¿Eso es todo?

—También preferimos que evites cualquier trato con Ucrania en este momento —dice sin pestañear—. Dos sillas y un culo, ya sabes.

Doy por sentado que eso último tiene más sentido en ruso, pero entiendo lo que quiere decir. Buschekov no es el primer cliente que me pide esto y no será el último.

—Siento decir que necesitaré una compensación para eso —digo, con calma—. Como ya sabrás, en estos conflictos no me suelo decantar por ningún bando.

—Sí, eso hemos oído. —Buschekov pincha un trozo

de pescado con el tenedor y se lo come despacio mientras me mira—. Quizás debas reconsiderar tu postura en este caso. La Unión Soviética habrá desaparecido, pero nuestra influencia en esta región es aún considerable.

—Sí, tengo constancia de ello, ¿por qué crees si no que estoy aquí? —La sonrisa que le dirijo en esta ocasión es más sarcástica—. Pero la neutralidad es un lujo muy grande como para tirarlo por la ventana. Seguro que lo entiendes.

Noto en él una mirada fría.

—Lo entiendo. Tengo permiso para ofrecerte un veinte por ciento más de lo que cobrarías por tu colaboración en este asunto.

—¿Un veinte por ciento cuando perdería la mitad de los beneficios? —Dejo escapar una risa—. Me parece que no.

Buschekov se echa otro chupito de vodka y se pone a girarlo sobre la mesa, pensativo, hasta que finalmente me dice:

—Un veinte por ciento y te entregamos al terrorista de Al-Quadar capturado. Es nuestra última oferta.

Analizo su expresión mientras me echo otro chupito de vodka. En realidad, esto es bastante mejor que lo que esperaba que me ofreciese, y me parece prudente no presionar mucho a los rusos.

—Trato hecho, pues —digo, y alzo el vasito sarcásticamente a modo de brindis para después tomármelo de un trago.

P<small>OR SUERTE</small>, el conductor de nuestro coche logró salir de aquel tráfico infernal y ya estaba esperándonos fuera al salir del restaurante, conque de camino al hotel no nos congelaremos.

—¿Os importaría acercarme a la boca de metro más cercana? —nos pregunta Yulia cuando Lucas y yo nos dirigimos hacia el coche. Acabamos de salir, pero ya la veo tiritando—. Está a unas diez manzanas de aquí.

La miro de reojo y acto seguido le hago un gesto a Lucas.

—Cachéala.

Lucas se acerca y la registra de arriba abajo.

—No lleva nada.

—Vale —digo, y le abro una puerta del coche—, súbete.

Se mete y se sienta a mi lado, en la parte de atrás, mientras que Lucas se queda en el asiento del copiloto.

—Muchas gracias, de verdad —dice, con una sonrisa bonita—. Este invierno es uno de los peores de los últimos años.

—No hay de qué. —No me apetece charlar, por lo que saco el móvil y empiezo a contestar correos. Hay uno de Nora, que me hace sonreír tontamente. Quiere saber si aterricé sin problemas. «Sí», contesto. «Ahora solo falta no congelarme en Moscú».

—¿Te vas a quedar aquí un tiempo? —La dulce voz de Yulia me interrumpe justo cuando iba a leer un informe que detalla las actividades de Nora en la finca durante mi ausencia. Cuando la miro, la joven rusa sonríe y cruza las piernas—. Podría enseñarte la zona, si quieres.

Su invitación no podría ser menos sutil, ni aunque me agarrase la polla ahí mismo. Al fijarme en ella noto cómo me quiere devorar con la mirada. Sé el tipo de chica que es, es de las que les pone el poder y el peligro. Quiere acostarse conmigo por lo que represento, porque le pone jugar con fuego. No me cabe duda de que me dejaría hacerle cualquier cosa, sin importar lo sádico o perverso que fuera, y probablemente me suplicaría que aún quiere más.

Es de esas mujeres que me habría tirado sin dudarlo antes de conocer a Nora. Desafortunadamente para Yulia, su belleza pálida ya no me provoca ningún efecto. La única mujer que quiero en mi cama es la morena que está esperándome a miles de kilómetros de aquí.

—Gracias por la propuesta —digo, sonriéndole de forma insulsa—, pero nos iremos pronto, y estoy muy cansado como para prestarle a esta ciudad la atención que se merece.

—Ya —dice Yulia, sonriendo y sin inmutarse por la respuesta. La chica parece tener bastante confianza en sí misma como para ofenderse—. Si cambias de idea, ya sabes dónde encontrarme.

En cuanto el coche se para en doble fila en frente de

una parada de metro, ella se baja con estilo, dejando atrás un rastro de perfume del caro.

Lucas se gira para hablarme cuando el coche empieza a moverse de nuevo.

—Si no la quieres, para mí sería un placer entretenerla esta noche —dice, despreocupado—. Si te parece bien, claro.

Su propuesta me hace sonreír. Las rubias siempre han sido su debilidad.

—¿Por qué no? —digo—. Toda tuya, si la quieres.

Hasta mañana por la mañana no cogemos el avión y tengo bastante seguridad a mi alrededor. Si Lucas quiere pasarse la noche follándose a nuestra intérprete, no le voy a negar ese placer. Yo, en cambio, voy a darle a la manivela en la ducha mientras pienso en Nora y así luego dormiré como los ángeles.

Mañana va a ser un día completo.

EL VUELO A TAYIKISTÁN desde Moscú debería de tardar unas seis horas en mi Boeing C-17 —uno de los tres aviones militares que poseo—, lo suficientemente grande para llevar a todos mis hombres y el equipamiento para esta misión.

Todo el mundo, yo incluido, está equipado con lo ultimísimo en material de combate. Tenemos chalecos antibalas y resistentes al fuego y vamos completamente armados con rifles de asalto, granadas y explosivos. A lo mejor es un tanto excesivo, pero no me la juego con la vida de mis hombres. Que me guste el peligro no quiere decir que sea un suicida; todos los riesgos que tomo en estos negocios están estudiados al milímetro. El rescate de Nora en Tailandia quizás fuese la operación más peligrosa que he realizado en los últimos años y no lo habría hecho por otra persona.

Solo por ella.

Me paso la mayor parte del vuelo revisando los detalles de producción de una fábrica nueva en Malasia. Si todo va bien, quizás desplace la producción de misiles hasta allí desde su ubicación actual en Indonesia. Los funcionarios allí se están volviendo cada vez más codiciosos y cada mes piden mayores sobornos, así que no estoy por la labor de seguirles el juego por mucho más tiempo. También aprovecho para responder algunas preguntas a mi gerente de administración en Chicago; ahora mismo está preparando el fondo definitivo a través de una de mis filiales y necesita que le mande instrucciones para la inversión.

Volamos sobre Uzbekistán, aún a unos cientos de kilómetros de nuestro destino, y entonces decido ir a ver cómo va Lucas, que está pilotando el avión.

Nada más entrar en la cabina, se gira y me dice:

—Vamos sin problemas y llegaremos dentro de una hora y media —dice, sin que le pregunte nada—. Hay unas placas de hielo en la pista de aterrizaje, las están derritiendo para cuando lleguemos a tierra. Los helicópteros tienen el depósito lleno, listos para nuestra llegada.

—Perfecto —contesto. El plan es aterrizar a unos veinte kilómetros de distancia de la supuesta guarida de los terroristas en la Cordillera del Pamir, y desde allí hacer el resto del camino en helicóptero.

—¿Algún movimiento sospechoso por esa zona?

Lucas niega con la cabeza.

—No, todo está tranquilo.

—Bien. —Entro del todo en la cabina y me siento al lado de Lucas en el asiento del copiloto, donde me pongo el cinturón—. ¿Qué tal con la chica rusa ayer?

Una sonrisa inesperada surge en su cara de tío duro.

—Bastante bien, te perdiste una buena.

—Sí, ya lo imaginaba —digo, aunque en realidad no me arrepiento en absoluto. Un rollo de una noche no superará nunca la intensa compenetración que tenemos Nora y yo, y no estoy dispuesto a conformarme con nada menos.

Lucas sonríe de par en par, algo todavía menos común en su expresión inmutable de siempre.

—Tengo que decirlo, no me esperaba verte felizmente casado como estás ahora.

Arqueo las cejas.

—¿Ah, no?

Es la primera vez que me comenta algo así de personal. Lucas nunca ha traspasado la línea que lo separa de ser un fiel empleado a un amigo, ni yo lo he empujado a hacerlo. Ganarse mi confianza no es nada fácil; de hecho, solo ha habido unas cuantas personas en mi vida a las que he podido llamar «amigos».

Él se encoge de hombros y recupera su expresión seria como de costumbre, aunque aún puedo notarle un atisbo de estar disfrutando este tema de conversación.

—Aunque claro, nadie se imagina que gente como nosotros pueda llegar a ser el marido perfecto.

Se me escapa una pequeña carcajada involuntaria.

—Bueno, no creo que Nora piense que soy precisamente el marido perfecto.

¿Un monstruo que la secuestró y le metió de todo en la cabeza? Sin duda. Pero ¿un marido perfecto? Algo me dice que no.

—Bueno, pues si no lo piensa, debería hacerlo —suelta Lucas, ya prestándole atención a los controles del avión—. No le pones los cuernos, la cuidas bien y has arriesgado tu vida por salvarla. Si eso no es ser el marido perfecto, no sé lo que es.

Mientras me habla, frunce ligeramente el ceño y acerca la vista al radar, donde parece haber visto algo.

—¿Qué pasa? —pregunto en voz alta, con todos mis sentidos en estado de alerta.

—No estoy seguro —empieza a decir Lucas, y en ese momento el avión da un vaivén increíblemente fuerte que casi me tira del asiento. De no ser por el cinturón de seguridad que llevo puesto, me habría chocado contra el techo ahora que el avión empieza a caer en picado.

Lucas se pone a los mandos e intenta recuperar el

rumbo mientras vocifera una retahíla interminable de palabrotas.

—¡Mierda, joder! Joder. ¡Me cago en la puta!

—¿Qué nos ha dado? —Sorprendentemente, mantengo la voz y la mente en calma mientras evalúo la situación. Se oye un chirrido intermitente desde el motor, hay gente gritando detrás y huele a humo, así que debe de haber un incendio. Tiene que haber sido una explosión, lo que quiere decir que alguien nos ha disparado desde otro avión o que un misil tierra-aire ha explotado en las proximidades y ha dañado uno o más motores. No puede haber sido un impacto directo ya que este Boeing está equipado con un sistema de defensa antimisiles diseñado para evitar cualquier proyectil, a excepción del más avanzado; además si hubiese sido así, nos habrían volado en pedazos.

—No lo sé —consigue decir Lucas mientras lucha por controlar los mandos. Por un instante logra estabilizar el avión, pero al momento vuelve a caer en picado—. ¿Importa ahora?

A decir verdad, no estoy seguro. Mi yo más deductivo quiere saber qué, o quién, va a ser responsable de mi muerte. No creo que hayan sido los de Al-Quadar; según mis fuentes no tienen armamento de este calibre. Descartados estos, puede haber sido un error de algún soldado uzbeko de gatillo fácil o un disparo deliberado de otro bando. Quizás fuesen los rusos, pero vete a saber por qué lo harían.

De todas formas, Lucas tiene razón: no sé qué voy a

sacar de pensar en eso. Saber quién ha sido no nos va a salvar. Las cimas nevadas del Pamir se ven a poca distancia: seguro que no vamos a salir de esta.

Lucas sigue soltando palabrotas y tratando de recuperar el control de los mandos, pero yo me aferro al asiento y me quedo mirando fijamente cómo la tierra se va acercando a nosotros a una velocidad endiablada. Siento muy cerca un sonido arrollador y me doy cuenta de que son mis propios latidos, que la adrenalina me ha agudizado todos los sentidos y que puedo incluso oír la sangre fluir con intensidad.

El avión amaga con recuperar la trayectoria en un par de ocasiones, cada una de ellas nos da unos segundos extra que sin embargo no van a poder evitar nuestra caída inminente y mortal.

Mientras me veo cómo descendemos al infierno, solo lamento una cosa: jamás volveré a tener a Nora entre mis brazos.

PARTE TRES
EL CAUTIVO

21

NORA

Dos días sin Julian.

No me puedo creer que hayan pasado ya dos días sin Julian. He hecho mi rutina normal, pero sin él aquí, todo parece diferente. Vacío. Oscuro.

Es como si el sol se hubiera escondido detrás de una nube dejando al mundo en penumbra.

Es de locos. Completamente de locos. Ya he estado sin Julian antes. Cuando estaba en la isla se pasaba mucho tiempo de viaje. De hecho, pasó más tiempo fuera de la isla que en ella, y yo me las apañaba como podía para seguir con mi vida. Pero esta vez tengo que luchar continuamente contra un sentimiento de inquietud, de ansiedad, que se incrementa cada hora que pasa.

—No sé qué me pasa —digo a Rosa durante nuestro

paseo matutino—. He vivido dieciocho años sin él y ahora, de repente, ¿ni siquiera puedo aguantar dos días?

Me sonríe.

—Claro. Sois inseparables, no me sorprende en absoluto. Nunca había visto a una pareja así de enamorada.

Suspiro y niego con la cabeza con desazón. A pesar de no parecer sentimental, Rosa tiene un inmenso lado romántico. Hace un par de semanas le confié mi secreto de cómo nos conocimos Julian y yo y de mi estancia en la isla. Es verdad que la historia la impactó, pero no tanto como me hubiera impactado a mí si hubiera estado en su lugar. De hecho, parecía pensar que todo era más bien poético.

—Te secuestró porque no podía vivir sin ti —dice vagamente cuando intento explicarle por qué a veces me reservo con Julian—. Es como las historias que lees en los libros o en ves en las películas... —Me quedo mirándola perpleja, casi sin creer lo que oyen mis oídos. Después añade con tristeza—: Ojalá alguien me quisiera lo suficiente como para secuestrarme.

O sea que, efectivamente, Rosa no es la persona más indicada para hacerme entrar en razón. Piensa que la causa de que me deprima cuando no está Julian es el resultado natural de nuestra gran historia de amor en lugar de algo que, más bien, requiere ayuda psiquiátrica.

Claro que Ana tampoco sirve de gran ayuda.

—Es normal que eches de menos a tu marido —dice el ama de llaves mientras hago esfuerzos por comerme la cena—. Estoy segura de que Julian también te echa de menos.

—No sé, Ana —digo dudando y dando vueltas al arroz en el plato—. No he sabido nada de él a lo largo del día. Respondió a mi correo ayer, pero le he mandado dos hoy, y nada.

Creo que esto es lo que más me enfada. O bien a Julian le da igual que yo esté preocupada o bien está superocupado luchando contra terroristas. Ambas cosas me revuelven el estómago.

—Igual está volando a algún lado —razona Ana y se lleva mi plato—. O igual está en algún sitio sin cobertura. De verdad, no deberías preocuparte. Conozco a Julian y sé que puede cuidarse él solito.

—Seguro que sí, pero sigue siendo humano.

Puede haber muerto de un disparo o de una bomba inesperada.

—Lo sé, Nora —dice Ana con voz tierna, acariciándome el brazo. En el fondo de sus ojos marrones veo que ella también está preocupada—. Lo sé. Pero no puedo dejar que pienses esas cosas tan terribles. Seguro que tienes noticias de él dentro de unas horas. Como mucho, mañana por la mañana.

ME DUERMO A RATOS, me despierto cada par de horas para mirar el correo y el móvil. Por la mañana, aún no hay noticias de Julian. Me levanto cansada, medio dormida, pero resuelta: si Julian no me va a escribir, tendré que apañármelas sola.

Lo primero que hago es localizar a Peter Sokolov. Cuando lo encuentro, está hablando con unos guardias a lo lejos, al final de la finca, y parece sorprenderse cuando me acerco para hablar con él en privado. No obstante, acepta sin problemas.

En cuanto nos alejamos y ya no nos oyen, le pregunto:

—¿Sabe algo de Julian? —Aún encuentro a este tipo ruso algo intimidante, pero es la única persona que puede saber algo.

—No —dice con su fuerte acento ruso—. No desde que su avión despegó de Moscú ayer.

Noto la tensión en su mirada cuando habla. Me pongo histérica al darme cuenta de que Peter también está preocupado.

—Deberían haber informado de su llegada, ¿no es así? —digo mientras observo sus atractivos rasgos exóticos. Siento como si no pudiera coger aire—. Algo ha ido mal, ¿verdad?

—No podemos darlo por seguro todavía. —Se esfuerza en hablar en un tono neutro—. Puede que no hayan respondido a nuestras llamadas por motivos de seguridad, porque no quieran que intercepten sus comunicaciones.

—Eso no te lo crees ni tú.

—Es poco probable —admite. Me clava los ojos

grises en la cara—. No es el procedimiento habitual en este tipo de casos.

—Ya, claro.

Intentando luchar lo mejor posible contra las ganas de vomitar que se adueñan de mí, le pregunto:

—Entonces, ¿cuál es el plan B? ¿Enviareis a un equipo de rescate? ¿Tenéis a más hombres de apoyo que enviar?

Peter niega con la cabeza:

—No podemos hacer nada hasta que no sepamos más —explica—. Ya me las he arreglado para recibir información de Rusia y Tayikistán. Pronto sabremos algo más de lo que ha pasado. Hasta el momento, solo sabemos que su avión despegó en Moscú sin problemas.

—¿Cuándo crees que recibirás información de sus fuentes? —Intento que no cunda el pánico, pero aun así se me nota en la voz—. ¿Hoy? ¿Mañana?

—No lo sé, señora Esguerra —dice. Veo un ápice de compasión en sus ojos despiadados—. Podría ser en cualquier momento. En cuanto sepa algo, se lo haré saber.

—Gracias, Peter —digo, y sin saber qué más hacer, regreso a casa.

LAS SIGUIENTES SEIS horas se hacen eternas. Me paseo por la casa de habitación en habitación, sin ser capaz de centrar mi atención en ninguna actividad. Cuando me siento a estudiar o a intentar pintar, se me pasan por la cabeza decenas de situaciones posibles, a cada cual más terrible que la anterior. Quiero asumir que todo va a salir bien, que el avión de Julian desapareció del mapa por alguna razón inofensiva. Pero no me lo creo ni yo.

El mundo en que vivimos Julian y yo no es de cuento de hadas, sino de una realidad atroz.

Aunque Ana me ha ofrecido de todo, desde bistec hasta postre, no he podido probar bocado en todo el día. Para que se quedara tranquila, le he dado unos bocaditos a una papaya a la hora de comer, y he reanudado mi paseo sin rumbo por la casa.

A primera hora de la tarde, la ansiedad me revuelve el vientre. Tengo un martilleo en la cabeza y el estómago parece que se comiera a sí mismo, como si los ácidos lo hubieran perforado.

—Vamos a bañarnos en la piscina —sugiere Rosa cuando me encuentra en la biblioteca. Le percibo la preocupación en la cara y sé que probablemente haya sido Ana quién la haya enviado para distraerme. Rosa normalmente está muy ocupada con sus tareas como para hacer un descanso en mitad del día. Pero, obviamente, hoy ha hecho una excepción.

Lo último que me apetece hacer es nadar, pero acepto su invitación. Tener la compañía de Rosa es mejor que volverme loca de preocupación.

Al salir juntas de la biblioteca, veo que Peter viene en nuestra dirección. Tiene una cara de preocupación inmensa.

Se me para el corazón por un instante y, al momento, empieza a retumbar en el pecho.

—¿Qué sucede? —Casi no puedo articular palabra—. ¿Se sabe algo?

—El avión se estrelló en Tayikistán, a unas doscientas millas de la frontera —dice con voz apagada—. Parece que hubo un problema de comunicación y el ejército militar de Uzbekistán los derribó.

De repente, la oscuridad me nubla la vista.

—¿Cómo que los derribó? —La voz me suena como si estuviera en la distancia, como si esas palabras pertenecieran a otra persona. Casi ni noto el brazo de Rosa en mi espalda, que intenta serenarme. De todas formas, sentir su contacto no ayuda a calmar el escalofrío que me recorre el cuerpo.

—Ahora mismo estamos buscando los restos —dice Peter, casi con afecto—. Lo siento, señora Esguerra, pero dudo que hayan sobrevivido.

22

NORA

No estoy segura de cómo he llegado al cuarto, pero aquí estoy, sola en la cama que Julian y yo compartíamos, envuelta en una agonía silenciosa.

Puedo sentir manos suaves que tocan mi pelo y oír voces que me murmuran palabras en español. Sé que Ana y Rosa están ahí conmigo. El ama de llaves parece que esté llorando. Yo también quiero llorar, pero no puedo. Siento un dolor tan intenso, tan profundo que llorar sería lo más fácil.

Creía que sabía lo que era sentir el corazón despedazado. Cuando por error di por muerto a Julian, estaba destrozada, destruida. Esos meses sin él fueron los peores de mi vida. Creía que sabía lo que era sufrir la pérdida de alguien, lo que sería no volver a ver su sonrisa o sentir el calor de sus abrazos.

Pero ahora me doy cuenta de verdad de que existen grados de agonía. El dolor, en un principio es desolador, pero llega hasta destrozar el alma. Cuando había perdido a Julian otras veces, era el centro de mi mundo. Ahora, sin embargo, es mi mundo entero, no sé qué sería de mí sin él.

—Ay, Nora... —Oigo la voz de Ana mientras llora y me acaricia el pelo—. Lo siento, pequeña... lo siento mucho.

Me gustaría decirle que yo también lo siento, sé que Julian era importante para ella también, pero no puedo. No puedo hablar. Incluso respirar me supone un esfuerzo sobrehumano, como si mis pulmones hubieran olvidado cómo respirar. Ahora mismo solo soy capaz de inspirar y expirar a intervalos cortos.

Respirar. Solo eso. Solo no morir.

Después de un rato, cesan los murmullos tranquilos y las caricias reconfortantes y me percato de que estoy sola. Deben de haberme tapado con una sábana antes de irse, porque siento un peso encima de mí, suave y acolchado. Debería entrar en calor, pero no es así.

Solo me siento helada, un doloroso vacío en el lugar donde solía estar mi corazón.

—Nora, pequeña... bebe algo...

Ana y Rosa han vuelto, sus manos suaves me incorporan en la cama. Me ofrecen una taza de chocolate caliente y respondo que sí de forma automática. Sostengo la taza entre las manos frías.

—Solo un sorbo —insiste Ana—. No has comido en todo el día. A Julian no le gustaría y lo sabes.

Al escuchar su nombre, la agonía me remueve de tal manera, que casi se me cae la taza de las manos. Rosa me las rodea, y con cuidado pero con firmeza, me lleva la taza a la boca.

—Venga, Nora —susurra. Su mirada está llena de compasión—. Solo uno.

Me fuerzo a tomar unos cuantos sorbos. El líquido rico y cálido me hace sentir un cosquilleo en la garganta. La combinación de azúcar y cafeína disipan parte de mi agotamiento. Sintiéndome algo más viva, miro hacia la ventana y me desconcierto al ver que ya es de noche. He debido estar acostada durante bastante tiempo sin darme cuenta de que pasaban las horas.

—¿Tiene Peter alguna novedad? —pregunto dirigiendo la mirada a Ana y Rosa—. ¿Han encontrado los restos?

Rosa me mira aliviada, ya que he vuelto a hablar.

—No lo hemos visto desde esta tarde —dice y Ana asiente. Tiene los ojos rojos e hinchados.

—Vale. —Doy un par de sorbos más a la taza de chocolate caliente y se la devuelvo a Ana—. Gracias.

—¿Te traigo algo de comer? —pregunta Ana con optimismo—. ¿Quizás un bocadillo o algo de fruta?

Se me revuelve el estómago al pensar en comida,

pero sé que necesito comer algo. No puedo morirme yo también, aunque ahora mismo la idea me atraiga.

—Sí, por favor —digo cansada—. Una rebanada de pan tostado con queso, si no es mucha molestia.

Rosa se baja de la cama, me da un abrazo y me contesta con una sonrisa de aprobación.

—Vamos allá. ¿Ves, Ana? Te he dicho que es una luchadora. —Y sin tiempo para que cambie de idea, sale de la habitación en busca de la comida.

—Voy a darme una ducha —digo a Ana levantándome de la cama.

De repente, siento una gran necesidad de estar sola, de estar lejos de la preocupación asfixiante que refleja la cara de Ana. Siento mi cuerpo frío y frágil, como un carámbano que pudiera quebrarse en cualquier momento y los ojos me arden por las lágrimas que no he derramado.

«Solo concéntrate en respirar. Inspira y expira».

—Claro que sí, pequeña —contesta Ana con una sonrisa amable y cansada—. Ve a ello. La comida te estará esperando en cuanto salgas.

Y cuando me dirijo al baño, veo cómo Ana sale del cuarto en silencio.

—¡Nora! Ay, gracias a Dios, ¡Nora!

Los gritos y los golpes frenéticos de Rosa en la puerta me sacan de mi estado inerte, casi catatónico. No sé cuánto tiempo he estado debajo del agua caliente de la ducha, pero salgo de inmediato. Me enrollo la toalla al torso y me acerco a la puerta. Casi me arrastro por las baldosas frías del suelo.

El corazón se me va a salir por la boca. Tiro de la puerta para abrirla.

—¿Qué ocurre?

—¡Está vivo! —El chillido de Rosa casi me deja sorda—. Nora, ¡Julian está vivo!

—Pero ¿vivo, vivo? —Por un momento no puedo procesar lo que me está diciendo, mi cerebro trabaja lento por el hambre y la pena—. ¿Julian está vivo?

—¡Sí! —grita, cogiéndome de las manos y dando saltitos de alegría—. A Peter le han dicho que los han encontrado vivos a él y a algunos de sus hombres. ¡Ahora mismo los están trasladando al hospital!

Mis rodillas ceden y me caigo al suelo.

—¿Al hospital? —digo con la voz un poco más fuerte que un susurro—. ¿De verdad está vivo?

—¡Sí! —Rosa me da un abrazo de los que dejan sin aire, después me suelta y se aparta con una sonrisa de oreja a oreja—. ¿No es genial?

—Por supuesto... —Me alegra, pero también desconfío un poco. Mi pulso se acelera cada vez más y más—. ¿Has dicho que lo han llevado al hospital?

—Sí, eso ha dicho Peter. —La expresión de Rosa se vuelve un poco más seria—. Está hablando con Ana abajo, no me he quedado a escuchar, te quería dar la noticia lo antes posible.

—Sí, claro, ¡gracias! —Me da un escalofrío súbito, todo el rastro de confusión y desesperación desaparece. ¡Julian está vivo y está siendo trasladado a un hospital!

Voy a toda prisa hacia el armario, saco el primer vestido que encuentro y me lo pongo, dejando caer la toalla al suelo. Me apresuro a la puerta y corro escaleras abajo. Rosa me sigue.

Peter está junto a Ana en la cocina. El ama de llaves me mira con ojos de asombro al verme aproximarme a ellos descalza y con el pelo todavía mojado. Probablemente parezca una loca, pero no me importa lo más mínimo. Ahora mismo solo me importa saber qué es de Julian.

—¿Cómo está? —digo con la respiración entrecortada, derrapando—. ¿En qué condiciones se encuentra?

Peter me mira, y una expresión sorprendentemente similar a una sonrisa se le dibuja en la cara.

—Van a hacerle unas pruebas en el hospital, pero de momento, parece que su marido ha sobrevivido a un accidente de avión. Tan solo se le ha roto un brazo, un par de costillas y tiene un corte en la frente algo desagradable. Está inconsciente, pero parece que es sobre todo debido a la pérdida de sangre de la herida de la cabeza.

Y mientras miro a Peter con la boca entreabierta sin poder creer lo que me está diciendo, sigue explicando:

—El avión se estrelló en un área densa de bosque, por lo que los árboles amortiguaron gran parte del impacto. La cabina del piloto donde Esguerra y Kent estaban sentados se desprendió por la fuerza del impacto y eso parece haberles salvado la vida. —En ese momento, su sonrisa desaparece y sus ojos metálicos se oscurecen—. No obstante, la mayoría ha muerto. El combustible estaba en la parte de detrás y explotó, lo que destrozó esa parte del avión. Solo han sobrevivido tres de los soldados que estaban con ellos y tienen quemaduras muy graves. Si no fuera porque llevaban puesto el equipo de combate, ninguno hubiera sobrevivido.

—¡Dios!

Ahora solo siento mucho miedo. Julian está vivo, sí, pero casi cincuenta de sus hombres han muerto carbonizados. No tenía casi relación con la mayoría de ellos, pero he visto a casi todos deambular por la finca. Los conozco, aunque solo sea de vista. Todos ellos eran fuertes, parecían indestructibles. Y ahora están muertos. Para siempre. Como lo hubiera estado Julian si no hubiera estado en la parte delantera.

—¿Qué es de Lucas? —pregunto y comienzo a temblar al pensarlo. Empieza a rondarme de nuevo la idea de que Julian estuvo en el accidente y sobrevivió. Tal cual, como un gato con siete vidas, rompiendo los esquemas de nuevo.

—Kent tiene una pierna rota y contusiones severas. También estaba inconsciente cuando los encontraron.

Saberlo me alivia muchísimo y mis ojos que antes ardían de sequedad, se llenan enseguida de lágrimas.

Lágrimas de gratitud, de alegría tan intensa que son imposibles de contener. Quiero reír y llorar al mismo tiempo.

Julian está vivo y también el hombre que una vez le salvó la vida.

—Ay, Nora, pequeña... —Ana me rodea con sus brazos rechonchos mientras lloro—. Todo va a salir bien... Todo va a salir bien.

Con espasmos y lloriqueos, dejo que me dé un abrazo maternal durante un instante y después me aparto, sonriendo entre lágrimas. Es la primera vez que de verdad creo que todo va a salir bien, que lo peor ya ha pasado.

—¿Cuándo podremos salir para allá? —pregunto a Peter, secándome las lágrimas de las mejillas—. ¿El avión puede estar listo en una hora?

—¿Cómo dice? —Me mira extrañado—. No podemos ir, señora Esguerra. Se me ha ordenado expresamente que permanezca en la finca y la mantenga a salvo aquí.

—¿Qué? —Lo miro sin poder creer lo que dice—. ¡Pero Julian está herido! Está en el hospital y yo soy su mujer.

—Sí, lo entiendo —A Peter no le cambia la expresión de la cara, me mira con sus ojos fríos—. Mucho me temo que Esguerra, literalmente, me mataría si pongo su vida en riesgo.

—¿Me estás diciendo que no puedo ir a ver a mi marido que acaba de tener un accidente de avión? —Elevo la voz cuando la cólera se apodera súbitamente de mí—. ¿Qué se supone que tengo que hacer: quedarme aquí sentada mientras mi marido está herido a medio mundo de distancia?

A Peter no parece haberle impresionado mi enfado.

—Haré lo posible para ofrecerle llamadas de teléfono seguras y quizás conexión de vídeo —dice de forma calmada—. También la mantendré informada sobre cualquier novedad que haya sobre su estado de salud. Pero aparte de eso, de momento, me temo que no puedo hacer nada. Ahora mismo estoy trabajando en mejorar el dispositivo de seguridad del hospital donde han llevado a Esguerra y al resto, así que, por suerte, volverán sanos y salvos y volverás a verlos pronto.

Quiero gritar, chillar y discutir con él, pero sé que así no voy a conseguir nada. Tengo tanto poder sobre Peter como sobre Julian: ninguno.

—Vale —digo, tomando aire para calmarme—. Hazlo. En cuanto sepas que está consciente, quiero que me lo hagas saber inmediatamente.

Peter inclina la cabeza.

—Claro, señora Esguerra. Será informada la primera.

23

JULIAN

Primero oigo ruidos. Murmullos de voces femeninas mezclados con un pitido rítmico. Escucho un zumbido eléctrico de fondo. A todo esto se le suma un dolor punzante en la parte delantera de mi cráneo y un fuerte olor a antiséptico.

Un hospital. Estoy en algún hospital.

Me duele todo; parece que el dolor está por todas partes. Mi primer instinto es abrir los ojos y buscar respuestas, pero me quedo tumbado, muy quieto, intentando recordar.

Nora. La misión. El vuelo a Tayikistán. Lo revivo todo, recuerdo las sensaciones de forma exacta. Recuerdo hablar con Lucas en la cabina, cómo el avión se desarmaba a nuestros pies, el chirrido intermitente de los motores y la sensación en el estómago de saber que estás cayendo desde el cielo. También recuerdo estar paralizado por el miedo en esos últimos momentos cuando Lucas intentaba estabilizar el avión sobre las copas de los árboles para ganar unos preciados segundos y después sentir la sacudida de los huesos tras el impacto.

No recuerdo nada más, solo oscuridad.

Debió de ser la oscuridad de la muerte, pero estoy vivo, porque siento el dolor de mi cuerpo magullado.

Todavía tumbado, evalúo mi situación. Las voces de alrededor hablan en un idioma extranjero. Parece una mezcla de ruso y turco. Teniendo en cuenta por dónde estábamos volando cuando tuvimos el accidente, probablemente sea uzbeko.

Hablan dos mujeres, su tono es distendido, parece hasta que estuvieran cotilleando. Por lógica, supongo que serán enfermeras del hospital. Puedo oír cómo se pasean mientras charlan entre ellas. Con cuidado, abro un ojo para mirar a mi alrededor.

Estoy en una habitación con luz tenue, las paredes están pintadas en un verde claro y hay una pequeña ventana en la pared del fondo. Las luces fluorescentes del techo emiten un leve zumbido. Es el sonido eléctrico que había escuchado antes. Estoy conectado a un monitor y llevo una vía en la muñeca. Veo a las enfermeras al otro lado de la habitación, están cambiando las sábanas de una cama vacía. Una fina cortina separa mi cama de esa, pero está corrida, lo que me permite poder ver la habitación entera.

En la habitación solo estamos las dos enfermeras y yo. Ni rastro de mis hombres. Se me acelera el pulso cuando me percato de ello, pero hago lo posible por tranquilizarme antes de que se den cuenta. Quiero que sigan pensando que estoy inconsciente. No parecen una amenaza, pero hasta que no sepa qué pasó con el avión y cómo terminé aquí, no quiero arriesgarme.

Flexiono con cuidado los dedos y los pies, cierro los ojos e intento identificar mis posibles lesiones. Me siento débil, como si hubiera perdido sangre. La cabeza me retumba y un vendaje pesado me rodea la frente. Me han inmovilizado con escayola el brazo izquierdo, donde siento un dolor inhumano. Sin embargo, el derecho parece estar bien. Me duele al respirar, así que supongo que tendré algunas costillas rotas. Aparte de eso, siento las demás extremidades y el dolor del resto del cuerpo parece más a causa de arañazos o moratones que por huesos rotos.

Unos minutos después, una de las enfermeras se marcha y la otra se acerca a mi cama. Me quedo quieto y en silencio, fingiendo que estoy inconsciente. Me recoloca la sábana que me tapa y después le echa un vistazo al vendaje de la cabeza. La oigo tararear en voz baja mientras abandona la habitación. En ese instante, oigo entrar unas pisadas más fuertes.

Una profunda y autoritaria voz de hombre hace una pregunta en uzbeko.

Abro un poco los ojos para echar un vistazo a la puerta. El nuevo individuo es un hombre delgado de mediana edad que lleva un uniforme de oficial militar. A juzgar por la insignia que lleva en el pecho, debe de ser un alto rango.

La enfermera le contesta con un tono de voz más bajo, insegura. Entonces, el hombre se acerca a mi cama. Me pongo alerta y, aunque mis músculos estén débiles, me preparo para defenderme en caso de que sea necesario. Aun así, el hombre no sostiene ningún arma ni hace ningún movimiento amenazante. En lugar de eso, me examina con una expresión peculiar.

Siguiendo mi instinto, abro los ojos por completo y lo miro. Tengo el cuerpo todavía preparado para un posible ataque.

—¿Quién eres? —le pregunto sin rodeos, pensado que un acercamiento directo es lo mejor en este caso—. ¿Dónde está este sitio?

Me mira sorprendido, pero recupera la compostura enseguida.

—Soy el coronel Sharipov. Está en Tashkent, Uzbekistán —responde dando un paso atrás—. Cuando su avión se estrelló, lo trajeron aquí. —Tiene un acento muy marcado, pero su inglés es sorprendentemente bueno—. La embajada rusa ya está al tanto de que está aquí. Los suyos han mandado un avión para recogerlo.

Entonces sabe quién soy.

—¿Dónde están mis hombres? ¿Qué le pasó a mi avión?

—Aún estamos investigando los motivos del accidente —dice Sharipov, mirando ligeramente hacia un lado—. Por ahora no está claro.

—Y una mierda —digo con apenas un hilo de voz. Sé cuando alguien está mintiendo, y este hijo de puta me está diciendo lo que yo quiero oír—. Seguro que sabe qué ha pasado.

Dice titubeando:

—No estoy autorizado para hablar de la investigación.

—¿Fueron sus soldados los que dispararon el misil contra nosotros? —Uso el brazo bueno para incorporarme. Me duelen las costillas al moverme, pero no hago caso al dolor. Puede que me sienta tan débil como un crío, pero no puedo dejar que el enemigo se percate de ello—. Debería decírmelo ya, porque me voy a enterar de una forma u otra.

Su cara se vuelve seria ante mi amenaza implícita.

—No, no hemos sido nosotros. Parece que se usó uno de nuestros lanzamisiles, pero nadie emitió la orden de derribar su avión. Rusia nos informó de que iban a volar por nuestro espacio aéreo y nos ordenaron que los dejáramos pasar.

—Pero sí tiene una idea de quién pudo ser responsable —observo fríamente. Ahora que estoy sentado, no me siento tan vulnerable, pero me sentiría mejor si tuviera un arma o un puñal—. Sabe quién usó el lanzamisiles.

Sharipov titubea de nuevo y al momento reconoce a regañadientes:

—Puede que el gobierno ucraniano haya sobornado

a uno de nuestros oficiales. Estamos barajando esa posibilidad.

—Entiendo. —Por fin todo encaja. De alguna forma, a Ucrania le llegó información sobre mi colaboración con los rusos y decidieron eliminarme antes de convertirme en una amenaza. Esos cabrones... Por eso siempre he intentado no ponerme de lado de nadie en estos conflictos insignificantes. Me sale caro en todos los sentidos.

—Hemos colocado a algunos soldados en esta planta —dice Sharipov, cambiando de tema—. Aquí estará seguro hasta que el enviado ruso venga para llevarlo a Moscú.

—¿Dónde están mis hombres? —repito la pregunta que le había hecho. Entorno los ojos al ver a Sharipov apartar la vista—. ¿Están aquí?

—Cuatro de ellos —afirma de forma evasiva, mirándome de nuevo—. Lamento decirle que los demás no lo lograron.

Mantengo mi expresión impasible, aunque siento como si una espada afilada me rebanara por dentro. A estas alturas, debería estar acostumbrado a que la gente muriera a mi alrededor, pero todavía me pesa.

—¿Quién ha sobrevivido? —pregunto manteniendo el volumen de voz—. ¿Sabe sus nombres?

Asiente y enumera una lista de nombres. Para mi consuelo, Lucas Kent forma parte de ellos.

—Recuperó el conocimiento poco después —explica Sharipov— y ayudó a identificar al resto. Él y usted son los únicos que no han sufrido quemaduras por la explosión.

—Ya veo. —Estaba aliviado, pero ahora siento cada vez más rabia. Casi cincuenta de mis mejores hombres están muertos. Hombres con los que me he entrenado. Hombres a los que conocía. Mientras proceso la información, llego a la conclusión de que solo hay una forma de que el gobierno ucraniano se haya enterado de mis negociaciones con los rusos: la guapa intérprete rusa. Era la única que no era de los nuestros y que estuvo al tanto de esa conversación.

—Necesito un teléfono —digo a Sharipov, descolgando los pies y levantándome de la cama. Me tiemblan un poco las rodillas, pero mis piernas son capaces de soportar el peso. Eso es bueno. Significa que soy capaz de andar por mí solo—. Lo necesito ya —añado. Me mira atónito mientras me quito la aguja de la vía del brazo con los dientes y me despego los sensores del monitor del pecho. Es evidente que estoy ridículo con la bata del hospital y descalzo, pero no me importa una mierda. Tengo que ajustar cuentas con un traidor.

—Claro —dice, recuperándose del *shock*. Mete la mano en el bolsillo, saca un teléfono móvil y me lo da—. Peter Sokolov quería hablar con usted en cuanto se despertara.

—Bien, gracias. —Cojo el móvil con la parte de la mano izquierda que sobresale de la escayola y con la derecha, pulso los números. Es una línea segura establecida con varios relés, solo el mejor pirata podría rastrear la llamada. Cuando oigo el sonido familiar de las teclas y los pitidos al hacer la conexión, paso el móvil a la mano derecha y le digo a Sharipov:

—Pídale a las enfermeras algo de ropa más normal, por favor. Estoy harto de llevar esto.

El coronel asiente y se dispone a salir de la habitación. Justo un segundo antes de que se vaya, Peter responde el teléfono.

—¿Esguerra?

—Sí, soy yo. —Sujeto el teléfono con más fuerza—. Supongo que estarás al tanto de las novedades.

—Sí, lo estoy. —Hace una pausa—. He hecho que detuvieran a Yulia Tzakova en Moscú. Parece que tenía algunos contactos que nuestros contactos del Kremlin pasaron por alto.

Así que Peter ya está al tanto de esto.

—Eso parece —hablo con voz tranquila, aunque ahora mismo me hierve la sangre—. No es necesario decir que abandonamos la misión. ¿Dónde nos recogen?

—El avión está de camino. Debería llegar dentro de unas horas. He enviado a Goldberg por si necesitáis un médico.

—Bien pensado. Esperaremos. ¿Cómo está Nora?

Se hace un breve silencio.

—Está mejor ahora que sabe que estás vivo. Quería volar para allá en cuanto se enteró.

—Pero no la dejaste. —Es una afirmación, no una pregunta. Peter es muy listo como para cagarla así.

—Por supuesto que no. ¿Te gustaría verla? Puede que sea posible hacer una videollamada con el hospital.

—Sí, hazlo, por favor. —Lo que realmente me gustaría es verla y abrazarla en persona, pero el vídeo será suficiente por ahora—. Mientras, voy a ver cómo están Lucas y los demás.

CON LA ESCAYOLA gigantesca del brazo, es casi imposible ponerme la ropa que me ha traído la enfermera. Los pantalones suben sin problema, pero he tenido que romper la manga para poder pasar la escayola por ella. El dolor de las costillas me está matando. Mi cuerpo no necesita más que quedarse tumbado en la cama y descansar, por lo que cada movimiento requiere un tremendo esfuerzo. Pero insisto, y tras unos intentos, consigo vestirme.

Por suerte, andar me resulta fácil. Consigo mantener un paso normal. Al salir de la habitación, veo a los soldados de los que me había hablado Sharipov. Son cinco, todos visten ropa militar y llevan Uzis. Conforme salgo al pasillo, comienzan a seguirme en silencio hasta la sala de cuidados intensivos. Sus caras inexpresivas me hacen dudar si realmente están ahí para protegerme o para proteger a otros de mí. No creo que al gobierno de Uzbekistán le haga mucha gracia tener a un traficante de armas en uno de sus hospitales civiles.

Lucas no está ahí, así que primero voy a ver a los

demás. Tal y como me dijo Sharipov, todos están quemados de gravedad, con vendajes que les cubren casi todo el cuerpo. También están muy sedados. Tengo que acordarme de transferirle a cada una de sus cuentas bancarias una buena bonificación para compensar esto y para que puedan acudir al mejor cirujano plástico. Mis hombres sabían los riesgos que corrían al venir a trabajar conmigo, pero quiero asegurarme de que estén en buenas manos.

—¿Dónde está el cuarto hombre? —pregunto a uno de los soldados que me acompaña. Me dirige a otra habitación.

Cuando llego, Lucas está durmiendo. Es un alivio, no parece estar tan mal como el resto. Podrá volver conmigo a Colombia cuando llegue el avión. El resto tendrá que quedarse aquí unos días más.

Al volver a mi habitación, Sharipov está ahí, colocando un ordenador sobre la cama.

—Me han dicho que se lo dé —me explica dándome el ordenador.

—Muy bien, muchas gracias.

Cojo el ordenador con el brazo derecho y me siento en la cama. O más bien, me desplomo en la cama. Las piernas me tiemblan del esfuerzo de haber estado paseándome por el hospital. Por suerte, Sharipov estaba ya saliendo de la habitación y no ha visto mi torpe maniobra.

En cuanto ya no hay rastro de él, entro en Internet para descargar un programa diseñado para ocultar mis movimientos en línea. Seguidamente, voy a una web y escribo un código que abre una ventana de chat, y de nuevo, escribo otro código y me conecto a un ordenador de casa.

Lo primero que aparece es la cara de Peter.

—Ahí estás. ¡Por fin! —dice. Veo el salón de mi casa al fondo—. Nora baja ya.

Al momento, aparece la carita de Nora en la pantalla.

—¡Gracias a Dios, Julian! ¡Pensaba que nunca más te volvería a volver a ver! —En la voz se le nota que le cuesta contener las lágrimas, pero en las mejillas hay surcos de lágrimas. Sin embargo, sonríe. Irradia alegría.

Le sonrío. Un estallido de felicidad me hace olvidar el enfado y el malestar de mi cuerpo.

—Hola, cariño. ¿Cómo estás?

Me sonríe.

—¿Qué cómo estoy? ¿Qué pregunta es esa? ¡Eres tú el que acaba de tener un accidente de avión! ¿Cómo estás tú? ¿Es una escayola eso del brazo?

—Eso parece. —Encojo un poco los hombros y levanto el brazo derecho—. Pero es el brazo izquierdo y yo soy diestro, no es para tanto.

—¿Y tu cabeza?

—Ah, ¿esto? —Me toco la venda voluminosa de la frente—. No estoy seguro, pero puedo andar y hablar, no creo que sea nada grave.

Inclina la cabeza, mirándome con cara de desconfianza y se me ensancha la sonrisa. Nora probablemente cree que me estoy haciendo el machote delante de ella. Mi gatita no es consciente de que estas lesiones de verdad no son mucho para mí. Cuando mi padre me pegaba, me hacía heridas peores.

—¿Cuándo vas a volver a casa? —pregunta, acercando la cara a la cámara. Sus ojos parecen enormes desde esa perspectiva, tiene las largas pestañas pegadas por haber llorado—. Vas a volver a casa ya, ¿no?

—Por supuesto. No puedo ir tras Al-Quadar así —señalo la escayola con la mano derecha—. El avión está ya de camino para recogernos a Lucas y a mí, así que te veré pronto.

—Estoy deseándolo —dice dulcemente. Siento un nudo en la garganta al ver la emoción en su cara. Me corre por dentro un sentimiento de ternura que intensifica hasta dolerme las ganas que tengo de verla.

—Nora —empiezo a hablar y me interrumpe un agudo sonido que viene de fuera. A ese lo siguen otros y varios ruidos en ráfaga.

Disparos. Están usando armas con silenciadores, pero nada puede silenciar el sonido ensordecedor de una ametralladora al dispararse.

Al segundo, se oyen gritos y disparos desde otro lado, estos sin silenciar. Los soldados que estaban en la planta deben de estar respondiendo a la amenaza de fuera.

En un milisegundo, salgo de la cama. El ordenador se ha caído al suelo. Siento un estallido de adrenalina que acelera todo y, al mismo tiempo, hace más lenta mi percepción del tiempo. Parece que las cosas están pasando a cámara lenta, pero sé que es solo un espejismo, es mi cerebro que intenta hacer frente a esta situación de grave peligro.

Actúo por instinto, algo que he perfeccionado durante toda mi vida de entrenamiento. En el acto, evalúo la habitación y me doy cuenta de que no hay ningún sitio donde esconderme. Aunque quisiera arriesgarme a caerme por un tercer piso, la ventana de la pared de enfrente es demasiado pequeña como para que pueda pasar por ella. Solo queda la puerta y el pasillo, que es de donde vienen los disparos.

No me molesto en pensar quiénes son los atacantes. No es relevante ahora. Lo único importante ahora es sobrevivir.

Más disparos, esta vez seguidos de un grito que proviene de fuera. Escucho cerca el estruendo de un cuerpo al caerse el suelo y escojo ese momento para moverme.

Abro la puerta, me arrastro en la dirección del sonido del golpe y repto por el suelo de linóleo. Me golpeo la escayola con la pared al toparme con el soldado muerto, pero apenas siento el dolor. De hecho, lo coloco sobre mí, usándolo de escudo humano, ya que las balas vuelan a mi alrededor. Localizo su arma en el suelo, la sujeto con la mano derecha y dirijo los disparos hacia el otro lado del pasillo, donde veo a hombres enmascarados agachados detrás de una camilla del hospital.

Son demasiados. No me hace falta ver más. Son

muchos cabrones más y no tengo balas suficientes. Veo los cuerpos amontonados en el pasillo. Los cinco soldados uzbekos han recibido varios balazos, al igual que algunos de los atacantes enmascarados. Sé que es en vano. Voy a ser uno de ellos. De hecho, me sorprende que no me hayan cosido a tiros ya, tenga o no un escudo.

No quieren matarme.

Me doy cuenta de eso justo al disparar la última bala que me quedaba. El suelo y las paredes están destrozadas por las balas, pero yo estoy ileso. Ya que no creo en milagros, eso solo puede suponer que no soy el objetivo de los atacantes.

Están disparando a todo lo que me rodea para poder mantenerme en un punto concreto.

Retiro el cadáver de mí y me levanto despacio, manteniendo la mirada alerta vigilando a los hombres armados del fondo del pasillo. Al moverme, los disparos cesan. El silencio es ensordecedor después de tanto ruido.

—¿Qué queréis? —Levanto lo suficiente la voz como para que me oigan al otro lado—. ¿Por qué estáis aquí?

Un hombre se levanta de detrás de la camilla. Me apunta con el arma mientras camina en mi dirección. Está enmascarado como el resto, pero algo en él me resulta familiar. Se para a unos pasos de mí. Reconozco ese brillo oscuro en sus ojos a través de la máscara.

Majid.

Al-Quadar ha debido investigar y ha descubierto que estaba aquí.

Me muevo sin pensar. Sigo teniendo el arma, que ahora está vacía y me lanzo a por él, balanceando la pistola como si fuera un bate, apunto alto tratando de engañarlo y luego la bajo. Incluso herido, tengo reflejos. Golpeo a Majid con la culata de la pistola y este me empuja contra la pared. El hombro derecho me explota de dolor. Me truenan los oídos del estallido mientras me deslizo por la pared hasta el suelo y, entonces, me doy cuenta de que me han disparado, de que ha abierto fuego antes de que yo le pudiera hacer daño.

Puedo escuchar gritos en árabe y, al instante, unas manos rudas me levantan, arrastrándome por el suelo. Intento resistirme con toda la fuerza que me queda en el cuerpo, pero noto cómo se está apagando, cómo mi corazón se esfuerza en bombear los pocos suministros de sangre que me quedan. Algo me presiona el hombro, exacerbando mi intenso dolor y entonces se me nubla la vista.

Mi último pensamiento antes de caer inconsciente es que la muerte probablemente es preferible a lo que me espera si sobrevivo.

24

NORA

No me doy cuenta de que estoy gritando hasta que alguien me tapa la boca con fuerza, amortiguando mis gritos histéricos.

—Nora. Nora, ¡para! —La voz firme de Peter me saca del torbellino de horror y me devuelve a la realidad—. Cálmate y dime exactamente qué has visto. Cálmate para que puedas hablar con más tranquilidad.

Apenas logro asentir; él me suelta y retrocede. Por el rabillo del ojo veo a Rosa y a Ana a pocos metros de distancia. Ana se cubre la boca con las manos y vuelve a ser un mar de lágrimas. Rosa parece asustada y angustiada.

—No… —Apenas puedo articular palabra por la garganta hinchada—. No he visto nada. Lo acabo de oír. Estábamos hablando y, de repente, he oído disparos y… gritos y luego más disparos. Julian… —Se me quiebra la voz al mencionarlo—. Supongo que a Julian se le ha caído el ordenador porque la pantalla se ha vuelto loca y entonces solo he podido ver la pared. Pero sí he oído los disparos, los gritos, más disparos...

No soy consciente de que estoy sollozando incontrolablemente hasta que Peter me agarra por los hombros y me lleva con cuidado hacia el sofá.

Me hace sentarme mientras empiezo a temblar por el terror de lo que acabo de presenciar mezclado con los recuerdos de unos meses antes, cuando me secuestró Al-Quadar en Filipinas. Durante un instante aterrador, el pasado y el presente se funden y vuelvo a estar en esa clínica, oyendo esos disparos y sintiendo un miedo tan intenso que mi mente no puede asimilarlo. Solo que ahora no somos Beth y yo las que estamos en peligro: es Julian.

Han ido a por él. Y sé exactamente quiénes son.

—Es Al-Quadar —digo con voz ronca mientras me levanto sin pensar en los temblores que me sacuden—. Peter... es Al-Quadar.

Él asiente, está de acuerdo conmigo, y veo que ya está al teléfono.

—*Da. Da, eto ya* —dice, y me doy cuenta de que está hablando ruso—. *V gospitale problema. Da, seychas-zhe.* — Baja el teléfono y me dice—: Acabo de notificar a la policía de Uzbekistán los acontecimientos en el hospital. Están de camino, al igual que más soldados. Estarán allí en cuestión de minutos.

—Será demasiado tarde. —No sé de dónde sale esta certeza, pero algo en lo más profundo de mi interior me lo dice—. Lo tienen ellos, Peter. Si aún no ha muerto, lo estará muy pronto.

Me mira, y veo que él también lo sabe; sabe lo desesperado que es todo esto. Nos las vemos con una de las organizaciones terroristas más peligrosas del mundo, y tienen al hombre que ha estado diezmando sus filas.

—Vamos a localizarlos, Nora —dice Peter en voz baja— Si no lo han matado aún, hay una posibilidad de que podamos recuperarlo.

—Dime que lo crees de verdad. —Se lo veo en la cara. Lo dice para calmarme. La gente de Majid ha podido evadir la detección durante meses, y solo gracias a la captura afortunada de ese terrorista en Moscú se descubrió su paradero. Ellos volverán a desaparecer y se ocultarán en otro lugar ahora que saben que se ha descubierto su ubicación en Tayikistán. Desaparecerán… y Julian con ellos.

Peter me echa una mirada indescifrable.

—No importa lo que yo crea. El hecho es que quieren algo de tu marido: el explosivo. Lo querían antes, y estoy seguro de que lo quieren ahora. Serían muy tontos si lo mataran de inmediato.

—Crees que lo van a torturar primero. —La bilis me sube hasta la garganta al recordar los gritos de Beth, la sangre que se extendía por todas partes mientras Majid cortaba fragmentos de su cuerpo—. Joder, piensas que lo torturarán hasta que ceda y les dé el explosivo.

—Sí —dice Peter, con sus ojos grises fijos en mi cara mientras Ana empieza a sollozar en silencio en el hombro de Rosa—. Lo creo. Y eso nos da tiempo para encontrarlos.

—No tenemos tiempo. —Lo miro, muerta de miedo —. No es suficiente. Peter, lo van a torturar y a matar mientras lo buscamos.

—No podemos saberlo con seguridad —dice, sacando su teléfono de nuevo—. Pondré a todos nuestros recursos en esto. Si Al-Quadar da cualquier muestra de existencia, por ínfima que sea, lo sabremos.

—¡Pero eso podría tardar semanas, incluso meses! —Alzo la voz y la histeria se apodera de mí nuevamente. Mi cordura es muy inestable como una montaña rusa de penas, alegrías y terror que he estado experimentando durante los últimos dos días y que me sumergen en el pozo sin fondo de la desesperación. Ayer pensaba que había perdido a Julian otra vez y después supe que estaba vivo. Y ahora, justo cuando parecía que lo peor había pasado, el destino nos ha dado el golpe más cruel de todos.

Los monstruos que mataron a Beth me van a quitar a Julian también.

—Es la única opción que tenemos, Nora. —La voz de Peter es tranquilizadora, como si estuviera hablando con un niño en plena rabieta—. No hay otra manera. Esguerra es duro. Puede aguantar un buen rato, hagan lo que le hagan.

Respiro profundamente para recuperar el control de mí misma. Ya me derrumbaré más tarde, cuando esté sola.

—Nadie es lo bastante duro como para soportar una tortura sin fin. —Mi voz es casi uniforme—. Lo sabes.

Peter inclina la cabeza; sabe que tengo razón. Por lo que he oído de sus habilidades, sabe mejor que nadie lo efectiva que puede ser la tortura. Al mirarlo, se me ocurre una idea que nunca se me habría ocurrido antes.

—El terrorista que capturaron —digo lentamente, sosteniendo la mirada de Peter—. ¿Dónde está ahora?

—Se supone que lo van a poner bajo nuestra custodia, pero por ahora está en Moscú.

—¿Crees que podría saber algo? —Retuerzo las manos en la falda de mi vestido mientras miro al torturador en jefe de Julian. En parte no me creo que esté a punto de pedirle que haga esto, pero le digo con voz firme—: ¿Crees que podrías hacerlo hablar?

—Sí, estoy seguro —dice Peter lentamente, mirándome con respeto—. No sé si sabrá a dónde irán, pero vale la pena intentarlo. Voy a volar inmediatamente a Moscú y veré qué puedo averiguar.

—Voy contigo.

Su reacción es inmediata.

—No, tú no vienes —dice, frunciendo el ceño—. Tengo órdenes estrictas de mantenerte a salvo aquí, Nora.

—Tu jefe acaba de ser capturado y están a punto de torturarle y asesinarle. —Mi voz es aguda y mordaz mientras enuncio cada palabra—. ¿Y crees que mi seguridad es una prioridad en este momento? Tus órdenes ya de nada valen porque tienen a Julian. Ya no me necesitan para que ejerza influencia sobre él.

—Bueno, en realidad, les encantaría tenerte para ejercer influencia sobre él. Podrían hacerlo cantar mucho más rápido si te tuvieran también. —Peter niega con la cabeza, con una expresión pesarosa pero decidida —. Lo siento, Nora, pero tienes que quedarte aquí. Si terminamos rescatando a tu marido, se disgustará al saber que te permití ponerte en peligro.

Me doy la vuelta temblando. El terror y la frustración se mezclan y se alimentan el uno al otro hasta que siento que voy a estallar. Me siento impotente. Absoluta y completamente inútil. Cuando me capturaron a mí, Julian vino a buscarme. Me rescató, pero no puedo hacer lo mismo por él. Ni siquiera puedo salir de la finca.

—Nora... —Es Rosa. Noto su mano en mi brazo mientras miro distraídamente por la ventana: mi mente discurre por todos los callejones sin salida como una rata en un laberinto—. Nora, por favor... Vamos, vamos a comer algo...

Sacudo la cabeza y aparto el brazo, manteniendo la mirada fija en el césped del jardín. Algo me reconcome la cabeza; es un pensamiento errante, a medio formar, que no acabo de entender. Tiene que ver con algo que Peter mencionó de pasada... Lo oigo salir de la habitación, oigo sus pasos sigilosos en el pasillo, y de repente se me ilumina la bombilla.

Me giro y corro detrás de él, haciendo caso omiso de

la expresión estupefacta de Rosa al apartarla de mi camino.

—¡Peter! ¡Peter, espera!

Se detiene en el pasillo, me mira con frialdad hasta que llego junto a él.

—¿Qué sucede?

—Ya lo sé —exclamo—. Peter, sé exactamente qué hacer. Sé cómo recuperar a Julian.

Su expresión no cambia.

—¿De qué hablas?

Tomo una gran bocanada de aire y empiezo a explicar mi plan, hablando tan rápido que las palabras me salen a borbotones. Lo veo negar con la cabeza mientras hablo, pero persisto de todos modos, impulsada por un sentido de urgencia más intenso que cualquier cosa que haya experimentado. Necesito convencer a Peter de que tengo razón. La vida de Julian depende de ello.

—No —dice cuando termino—. Es una locura. Julian me mataría...

—Pero estaría vivo para matarte —lo interrumpo—. No nos queda otra. Lo sabes tan bien como yo.

Sacude la cabeza y me mira con auténtico pesar.

—Lo siento, Nora...

—Yo te daré la lista —exclamo, aferrándome a mi última esperanza—. Te daré la lista de nombres antes de que terminen tus tres años, si lo haces. Julian te la entregará en cuanto la tenga en sus manos.

Peter me mira fijamente y le cambia la expresión por primera vez.

—¿Sabes lo de la lista? —pregunta y la voz le vibra con tal cólera que tengo que luchar contra el impulso de dar un paso atrás—. ¿La lista que me prometió Esguerra?

Asiento con la cabeza.

—Sí. —En cualquier otra circunstancia, me aterraría provocar a este hombre, pero en este momento me sobrepongo al miedo. Ahora me motiva la desesperación y me da un coraje poco común en mí—. Y sé que no lo conseguirás si Julian muere. Todo este tiempo que has estado trabajando para él habrá sido en vano. No podrás vengarte de las personas que mataron a tu familia.

Su mirada impasible desaparece por completo y su rostro se transforma en una máscara de furia ardiente.

—No sabes una mierda de mi familia —ruge, y esta vez retrocedo un paso; mi instinto de supervivencia se activa al verle los puños apretados. ¿Te atreves a provocarme usándola?

Da un paso hacia mí a la vez que me alejo, el corazón me late con fuerza. Entonces, con un movimiento agudo y violento, se retuerce y golpea la pared, rompe la pared de yeso con el puño. Me estremezco, salto hacia atrás y él golpea la pared de nuevo, vaciando su rabia en ella como indudablemente quisiera hacerlo en mí.

—Peter... —Hablo con voz baja y serena, como si estuviera hablando con un animal salvaje. Veo a Rosa y a

Ana en la puerta, aterrorizadas, y trato de mitigar la situación—. Peter, no me estoy burlando de ti, solo hablo de hechos. Quiero ayudarte, pero primero debes ayudarme a mí.

Me mira ferozmente, le palpita el pecho de rabia, y veo que lucha por recuperar el control. Estoy temblando por dentro, pero le sostengo la mirada. «No muestres miedo. Hagas lo que hagas, no muestres miedo». Para mi gran alivio, su respiración comienza a disminuir gradualmente, la furia que retuerce sus rasgos comienza a disiparse y regresa de la oscuridad en la que estaba sumido.

—Lo siento —dice al cabo de un momento con voz tensa—. No debería haber reaccionado de esa manera. —Respira profundamente, luego otra vez y veo que vuelve a poner su cara de póquer habitual—. ¿Cómo sé que cumplirás tu promesa con lo de la lista? —dice con un tono de voz más normal y ya aparentemente sin ira —. Me estás pidiendo que haga algo que a Esguerra no le gustará nada. ¿Cómo sé que me entregará la lista si hago esto?

—Haré que te la dé. —No tengo ni idea de cómo conseguir que Julian haga algo, pero no dejo que mis dudas salgan a la luz—. Te lo juro, Peter. Ayúdame con esto y puedes tener tu venganza antes de que terminen tus tres años aquí.

Me mira fijamente y presencio su debate interno. Él sabe que mis argumentos son buenos. Si hace lo que le pido, tiene la posibilidad de obtener esa lista de nombres antes. Si Julian muere, no recibirá la lista.

—Bien —dice. Parece que ha tomado una decisión—. Entonces, prepárate. Nos vamos dentro de una hora.

Cuando aterrizamos en un pequeño aeropuerto cerca de Chicago, hay una gruesa capa de nieve en el suelo, por lo cual agradezco haber decidido usar mis viejas Uggs. Ya es de noche, el viento está muy frío y me cala los huesos a través del abrigo de invierno. Apenas pienso en el malestar porque solo le doy vueltas a lo que nos espera.

No nos espera ningún coche blindado. No hay nada que delate nuestra llegada. Peter llama a un taxi para mí y subo a la parte trasera sola, mientras él se dirige de nuevo al avión.

El conductor, un hombre amable de mediana edad, trata de charlar conmigo, probablemente con la esperanza de averiguar quién soy. Estoy segura de que se cree que soy una famosa cualquiera que llega en un jet privado como ese. Le doy respuestas monosilábicas a todas sus preguntas, y rápidamente entiende que solo quiero que me deje tranquila. El resto del trayecto pasa en silencio mientras miro por la ventana los caminos oscurecidos por la noche. Me late la cabeza por el estrés y el *jet lag* y se me revuelve el estómago. Si no me hubiera obligado a comer un bocadillo en el avión, probablemente estaría desmayada del agotamiento.

Cuando llegamos a Oak Lawn, le pido al taxi que se dirija a la casa de mis padres. No me esperan, pero así es mejor. Hace que la situación parezca más real y menos montaje.

El conductor me ayuda a descargar una maleta pequeña y le pago, le doy una propina de veinte dólares por mi grosería. Se aleja y llevo la maleta a la puerta de mi casa de la infancia.

Me detengo delante de la puerta marrón y toco el timbre. Sé que mis padres están en casa porque veo las luces en el salón. Tardan un par de minutos en llegar a la puerta, un par de minutos que parecen una hora en mi estado de agotamiento.

Mi madre abre la puerta, y se queda boquiabierta al verme de pie allí, con la mano apoyada en el asa de la maleta.

—Hola, mamá —digo, con voz temblorosa—. ¿Puedo pasar?

25

JULIAN

Al principio solo hay oscuridad y dolor, un dolor que me desgarra. Un dolor que me destroza desde adentro. La oscuridad es más fácil. No hay dolor en ella, solo olvido. Sin embargo, odio la nada que me consume cuando estoy en ese vacío oscuro. Odio el vacío de la inexistencia. Conforme pasa el tiempo, llego a anhelar el dolor porque es lo opuesto a ese vacío, porque sentir algo es mejor que no sentir nada.

Poco a poco, el oscuro vacío retrocede y disminuye su dominio sobre mí. Ahora, junto con el dolor, hay recuerdos. Algunos buenos, otros malos, me vienen sin cesar. La sonrisa de mi madre mientras me lee un cuento antes de dormir. La voz dura de mi padre y los puños aún más duros. Corro a través de la selva detrás de una mariposa colorida, tan feliz y despreocupado como solo un niño puede ser. Mato a mi primer hombre en esa selva. Juego con mi gata Lola, luego pesco y rio con una niña de doce años de ojos brillantes... con María.

El cuerpo de María destrozado y violado, su luz e inocencia destruidas para siempre.

Sangre en mis manos, la satisfacción de oír los gritos de sus asesinos. Comer sushi en el mejor restaurante de Tokio. Moscas que zumban sobre el cadáver de mi madre. La emoción de cerrar mi primer trato, el atractivo del dinero me atrapa. Más muerte y violencia. Mato y me deleito con ello.

Y luego está ella.

Mi Nora. La chica que secuestré porque me recordaba a María. La chica que ahora es mi razón de ser.

Mantengo su imagen en mi mente, dejando que todos los otros recuerdos se desvanezcan en el fondo. Solo quiero pensar en ella, quiero centrarme en ella. Ella consigue que el dolor se vaya, hace desaparecer la oscuridad. Puede que yo haya traído su sufrimiento, pero ella me ha traído la única felicidad que he conocido desde mis primeros años.

A medida que pasa el tiempo, me doy cuenta de otras cosas. Además del dolor, hay sonidos y sensaciones. Oigo voces y siento una brisa fría en la cara. Me arde el hombro izquierdo, el brazo roto me palpita, y me muero de sed. Sin embargo, parece que sigo vivo.

Muevo los dedos para verificarlo. Sí, vivo. Casi demasiado débil para moverme, pero vivo.

Mierda. El resto de los recuerdos me invaden y, antes incluso de abrir los ojos, sé dónde estoy y sé que probablemente no debería haber luchado contra la oscuridad. El olvido habría sido mejor que esto.

—Bienvenido —dice un hombre con delicadeza. Al abrir los ojos veo la cara sonriente de Majid que se cierne sobre mí—. Llevas inconsciente demasiado tiempo. Es hora de empezar.

ME ARRASTRAN a lo largo de un piso de cemento duro de lo que parece ser una especie de solar en construcción. Tiene pinta de ser un edificio industrial. La sala a la que me llevan no tiene ventanas, solo una puerta. Pienso en luchar, pero estoy demasiado débil por las heridas y sé que no tengo muchas posibilidades de éxito, así que decido esperar mi oportunidad y conservar las pocas fuerzas que me quedan. Supongo que las necesitaré para hacer frente a lo que tienen reservado para mí.

Comienzan por desnudarme y amarrarme con una cuerda que enrollan sobre una viga en el techo inacabado. No son suaves y se me rompe la escayola del brazo izquierdo cuando me atan las muñecas y me amarran los brazos sobre la cabeza. El dolor agonizante en mi brazo y hombro lesionados hacen que me desmaye. No recobro la conciencia hasta que me echan agua helada en la cara.

En realidad, admiro sus métodos. Saben lo que están haciendo. Quítale a un hombre su ropa e inmediatamente se siente más vulnerable. Mantenlo frío y débil y herido y ya estará en desventaja; su mente estará tan maltrecha como su cuerpo. Empiezan correctamente. Si yo no hubiera hecho lo mismo a otros, ahora estaría pidiendo y rogando.

Tal como van las cosas, mi cuerpo está en modo de alerta. Saber que estoy tan cerca de la muerte —o al menos de un dolor insoportable— hace que mi corazón palpite con un ritmo frenético y enfermizo. No quiero darles la satisfacción de verme temblar, pero noto pequeños temblores en la piel, tanto por el agua fría que me vierten en la habitación ya congelada como por el exceso de adrenalina. Me han colgado tan alto que solo las puntas de los dedos de los pies rozan el suelo, y como las muñecas atadas soportan la mayoría del peso, mi brazo herido y el hombro ya están gritando de agonía.

Mientras estoy colgado, tratando de respirar a pesar del dolor, Majid se acerca a mí con una sonrisa satisfecha.

—Vaya, vaya, si es Esguerra en carne y hueso —dice con voz ronca; el acento británico lo hace sonar como una versión medio oriental de James Bond—. Qué amable de su parte de visitar nuestro rinconcito de mundo.

No digo nada, me limito a mirarlo con desprecio,

sabiendo que lo irritará más que nada. Sé lo que me va a exigir y no pienso dárselo, no sabiendo que me va a matar de la manera más dolorosa de todos modos.

En efecto, mi falta de respuesta lo provoca. Casi veo la llamarada de rabia en los ojos. Majid Ben-Harid se nutre del miedo y la miseria de los demás. Entiendo eso de él porque soy igual que él. Y como somos almas tan afines sé cómo estropearle la diversión. Puede que me destroce físicamente, pero no lo disfrutará tanto como quisiera.

No se lo permitiré.

Es un pequeño consuelo teniendo en cuenta que tendré una muerte tortuosa, pero ahora mismo solo me queda esto.

Majid deja de sonreír con presunción y se acerca a mí.

—Veo que no estás dispuesto a hablar —dice, acercándome un gran cuchillo de carnicero a la cara—. Vamos al grano, entonces. —Me pasa la punta de la hoja por la mejilla y me corta lo bastante profundo para que la sangre me resbale por la barbilla—. Tú me das la ubicación de tu fábrica de explosivos, así como todos los detalles de seguridad, y yo... —Se me acerca tanto que veo el negro de sus pupilas en el iris marrón de sus ojos —. Haré que tu muerte sea rápida. Si no lo haces... Bueno, estoy seguro de que no hace falta que entre en detalles con la alternativa. ¿Qué me dices? ¿Quieres ponérnoslo fácil o difícil? Porque el resultado será el mismo de cualquier manera.

No respondo, ni me alejo, ni siquiera cuando la navaja continúa su viaje cortante y doloroso a través de mi cuello, pecho y estómago, dejando un reguero de sangre en cada parte que toca mi piel.

Da igual lo que elija porque Majid no cumplirá ninguna promesa que me haga. Nunca me dará una muerte rápida, ni siquiera si le entrego el explosivo mañana. He causado demasiado daño a Al-Quadar durante los últimos meses, he frustrado muchos de sus planes. En cuanto le dé lo que quiere, me destrozará de la manera más insoportable posible, solo para mostrar a sus tropas cómo castiga a los que lo cabrean.

Eso haría yo en su lugar, al menos.

El cuchillo se detiene justo debajo de mis costillas, la punta afilada incrustada en mi piel y veo el brillo de los ojos de Majid de un placer despiadado.

—¿Y bien? —susurra, presionándola un poco más—. ¿Jugamos o no jugamos, Esguerra? Depende de ti. Puedo comenzar recolectando algunos órganos, solo para que sea más rentable para nosotros o, si lo prefieres, puedo empezar más abajo, con la parte favorita de tu esposa…

Suprimo la instintiva necesidad masculina de estremecerme en esa última amenaza y me esfuerzo por mantener una expresión tranquila, casi divertida. Sé que no hará nada demasiado radical al principio, porque si lo hace, me mataría de inmediato. Ya he perdido demasiada sangre, así que no necesitará mucho para enviarme al más allá. Lo último que quiere Majid es privarse de una víctima consciente. Si va en serio sobre conseguir ese explosivo, tendrá que comenzar poco a poco y trabajar hasta la brutalidad con la que acaba de amenazarme.

—Adelante —digo fríamente—. Hazlo lo mejor que puedas.

Y esbozando una sonrisa burlona, espero que empiece la tortura.

26

NORA

La noche de mi llegada a casa fue una cascada de llanto sin fin y de preguntas acerca de lo que había pasado y cómo había logrado regresar.

Cuento a mis padres lo más que puedo sobre el accidente de avión en Uzbekistán y la posterior captura de Julian por el grupo terrorista contra el que ha estado luchando. Mientras hablo, veo cómo intentan ocultar el asombro y la impresión que se han llevado al enterarse. Los terroristas y los aviones derribados por misiles están muy lejos del paradigma normal de sus vidas y sé que es difícil procesarlo para ellos. Para mí también fue difícil.

—Ay, Nora, cariño... —La voz de mi madre es suave y comprensiva—. Lo siento mucho, sé que lo amabas, a pesar de todo. ¿Sabes qué va a pasar ahora?

Niego con la cabeza, tratando de no mirar a mi padre. Él cree que esto es bueno; se lo veo en la cara. Se siente aliviado de que probablemente me haya librado del hombre que considera mi abusador. Estoy segura de que mis padres piensan que Julian se merece esto, pero mi madre está tratando, al menos, de ser sensible con mis sentimientos. Mi padre, sin embargo, apenas esconde la satisfacción ante este giro de los acontecimientos.

—Bueno, pase lo que pase, me alegro de que hayas venido a casa. —Mi madre se acerca para cogerme la mano. Tiene los ojos oscuros anegados de lágrimas—. Estamos aquí para ti, cariño, lo sabes, ¿no?

—Lo sé, mamá —susurro con un nudo en la garganta—. Por eso he vuelto. Porque te echaba de menos... y porque no podía estar sola en esa finca.

Al menos en parte es cierto, pero esa no es la verdadera razón por la que estoy aquí. No puedo decirles la verdadera razón.

Si supieran que he venido a casa para que me secuestre Al-Quadar, nunca me lo perdonarían.

A PESAR DEL AGOTAMIENTO, apenas duermo esa noche. Sé que Al-Quadar tardará algún tiempo en reaccionar a que yo esté en la ciudad, pero todavía estoy consumida por el temor y los nervios. Cada vez que me adormezco, tengo pesadillas, solo que en estos sueños no es Beth a quien cortan en pedazos, sino Julian. Las imágenes sangrientas son tan gráficas que me despierto con

315

náuseas y temblando… y con las sábanas empapadas de sudor. Por último, me doy por vencida: no puedo dormir, conque saco los útiles de arte que traje en la maleta. Espero que la pintura me impida pensar en que mis pesadillas pueden estar sucediendo en este momento en algún escondite de Al-Quadar a miles de kilómetros de distancia.

Cuando la luz del sol se filtra en la habitación, me detengo a examinar lo que he pintado. Parece abstracto al principio, solo remolinos de rojo, negro y marrón, pero al examinarlo más de cerca, veo algo distinto. Todos los remolinos son caras y cuerpos, personas enredadas en un paroxismo de éxtasis violento. Las caras muestran agonía y placer, lujuria y tormento.

Probablemente sea mi mejor trabajo hasta ahora, y lo odio. Lo odio porque demuestra lo mucho que he cambiado. Lo poco que queda de mi vieja yo.

—Vaya, cariño, es increíble… —La voz de mi madre me sorprende y me saca del ensimismamiento. Me vuelvo y la encuentro en la puerta, mirando el cuadro con una admiración genuina—. Ese instructor francés debe de ser muy bueno.

—Sí, monsieur Bernard es excelente —digo, tratando de ocultar el cansancio de mi voz. Estoy tan cansada que solo quiero echarme, pero ahora mismo no puede ser.

—No has dormido muy bien, ¿no? —Mi madre arruga la frente, preocupada, y sé que no he conseguido ocultarle mi cansancio—. ¿Estabas pensando en él?

—Pues claro. —Una oleada repentina de rabia me agudiza la voz—. Es mi marido, ¿sabes?

Ella parpadea, claramente sorprendida y me arrepiento al instante de haberle contestado así. Esta situación no es culpa de mi madre. Si alguien es irreprochable en todo esto, éstos son mis padres. Para nada se merecen mi temperamento... En especial porque mi plan desesperado probablemente les causará aún más angustia.

—Lo siento, mamá —digo, yendo a darle un abrazo —. No quería hablarte así.

—No pasa nada, cariño. —Me acaricia el pelo, su toque es tan suave y reconfortante que quiero llorar—. Lo entiendo.

Asiento con la cabeza, aunque sé que no llega a comprender la magnitud de mi estrés. No puede... porque no sabe que estoy esperando.

Esperando a que me rapten los mismos monstruos que tienen a Julian.

Esperando a que Al-Quadar muerda el anzuelo.

La mañana es insufriblemente lenta. Es un sábado, así que mis padres están en casa. Están contentos, pero yo no. Ojalá estuvieran en el trabajo hoy. Quiero estar sola si, o mejor dicho, «cuando» los matones de Majid vengan a por mí. Ha sido relativamente seguro pasar la noche, ya que Al-Quadar necesitaba tiempo para organizar su plan en acción, pero ahora por la mañana, no quiero que mis padres se me acerquen. El dispositivo de seguridad que Julian organizó para mi familia aseguraría su seguridad, pero esos mismos guardaespaldas también pueden interferir en mi secuestro... y eso es lo último que quiero.

—¿Quieres ir de compras? —Mi padre me echa una mirada extraña cuando le digo que quiero ir de tiendas después de desayunar—. ¿Estás segura cariño? Acabas de llegar y con todo lo que está pasando...

—Papá, llevo en medio de la nada durante meses. —Lo miro en plan «los hombres no os enteráis de nada»—. No tienes ni idea de lo que es para una chica. —Como veo que no está muy convencido, añado—: En serio, papá, me vendría bien distraerme un poco.

—Tiene razón —dice mi madre, apoyándome. Se vuelve hacia mí, me guiña y le dice a mi padre—: No hay nada como ir de compras para despejarse. Ya la acompaño yo, como en los viejos tiempos.

Se me cae el alma a los pies. No puede venir si el objetivo es alejar a mis padres de un peligro inminente.

—Ay, lo siento, mamá —digo con pesar—, pero ya he prometido a Leah que quedaría con ella. Son las vacaciones de primavera, ya sabes, y acaba de llegar de la universidad. —Lo había visto en su Facebook esa misma mañana, así que estoy mintiendo solo en parte. Mi amiga está en la ciudad, pero no había hecho planes para verla.

—Ah, de acuerdo. —Parece herida un instante, pero

luego sacude la cabeza y me sonríe—. No te preocupes, cariño. Nos vemos después de que te hayas puesto al día con tus amigos. Me alegro de que te distraigas así. Es lo mejor, en serio...

Mi padre todavía parece receloso, pero no puede hacer nada. Soy adulta y no estoy pidiendo que me dé permiso.

En cuanto acabamos de desayunar, les doy un beso y un abrazo y me acerco a la parada de autobús de la calle 95 para subirme al bus que va al centro comercial Chicago Ridge Mall.

«Va, venid de una santa vez. Secuestradme ya».

He estado vagando por el centro comercial durante horas y, para mi frustración, todavía no hay señales de Al-Quadar. O no saben que estoy aquí o no se preocupan por mí ahora que tienen a Julian. Me niego a aceptar esta última posibilidad porque, de ser verdad, ya puedo dar a Julian por muerto.

El plan tiene que funcionar. No hay alternativa. Majid tal vez necesita más tiempo. Es hora de dejar que huelan que estoy aquí sola y desprotegida: un medio que pueden usar para obligar a Julian a darles lo que quieren.

—¿Nora? Anda, Nora, ¿eres tú? —Una voz familiar me saca de mis pensamientos y al girarme veo a mi amiga Leah, que me mira con sorpresa.

—¡Leah! —Durante un segundo, me olvido del peligro y me apresuro a abrazar a la chica que había sido mi mejor amiga desde hace siglos—. ¡No tenía ni idea de que estarías aquí! —Y es verdad, a pesar de la mentira que he contado a mis padres esta mañana, no esperaba encontrármela aquí. Aunque tendría que habérmelo supuesto, ya que solíamos pasar el rato en este centro comercial casi todos los fines de semana cuando éramos más jovencitas.

—¿Qué haces aquí? —pregunta después de abrazarnos—. ¡Pensaba que estabas en Colombia!

—Y lo estaba… quiero decir, lo estoy. —Ahora que la emoción inicial ha terminado, me doy cuenta de que encontrarme a Leah podría ser problemático. No quiero que mi amiga sufra por mi culpa—. Solo estoy aquí de visita —le explico apresuradamente, mirando preocupada alrededor. Todo parece normal, así que continúo—: Lo siento, no te he dicho que estaba por aquí, pero las cosas están un poco revueltas y, bueno, ya sabes cómo es…

—Cierto, debes de estar ocupada con tu nuevo marido y eso —dice lentamente, y noto como se abre un abismo entre las dos, aunque no nos hayamos movido ni un centímetro. No hemos hablado desde que le conté que me había casado; solo nos habíamos mandado unos breves correos y veo que sigue dudando de mi cordura, que ya no entiende la persona en la que me he convertido.

No la culpo. A veces yo tampoco entiendo a esa persona.

—¡Leah, cielo, ahí estás! —La voz de un hombre interrumpe nuestra conversación y me da un vuelco el corazón al ver a una figura masculina familiar acercarse a Leah, detrás de mí.

Es Jake, el chico del que antaño estuve enamorada. El chaval que Julian me arrebató aquella fatídica noche en el parque. Solo que ya no es un chaval precisamente. Sus hombros son más fuertes ahora; su rostro es más delgado y más duro. En algún momento de los últimos meses, se ha convertido en un hombre, un hombre que solo tiene ojos para Leah. Se detiene a su lado, se agacha para darle un beso y dice en voz baja y burlona:

—Guapita, tengo un regalito…

Las mejillas pálidas de Leah se ponen rojas.

—Esto, Jake —murmura, tirándole del brazo para llamarle la atención—, mira a quién me acabo de encontrar.

Se vuelve hacia mí y pone unos ojos como platos.

—¿Nora? ¿Qué… qué haces aquí?

—Bueno… unas compras… —Espero que no suene tan asombrada como me siento. ¿Leah y Jake? ¿Mi mejor amiga, Leah, y mi antiguo amor, Jake? Es como si el mundo se hubiera vuelto del revés. No tenía ni idea de que estaban saliendo. Sabía que Leah había roto con su novio hacía un par de meses porque me lo había contado en un correo electrónico, pero no me dijo que saliera con Jake.

Cuando los miro, el uno al lado del otro con sendas expresiones incómodas en el rostro, veo que no es totalmente ilógico. Ambos van a la universidad de Michigan y se mueven en el mismo círculo de amigos y conocidos de nuestro instituto. Incluso tienen una experiencia traumática en común, el secuestro de su amiga y de su rollo, lo que podría haberlos acercado.

También me doy cuenta en ese momento de que lo único que siento al verlos es alivio; alivio por verlos felices juntos y porque la oscuridad de mi vida no hiciera mella en Jake de forma permanente. No me arrepiento por lo que pudo haber sido y tampoco son celos, es una ansiedad que crece con cada minuto que Julian pasa en las manos de Al-Quadar.

—Lo siento, Nora —dice Leah con una mirada cautelosa—. Debería habértelo dicho antes, pero...

—Leah, por favor. —Dejando a un lado mi estrés y agotamiento, logro esbozar una sonrisa tranquilizadora —. No tienes que darme explicaciones. De verdad. Estoy casada... y, bueno, Jake y yo solo salimos una noche. No me debes ninguna explicación, solo es que me ha pillado por sorpresa, nada más.

—Esto... ¿te apetece tomar un café con nosotros? — pregunta Jake, pasando su brazo por la cintura de Leah en un gesto que me parece excepcionalmente protector. Me pregunto si es de mí de quien la está protegiendo. Si es así, es aún más inteligente de lo que pensaba.

—Así podemos ponernos al día, como estás de visita

en la ciudad y todo eso... —dice y yo niego con la cabeza.

—Me encantaría, pero no puedo —digo con un pesar verdadero. Me encantaría ponerme al día, pero no puedo tenerlos cerca de mí en caso de que Al-Quadar elija este momento particular para atacar. No sé cómo van a atacar los terroristas en pleno centro comercial atestado de gente, pero seguro que encontrarán la forma. Miro el móvil, me hago la preocupada y les digo —: Me temo que se me está haciendo tarde...

—¿Está tu marido aquí contigo? —pregunta Leah, frunciendo el ceño, y veo que Jake se pone blanco. No se había planteado que Julian estuviera cerca al invitarme a tomar algo.

Niego con la cabeza y se me hace un nudo en la garganta mientras la horrible realidad de la situación amenaza con ahogarme de nuevo.

—No —le digo, con la esperanza de que suene natural—. No ha podido venir.

—Ah, bueno. —Leah frunce aún más el ceño y me mira desconcertada, pero Jake recupera algo de color. Está aliviado por no tener que enfrentarse al criminal despiadado que le causó tanto dolor.

—Me tengo que ir ya —digo y Jake asiente al tiempo que aprieta más la cintura de Leah.

—Buena suerte —me dice y noto que se alegra de que me vaya. Sin embargo, es educado por lo que añade—: Me alegro de verte. —Pero sus ojos dicen otra cosa.

Sonrío, comprensiva.

—Yo también me alegro de haberos visto. —Me despido de Leah y me dirijo a la salida del centro comercial.

Me olvido de Jake y Leah en cuanto llego al aparcamiento. Muy alerta, examino la zona antes de coger el teléfono y pedir un taxi. Me quedaría en el centro comercial más tiempo, pero no quiero correr el riesgo de volver a ver a mis amigos. Mi siguiente parada será la avenida Michigan en Chicago, donde puedo pasear por algunas tiendas exclusivas mientras rezo para que me rapten antes de perder completamente la cabeza.

El viento frío cala a través de mi ropa mientras espero. La chaqueta marinera que me llega hasta el muslo y un fino suéter de cachemira ofrecen poca protección para el frío del exterior. El taxi tarda media hora en llegar. Para entonces, ya estoy medio congelada y tan al borde de un ataque de nervios que estoy a punto de gritar.

Abro la puerta y me subo a la parte trasera del vehículo. Es un taxi limpio con un cristal de protección que separa el asiento trasero del delantero y la ventana de atrás ligeramente ahumada.

—Al centro, por favor —digo en un tono más agudo de lo habitual—. A las tiendas de la avenida Michigan.

—Claro, señorita —dice el conductor en voz baja, y levanto la cabeza ante el acento del taxista—. Se cruzan nuestras miradas en el espejo delantero, y me quedo helada al sentir el terror.

Podría haber sido uno de los mil inmigrantes que conducen taxis para ganarse la vida, pero no lo es. Es de Al-Quadar. Lo noto en su mirada malvada y fría.

Por fin han venido por mí.

Es lo que he estado esperando, pero ahora que el momento está aquí, me encuentro paralizada por un miedo tan intenso, que me ahoga desde dentro. Mi mente viaja en un *flash* al pasado y los recuerdos son tan vivos que es casi como si estuviera allí de nuevo. Siento el dolor de los puntos que me pusieron, veo los cadáveres de los guardias en la clínica, escucho los gritos de Beth... Y luego noto el sabor del vómito cuando Majid me toca la cara con un dedo cubierto de sangre.

Creo que estoy tan pálida como un papel porque la mirada del taxista se endurece y escucho el suave clic de las cerraduras activadas.

El sonido me pone en acción. Se me sube la adrenalina, me lanzo hacia la puerta y empujo el tirador a la vez que grito a todo pulmón. Sé que no sirve de nada, pero tengo que intentarlo y, lo que es más importante, necesito dar la apariencia de intentarlo. No puedo sentarme tranquilamente mientras me llevan al infierno.

No puedo dejar que descubran que esta vez quiero volver allí.

Cuando el coche arranca, sigo luchando con la puerta y golpeando en la ventana. El conductor pasa de mí y sale de la parada a toda velocidad. Ninguno de los visitantes del centro comercial parece notar nada raro, las ventanas tintadas del coche me ocultan de sus miradas.

No vamos muy lejos. En lugar de salir a la carretera, el coche gira por la parte trasera del edificio. Veo una furgoneta beige que nos espera y lucho más fuerte, se me parten las uñas al clavarlas en la puerta con una desesperación que es solo parcialmente fingida. En mi prisa por rescatar a Julian, no había pensado del todo lo que significaría ser raptada por los monstruos de mis pesadillas —y volver a vivir algo tan horrible—. El terror que me carcome solo se ve reducido porque yo he buscado que esto ocurriese así.

El conductor se detiene junto a la camioneta y las cerraduras se abren. Empujo la puerta, salgo a cuatro patas y me raspo las palmas por el asfalto rugoso, pero al intentar ponerme de pie, un brazo me agarra fuertemente por la cintura y una mano enguantada me tapa la boca, lo que amortigua mis gritos.

Escucho cómo ladran órdenes en árabe mientras me llevan a la furgoneta, pataleando y luchando, y luego veo un puño volar hacia mi cara.

Noto una explosión de dolor en el cráneo y luego… no hay nada más.

27

JULIAN

Pierdo y recupero la conciencia, los periodos agónicos de la vigilia se entremezclan con breves momentos de una oscuridad reconfortante. No sé si han pasado horas, días o semanas, pero parece que lleve aquí una eternidad, a merced de Majid y el dolor.

No he dormido. No me dejan dormir. Solo encuentro respiro cuando mi mente desconecta del tormento, pero saben cómo hacerlo para que espabile cuando llevo mucho rato ensimismado.

Primero me someten al submarino. Aunque de forma perversa, me resulta gracioso. Me pregunto si lo hacen porque saben que soy medio estadounidense o si es solo porque piensan que es un método eficaz para destrozar a alguien sin infligir daños graves.

Lo hacen una decena de veces, me llevan al borde de la muerte y luego me traen de vuelta. Parece como si me fuera a ahogar una y otra vez y mi cuerpo pelea por conseguir aire con una desesperación que, dada la situación, parece estar fuera de lugar. No estaría mal que me ahogaran por accidente; yo lo sé, pero mi cuerpo lucha por vivir. Cada segundo que paso con ese trapo mojado en la cara se me hace una eternidad; el chorro de agua es más aterrador que cualquier cuchilla afilada.

Hacen una pausa de vez en cuando y me bombardean a preguntas, me prometen que pararán solo si respondo. Cuando siento que los pulmones me van a estallar, quiero rendirme. Quiero ponerle fin a esto y, a pesar de todo, hay algo en mi interior que no me deja. Me niego a regalarles la satisfacción de la victoria, de permitirles que me maten sabiendo que han conseguido lo que querían.

Mi cuerpo se esfuerza por respirar y entretanto escucho la voz de mi padre.

«¿Vas a llorar? ¿Vas a llorar como un niño de mamá o me vas a enfrentar como un hombre?».

Vuelvo a tener cuatro años, acurrucado en un rincón mientras mi padre me golpea repetidas veces en las costillas. Sé la respuesta correcta a su pregunta, sé que tengo que enfrentarme a él, pero tengo miedo. Tengo mucho miedo. Siento la humedad en la cara y sé que lo voy a enfadar. No quiero llorar. No he vuelto a llorar desde que era un bebé, pero el dolor en las costillas me empaña los ojos. Si mi madre estuviera aquí, me abrazaría y me besaría, pero no se me acerca cuando mi padre está con este humor. La aterroriza.

Odio a mi padre. Lo odio y me gustaría ser como él al

mismo tiempo. No quiero tener miedo. Quiero ser el que tenga
el poder, al que todos temen.

Me hago un ovillo y uso la manga de mi camisa para
secarme las lágrimas traidoras de la cara. Después me pongo
en pie, me sobrepongo al miedo y al dolor en mis costillas
magulladas.

—No voy a llorar. —Me trago el nudo en la garganta y
levanto la vista para encontrarme con la mirada enfadada de
mi padre—. No voy a llorar nunca.

Maldiciones en árabe. Y la cara más mojada.

De forma violenta, traen mi mente de vuelta al
presente mientras me da una convulsión,
atragantándome y aspirando aire cuando me quitan el
trapo mojado. Mis pulmones se expanden con
voracidad y, por encima del zumbido en los oídos, oigo
que Majid grita al hombre que casi me mata.

¡Joder! Parece que esta parte de la diversión se ha
acabado.

El siguiente paso son las agujas largas y finas que me
clavan bajo las uñas. Esto lo puedo soportar mejor;
separo la mente de mi cuerpo torturado y me lleva de
regreso al pasado.

Ahora tengo nueve años. Mi padre me llevó a la ciudad
para unas negociaciones con sus proveedores. Estoy sentado
en las escaleras, vigilando la entrada del edificio con una
pistola metida en el cinturón debajo de la camiseta. Sé cómo
usar la pistola, ya he matado a dos hombres con ella. La
primera vez acabé vomitando y me gané una paliza, pero la

segunda muerte fue más fácil. Ni siquiera me estremecí al apretar el gatillo.

Unos adolescentes salen a la calle. Reconozco sus tatuajes: son parte de una banda local. Mi padre los habrá utilizado en algún momento para distribuir sus productos, aunque ahora parecen estar aburridos y sin nada que hacer.

Los miro serpentear de un lado para otro de la calle, dar patadas a algunas botellas rotas y reírse los unos de los otros. Una parte de mí envidia su compañerismo. No tengo muchos amigos; los chicos con los que juego en alguna ocasión parecen tenerme miedo. No sé si es porque soy el hijo del Señor o si es porque han oído cosas sobre mí. No suele importarme su miedo, de hecho, lo fomento, pero a veces me gustaría poder jugar como un niño normal.

Sin embargo, estos adolescentes no han oído nada sobre mí. Lo sé porque cuando me ven aquí sentado, sonríen y caminan hacia mí, pensando que han encontrado una presa fácil a la que intimidar.

—¡Eh! —dice uno de ellos—. ¿Qué hace un niñito como tú aquí? Este es nuestro barrio, ¿te has perdido, chaval?

—No —digo copiando sus sonrisas burlonas—. Estoy tan perdido como tú... chaval.

El chico que me ha hablado explota de rabia.

—Pero ¿quién coño...?

Viene hacia mí y se queda de piedra cuando, sin pensármelo dos veces, lo apunto con mi pistola.

—Inténtalo —lo invito en voz baja—. Acércate, ¿por qué no?

Los chicos empiezan a dar marcha atrás. No son tan

tontos, ven que sé cómo manejar el arma. Mi padre y sus hombres salen en ese instante y los chicos se dispersan como una camada de ratas.

Cuando cuento a mi padre lo sucedido, asiente con aprobación.

—*Bien. No te eches atrás, hijo. Recuerda esto: coge siempre lo que quieras y no te eches nunca atrás.*

Agua fría en la cara seguida de una bofetada brutal y vuelvo al presente. Ahora me han amarrado a una silla, con las muñecas atadas en la espalda y los tobillos a las patas de la silla. Los dedos de las manos y pies me laten con agonía, pero sigo con vida y, de momento, sin sucumbir.

Atisbo la furia frustrada en la cara de Majid. No está contento con los progresos hasta ahora y tengo el presentimiento de que se va a esforzar más.

Efectivamente, se me acerca apretando un cuchillo.

—Última oportunidad, Esguerra...—Se detiene delante de mí—. Te estoy dando la última oportunidad antes de que te empiece a cortar partes inútiles del cuerpo. ¿Dónde está la puta fábrica y cómo lo hacemos para entrar?

En lugar de contestar reúno la poca saliva que me queda en la boca y le escupo. La saliva manchada de rojo le salpica la nariz y mejillas. Lo observo satisfecho limpiarse con la manga de la camisa mientras le tiembla el cuerpo de rabia ante el insulto.

No tengo la ocasión de disfrutar de su reacción durante mucho tiempo porque me aprieta el pelo con el puño y tira de él, haciéndome doblar el cuello hacia atrás de dolor.

—Te voy a contar lo que está a punto de pasar, subnormal de mierda —sisea, presionando la cuchilla contra mi mejilla—. Voy a empezar por los ojos. Te cortaré el ojo izquierdo por la mitad y después haré lo mismo con el derecho. Y cuando estés ciego, voy a empezar a cortarte la polla, centímetro a centímetro, hasta que solo quede un trozo pequeño... ¿te enteras? Si no empiezas a hablar, ya no volverás a ver ni follar.

Luchando contra las ganas de vomitar, permanezco en silencio mientras empuña el cuchillo hacia arriba, hacia la piel fina de debajo de mi ojo izquierdo. De camino, la cuchilla me atraviesa la mejilla y siento el calor de la sangre que gotea por mi piel fría. Sé que no se está tirando un farol, pero también sé que ceder no cambiará el resultado. Majid me torturará para conseguir respuestas y una vez las tenga, seguirá torturándome.

Viendo mi falta de reacción, Majid presiona la cuchilla más hondo en la piel.

—No te lo repito ni una puta vez más, Esguerra. ¿Quieres conservar el ojo o no? —No respondo y arrastra el cuchillo más arriba, obligándome a cerrar los parpados en un acto reflejo—. Está bien, en ese caso... —susurra, disfrutando del pánico involuntario de mi cuerpo mientras me remuevo para tratar de escabullirme. Entonces siento una explosión nauseabunda de dolor cuando la cuchilla me perfora los párpados y me penetra con profundidad en el ojo.

DEBO de haber perdido la conciencia otra vez porque me están arrojando más agua fría. Tiemblo, mi cuerpo ha entrado en shock por la agonía intensa. No veo nada por el ojo izquierdo; solo siento un vacío abrasador y goteante. Se me revuelve la bilis e intento evitar a toda costa vomitarme encima.

—¿Qué hacemos con el segundo ojo, eh, Esguerra? —Majid sonríe, sujeta con el puño firme el cuchillo ensangrentado—. ¿Te gustaría estar ciego mientras te cortamos la polla o prefieres verlo? Por supuesto, no es demasiado tarde para detenerlo... solo dinos lo que queremos saber e incluso podríamos dejarte vivir, ya que eres tan valiente.

Está mintiendo. Lo deduzco por el tono presuntuoso de su voz. Piensa que casi me tiene destruido, tan desesperado por detener el dolor que me voy a creer todo lo que diga.

—Vete a tomar por culo —susurro con las fuerzas que me quedan. «No te eches atrás, nunca te eches atrás»—. Vete a tomar por culo con tus amenacitas.

Entrecierra los ojos de rabia y el cuchillo destella en mi cara. Aprieto el ojo que me queda para mantenerlo cerrado, preparándome para el dolor... pero nunca llega.

Sorprendido, abro el párpado ileso y veo que uno de sus secuaces lo está distrayendo. El hombre parece alborotado y me apunta mientras habla deprisa en árabe. Me esfuerzo por entender las palabras que conozco, pero habla demasiado rápido. Sin embargo, a juzgar por la amplia sonrisa de Majid, lo que sea que le esté diciendo son buenas noticias para él: probablemente sean malas para mí.

Mis suposiciones se confirman cuando Majid se gira para mirarme y me dice con una sonrisa cruel:

—Tu otro ojo está a salvo de momento, Esguerra. Hay algo que me interesa que veas dentro de algunas horas.

Lo miro, incapaz de ocultar mi odio. No sé de qué está hablando, pero se me revuelve el estómago cuando los terroristas salen de la habitación que no tiene ventanas. Una única cosa me obligaría a ceder y está sana y salva en mi recinto. Es imposible que estén hablando de Nora, no con todo el dispositivo de seguridad que implementé. Están jugando conmigo a algún jueguecito mental, quieren que piense que me tienen reservado algo peor de lo que ya he sufrido. Es una táctica de aplazamiento, una forma de prolongar mi sufrimiento, nada más.

No pienso caer en su truco, pero mientras espero atado y con el mayor dolor de mi vida, no tengo la fuerza suficiente como para evitar que me engulla la preocupación. Debería estar agradecido por esta pausa de la tortura, pero no lo estoy.

Con mucho gusto dejaría que Majid me cortara cada uno de los miembros solo por estar seguro de que Nora está a salvo.

No sé cuánto tiempo pasa mientras espero con tormento, pero por fin oigo voces fuera. Abre la puerta y Majid arrastra una figura vestida con un par de Uggs y una camisa de hombre que le llega por debajo de las rodillas. Tiene las manos atadas a la espalda y una mancha de sangre en la parte inferior del brazo izquierdo.

Se me encoge el estómago y un horror frío me recorre las venas al ver los ojos oscuros de Nora cerrarse sobre mi cara.

El peor de mis miedos se ha hecho realidad.

Han cogido a la única persona que me importa en todo el puto planeta.

Tienen a mi Nora y, esta vez, no la puedo rescatar.

28

NORA

Temblando de la cabeza a los pies, miro a Julian y el dolor me oprime el pecho. Lleva en el hombro un vendaje mal puesto y sucio por el que cala la sangre; su cuerpo desnudo es una masa de cortes, heridas y rasguños. La cara está todavía peor. Bajo la venda desgastada que le cubre la frente no queda un hueco que no esté manchado o hinchado. Sin embargo, lo más horripilante de todo es la gran hendidura sangrante que le recorre la mejilla izquierda y que asciende hasta la ceja, un puñado de carne andrajosa en el lugar donde tenía el ojo.

«En el lugar donde tenía el ojo».

Le han sacado el ojo.

Ahora mismo no puedo ni quiero pensar en ello. Por ahora, Julian está vivo y es lo único que importa.

Está amarrado a una silla de metal, tiene una pierna atada a cada pata y los brazos sujetos en la espalda. Le noto la conmoción y el horror en la cara ensangrentada mientras asimila mi presencia y me gustaría decirle que todo va a salir bien, que esta vez soy yo la que lo salve a él, pero no puedo. Todavía no.

No hasta que Peter logre llegar aquí con los refuerzos.

Me palpita el pómulo magullado donde me han atizado y la herida abierta del antebrazo izquierdo me arde de dolor. Me quitaron toda la ropa y me arrancaron el implante anticonceptivo mientras estaba inconsciente, quizá temiesen que fuera un rastreador o algo así. No me lo esperaba; imaginaba, en todo caso, que encontrarían alguno de los rastreadores de verdad, pero ha funcionado incluso mejor de lo que esperaba. Después de cortar el implante y ver que no era nada más que una varilla de plástico, han debido de descartarme como amenaza pensando que soy justo lo que estoy intentando hacerlos creer: una niña inocente que ha ido a ver a sus padres, que no sabe que pudiera haber peligro alguno. Me alegro de haber tenido la previsión de dejar el brazalete rastreador en la finca y no levantar sospechas.

Creo que no me han tocado, aparte de cachearme, porque no noto nada por el estilo, y eso me alegra. No siento molestias, ni noto nada pegajoso entre las piernas y no me duele nada. Me hierve la piel al saber que me han desnudado, pero, sin lugar a dudas, podría haber sido mucho peor. Cuando desperté ya llevaba la camisa de alguien y mis botas Ugg. Deben de estar esperando a estar delante de Julian para montar el espectáculo.

Peter pensaba que esta era la parte más peligrosa de mi plan: el periodo de tiempo entre mi captura y la llegada a su escondite.

—Sabes que podrían buscar en cada centímetro de tu cuerpo y encontrar los tres dispositivos de rastreo que Julian te puso —me dijo antes de abandonar la finca—. Entonces os habremos perdido a los dos. Sabes lo que te harán para hacerlo hablar, ¿verdad?

—Sí, lo sé, Peter. —Le esbocé una sonrisa seria—. Lo entiendo perfectamente, pero no nos queda otra. Los rastreadores son pequeños y las heridas de la inserción ya casi no se ven. Pueden encontrar uno o dos, pero dudo que encuentren los tres y, si lo hacen, en el tiempo que tardarán, seguro que te las ingenias para encontrar su ubicación.

—Tal vez —dijo, su mirada gritaba lo que opinaba sobre mi cordura—, o tal vez no. En el periodo de tiempo que pase entre que te cojan y te lleven hasta Julian pueden salir mal cien cosas.

—Es un riesgo que tengo que asumir —le respondí, acabando la conversación. Sabía el peligro que me podía suponer ser un aparato de rastreo humano para localizar a los terroristas, pero no encontraba otra forma de llegar hasta Julian a tiempo y, a juzgar por su estado actual, casi llego demasiado tarde.

Veo a Julian tratando de mantener la compostura, de esconder su reacción visceral ante mi presencia, pero no está teniendo mucho éxito. Una vez pasada la sorpresa inicial, aprieta la mandíbula y comienza a brillarle el ojo intacto con una rabia tremenda al reparar en mi estado de semidesnudez. Contrae los músculos protuberantes, que se tensan contra las cuerdas. Parece que quiere destrozar a todos los que están en la habitación y sé que solo las cuerdas que lo atan a la silla impiden que ataque como un suicida a nuestros captores. Los demás terroristas deben de estar pensando lo mismo, porque dos de ellos se acercan a Julian sosteniendo las armas por lo que pudiera pasar.

Majid ríe y observa encantado este giro de los acontecimientos. Me agarra con fuerza del brazo y me arrastra hasta el centro de la habitación.

—¿Sabes? Tu putita ha venido derechita a mi regazo —dice tranquilamente, cogiéndome del pelo para que me arrodille—. La sorprendimos comprando en tu ausencia, como todas esas golfas avariciosas estadounidenses. Pensamos en traerla aquí para que pudieras ver su preciosa cara antes de que se la corte... a no ser que quieras empezar a hablar.

Julian permanece en silencio, mirando a Majid con odio asesino, mientras respiro de forma entrecortada para hacer frente al pánico. Los ojos se me empañan por el dolor del cuero cabelludo y el miedo que se me atraviesa parece cobrar vida. Con las manos atadas a la espalda no puedo evitar de ningún modo que Majid me lastime. No tengo ni idea de cuánto tardará Peter en llegar, pero hay muchas probabilidades de que no lo haga a tiempo. Alcanzo a ver las manchas de color óxido en la cuchilla que cuelga del cinturón de Majid y al darme cuenta de que es la sangre de Julian, me entran arcadas.

Si no nos rescatan pronto, también será mi sangre.

Horrorizada, veo cómo Majid busca la cuchilla y sigue sujetándome el pelo: me hace daño.

—Oh, sí —susurra, presionándome el filo plano contra el cuello—. Creo que su cabeza podría ser un buen trofeo, después de cortarla un poco, claro...

Blande el cuchillo hacia arriba y me hielo de miedo al sentir la cuchilla que me corta la piel suave bajo la barbilla, seguida por la sensación de un líquido caliente que me gotea por el cuello.

El gruñido que emana de Julian no parece humano. En un suspiro, se lanza hacia delante usando la punta de los pies para impulsarse y la silla cae al suelo. Su movimiento es tan repentino que los hombres que están a su lado no reaccionan a tiempo. Julian se estrella contra uno de ellos, tirando al terrorista armado al suelo y se gira para golpear en la garganta del hombre con la pata metálica de la silla.

Los siguientes segundos son un torbellino de sangre y gritos en árabe. Majid me suelta y grita algunas órdenes, haciendo que los demás pasasen a la acción a la vez que entra en pelea.

A Julian, todavía atado a la silla, lo arrastran para alejarlo del cuerpo del hombre herido y veo horrorizada cómo el hombre al que ha atacado se retuerce en el suelo agarrándose la garganta y emitiendo ruidos y balbuceos. Se está muriendo, lo sé por la sangre que le chorrea del cuello herido y que lo está debilitando; aun así, su agonía no me conmueve. Es como si estuviera viendo una película en lugar de estar viendo un ser humano desangrarse ante mis ojos. Majid y los demás terroristas corren en su ayuda e intentan detener el flujo de la sangre, pero es demasiado tarde. El hombre deja de agarrarse el cuello con ojos vidriosos y el hedor a muerte, de las evacuaciones intestinales y de la violencia, llena la habitación.

Está muerto.

Julian lo ha matado.

Debería estar disgustada y horrorizada, pero no lo estoy. Quizá esas emociones me golpeen después, pero por ahora solo siento una mezcla extraña de alegría y orgullo: alegría porque uno de esos asesinos está muerto y orgullo de que Julian haya sido quien lo haya matado. Estando incluso amarrado y débil por la tortura, mi marido ha conseguido eliminar a uno de sus enemigos: un hombre armado que ha sido tan estúpido como para quedarse al alcance letal de Julian.

Mi falta de empatía me altera, pero no tengo tiempo para detenerme en eso ahora. Tanto si Julian pretendía distraerlos como si no, el resultado final es que nadie me está prestando atención en este momento, así que, de repente, entro en acción.

Me pongo de pie de un salto y echó un vistazo rápido alrededor de la habitación. Mi mirada aterriza en un cuchillo pequeño que está sobre la mesa cerca de la pared y, con el pulso acelerado, salto a por él. Los terroristas están todos reunidos en torno a Julian al otro lado de la habitación. Oigo gruñidos, maldiciones y el sonido repugnante del impacto de los puñetazos en la piel.

Están castigando a Julian por este asesinato y, de momento, no reparan en mí.

De espaldas a la mesa alcanzo el cuchillo y meto la cuchilla por debajo de la cinta adhesiva que me rodea las muñecas. Me tiemblan las manos y esto hace que la cuchilla afilada se me hinque en la piel, pero no hago caso del dolor, trato de cortar la cinta gruesa antes de que se den cuenta de lo que está sucediendo. El sudor y la sangre de las manos hacen que se me resbale la cuchilla; aun así, resisto y al final las libero.

Temblando, examino de nuevo la habitación. Veo un fusil de asalto apoyado de forma negligente contra la pared. Uno de los terroristas debe haberlo dejado ahí en medio de la confusión por el ataque por sorpresa de Julian.

Tengo el corazón en un puño, me muevo despacio pegada a la pared en dirección al arma, con la esperanza de que los terroristas no miren hacia aquí. No tengo ni idea de lo que hacer con un arma en una habitación llena de hombres armados hasta los dientes, pero tengo que hacer algo.

No puedo quedarme de brazos cruzados mientras veo cómo golpean a Julian hasta matarlo.

Cierro las manos alrededor del arma antes de que se den cuenta de nada y suspiro aliviada. Es un AK-47, uno de esos fusiles de asalto con los que practiqué durante mi entrenamiento con Julian. Agarro el arma pesada y la levanto apuntando hacia los terroristas, tratando de controlar el temblor en los brazos inducido por la adrenalina. Nunca he disparado a una persona, solo latas de cerveza y dianas de papel, y no sé si tengo lo que hay que tener para apretar el gatillo.

Y mientras trato de reunir el coraje para actuar, una explosión cegadora irrumpe en la habitación, me desequilibra y caigo al suelo.

No sé si me he golpeado la cabeza o solo estaba aturdida por la explosión, pero de lo siguiente que soy consciente es del sonido de los tiros al otro lado de las paredes. La sala está llena de humo y toso mientras, por instinto, intento ponerme de pie.

—¡Nora, agáchate! —Es Julian; tiene la voz ronca por el humo—. Quédate agachada, nena, ¿me oyes?

—¡Sí! —grito. Una felicidad intensa me invade al ver que está vivo y en tan buenas condiciones como para hablar. Sigo agachada en el suelo, miro por detrás de la mesa que ha caído a mi lado y veo a Julian recostado al otro extremo de la sala, todavía amarrado a la silla de metal.

También veo que el humo entra por el conducto de

ventilación del techo y que la habitación está vacía, salvo nosotros dos. La batalla, o lo que sea que esté sucediendo, está afuera.

Peter y los guardias deben de haber llegado.

A punto de llorar de alivio, agarro el AK-47 tirado a mi lado, me agacho y empiezo a arrastrarme con la barriga hacia Julian, conteniendo la respiración para evitar inhalar demasiado humo.

En ese momento, la puerta se abre y una silueta conocida entra en la habitación: es Majid y sostiene un arma con la mano derecha. Debe de haberse dado cuenta de que Al-Quadar iba perdiendo y ha vuelto para matar a Julian.

Una oleada de odio me sube por la garganta y me ahoga en una bilis amarga. Este hombre asesinó a Beth, torturó a Julian y conmigo hubiera hecho lo mismo. Un terrorista despiadado y psicótico que, sin duda, habrá asesinado a decenas de inocentes.

No se da cuenta de que estoy aquí, centra su atención en Julian, levanta el arma y apunta a mi marido.

—Adiós, Esguerra —dice en voz baja, y yo aprieto el gatillo de mi pistola.

Pese a estar boca abajo mi tiro es certero. Julian me hizo practicar tiro sentada, recostada y, en una ocasión, hasta corriendo. El fusil de asalto me vibra en las manos temblorosas y me choca de forma dolorosa en el hombro, pero las dos balas golpean a Majid justo donde quería: en la muñeca y codo derechos.

Los tiros lo lanzan contra la pared y hacen que suelte

el arma. Gritando, se agarra del brazo que le sangra y yo me levanto, sobreponiéndome al peligro de las balas que vuelan en el exterior. Oigo que Julian me grita algo, pero no alcanzo a percibir las palabras exactas por el zumbido en los oídos.

Es como si el mundo entero se desvaneciera en este momento y me quedara a solas con Majid.

Nuestras miradas se encuentran y, por primera vez, veo miedo en sus ojos negros de reptil. Sabe que he sido yo quien le ha disparado y me está viendo la intención en la cara.

—Por favor, no... —empieza a decir. Aprieto el gatillo de nuevo y le descargo cinco balas más en el estómago y el pecho.

En el silencio que sigue veo el cuerpo de Majid deslizándose por el muro, casi a cámara lenta. Tiene la cara deformada, conmocionada; la sangre le gotea por la comisura de los labios y me mira con sus ojos abiertos con un aire de incredulidad. Mueve los labios como para decir algo y emite un gorgorito agitado a medida que le salen más burbujas de sangre por la boca.

Bajo el arma y me acerco a él, atraída por un impulso extraño de ver lo que he hecho. Majid me suplica, me ruega piedad con la mirada y sin decir nada. Le sostengo la mirada, alargando el momento... y entonces le apunto con el AK-47 en la frente y aprieto el gatillo otra vez.

Le explota la nuca; la sangre y el tejido cerebral salpican la pared. Le brillan los ojos; el blanco alrededor del iris se vuelve carmesí al estallarle los vasos sanguíneos. Se le debilita el cuerpo y el olor a muerte, agudo y penetrante, impregna la habitación por segunda vez hoy.

Excepto que ahora no es Julian el asesino.

Soy yo.

Bajo el arma con las manos firmes, viendo gotear por la pared la sangre de Majid. Después camino hacia Julian, me arrodillo a su lado y apoyo, con cautela, el arma en el suelo mientras empiezo a desatarle las cuerdas.

En lo que lo libero de las ataduras, Julian y yo permanecemos en silencio. El ruido de los disparos de fuera empieza a apaciguarse. Espero que eso signifique que las fuerzas de Peter van ganando. En cualquier caso, estoy preparada para lo que pueda pasar. Pese a nuestra situación aún precaria, me envuelve una calma extraña.

Cuando Julian tiene los brazos y las piernas libres, le da una patada a la silla y gira sobre su espalda, agarrándome la muñeca con el brazo derecho. Todavía tiene parte de la escayola en el brazo izquierdo y tiene más sangre en la cara y el cuerpo de la paliza que acaba de recibir. Pese a todo, me agarra con una fuerza sorprendente de la muñeca y me tira hacia él, obligándome a tumbarme en el suelo a su lado.

—Agáchate, nena —susurra a través de los labios hinchados—. Casi ha terminado… por favor, agáchate.

Asiento y me estiro a su lado derecho con cuidado de no agravarle las heridas. Al estar la puerta abierta, parte del humo de la habitación empieza a irse por lo que respiro con libertad por primera vez desde la explosión.

Julian me suelta la muñeca y me pasa el brazo por el cuello, apretándome contra él en un abrazo protector. Sin darme cuenta, le rozo las costillas con la mano y él resuella de dolor, pero cuando trato de alejarme, me aprieta más fuerte.

Cuando Peter y los guardias entran por la puerta al cabo de unos minutos, nos encuentran tumbados abrazados y a Julian apuntando con el AK-47 hacia la entrada.

29

JULIAN

—¿Cómo está? —pregunta Lucas y se sienta en la silla junto a mi cama. Lleva un vendaje grueso en la cabeza y tiene que llevar muletas por la pierna rota. Quitando eso, se está recuperando bien. Estaba inconsciente en otra habitación cuando Al-Quadar atacó el hospital uzbeko y por eso se perdió toda la diversión.

—Está... bien, creo. —Pulso un botón para que la cama se pliegue por la mitad. Con el movimiento me duelen las costillas, pero me sobrepongo a la molestia. El dolor me ha acompañado constantemente desde el accidente, así que a estas alturas estoy más o menos acostumbrado.

Desde que nos rescataron de aquel edificio situado en Tayikistán hace cinco días, Nora y yo nos hemos estado recuperando en un centro especial en Suiza. Es una clínica privada en la que trabajan los mejores médicos de todo el mundo y he encargado a Lucas que supervise la seguridad. Por supuesto, una vez eliminada la célula más peligrosa de Al-Quadar, la amenaza inminente es menor, pero todavía debemos ser cautelosos. Ordené que trasladaran aquí también a todos mis hombres heridos para que se puedan recuperar más rápido y en un ambiente más agradable.

La habitación que Nora y yo compartimos es moderna y está equipada por completo: desde videojuegos hasta una ducha privada. Hay dos camas ajustables, una para mí y otra para Nora, con sábanas de algodón egipcio y colchón de espuma con memoria. Incluso los monitores cardíacos y los goteros de alrededor de nuestras camas parecen elegantes, más decorativos que médicos. Toda la instalación es tan lujosa que casi ni parece que esté aún en el hospital.

Casi, pero no del todo.

Si no tengo que volver a poner el pie en otro hospital, moriré siendo el hombre más feliz del mundo.

Para mi gran alivio, todas las heridas de Nora han resultado ser menores. La herida del brazo necesitaba algunos puntos, pero el golpe en la cara le dejó solo una herida fea en el pómulo. Los médicos también han confirmado que no han abusado sexualmente de ella pese a estar desnuda. Pocas horas después de nuestra llegada, anunciaron que Nora estaba sana y lista para volver a casa.

Yo, en cambio, estoy un poco peor, aunque no tan jodido como pensaba.

Ya me han operado dos veces, una para mitigar las heridas de la cara y otra para ponerme un ojo protésico en la cuenca vacía, así no parezco un cíclope. No volveré a ver por el ojo izquierdo, al menos no hasta que la tecnología biónica ocular avance, pero los cirujanos me han asegurado que tendré una apariencia prácticamente normal una vez que todo haya sanado.

El resto de las heridas no son tan malas tampoco. Me tuvieron que recolocar el brazo roto y escayolarlo de nuevo, pero la herida de bala del hombro izquierdo se está curando bien, al igual que las costillas rotas. Sigo teniendo algo de sangre en las uñas de las manos y pies por la tortura con agujas, aunque poco a poco van mejorando. Los golpes que me asestaron los hombres de Majid me dañaron un poco el riñón. Sin embargo, gracias a la pronta llegada de Peter, me libré de otras lesiones internas y de que me rompieran más huesos. Cuando las aguas vuelvan a su cauce, tendré algunas cicatrices más y perderé mucha fuerza en el brazo izquierdo, pero mi apariencia no asustará a los niños pequeños.

Lo agradezco. Nunca me he preocupado en especial por mi apariencia, pero quiero asegurarme de que Nora todavía me encuentre atractivo, que no le dé asco que la toque. Me ha asegurado que las heridas y cicatrices no le importan, pero no sé si de verdad es así. Por culpa de ellas no hemos follado desde que nos rescataron y no sabré cuáles son sus sentimientos reales hasta que la tenga de vuelta en mi cama.

En general, no sé cómo se ha sentido Nora durante los últimos cinco días. Con todas las operaciones y los médicos por medio, no hemos tenido la oportunidad de hablar de lo que ha pasado. Siempre que saco el tema cambia de tercio, como si quisiera olvidarlo todo. Lo pasaría por alto, salvo que ha estado más callada de lo habitual, como aislada. Es como si hubiera pasado por un trauma que la ha hecho encerrarse en sí misma... para anular sus sentimientos.

—Entonces, ¿lo está llevando bien? —pregunta Lucas, sé que habla de la muerte de Majid. Todos mis hombres saben cómo Nora lo mató a tiros y el papel que desempeñó en mi rescate. La admiran por ser tan valiente, aunque yo lucho contra el deseo diario de estrangularla por haber arriesgado su vida. Y Peter... bueno, ese es otro tema. Si no hubiera desaparecido justo después de traernos a la clínica, le habría arrancado la cabeza por ponerla ante tal peligro.

—Sí —digo, en respuesta a su pregunta. No quiero compartir con él mis preocupaciones sobre el estado mental de Nora—. Lo está llevando tan bien como se esperaba. El primer asesinato no es fácil, claro, pero es fuerte. Se repondrá.

—Sí, estoy seguro de que así será. —En busca de las muletas, Lucas se levanta y pregunta—: ¿Cuándo quieres volver a Colombia?

—Goldberg dice que podremos irnos mañana. Quiere que me quede una noche más para asegurar que todo esté sanando bien y después él supervisará mis cuidados en la finca.

—Perfecto, entonces me encargo de arreglarlo todo.

Sale cojeando de la habitación y cojo el portátil para saber dónde está Nora. Fue a buscar algo de picar a la cafetería de la primera planta de la clínica, pero lleva fuera más de diez minutos y empiezo a preocuparme.

Al iniciar sesión, abro el informe de los rastreadores y veo que está en el pasillo, a unos quince metros de la habitación. El punto que marca su localización está parado, debe de estar hablando allí con alguien.

Tranquilo, cierro el portátil y lo vuelvo a poner en la mesita.

Sé que mi miedo por ella es excesivo, pero no lo puedo controlar. Verle en la garganta el cuchillo de Majid ha sido la peor experiencia de mi vida. Nunca he tenido tanto miedo como cuando vi la sangre que goteaba por su piel. En aquel momento, en sentido literal, lo vi todo rojo; la rabia me embargó y me dio una fuerza que desconocía que tenía. Matar a ese terrorista no fue una decisión a consciencia; la necesidad de proteger a Nora saturó todos mis instintos de autocontrol y sentido común.

Si hubiera pensado con más claridad, hubiera encontrado otra forma de que Majid distrajera su atención de Nora hasta que llegasen los refuerzos.

Empecé a sospechar que había un plan de rescate en cuanto Majid mencionó lo de las compras. No tenía mucho sentido: Nora sabía que mis enemigos la querían de cebo y que tenía los rastreadores. No me podía creer que fuera ella misma hasta allí, ni que Peter se lo hubiera permitido, pero era lo único que explicaba cómo Al-Quadar había podido ponerle las manos encima en mi ausencia.

En lugar de permanecer a salvo en la finca, Nora arriesgó su vida para salvar la mía.

Pese a saber de lo que Majid era capaz, se enfrentó a sus pesadillas para rescatarme, al hombre al que tiene todas las razones para odiar.

No sé si creía que me amaba de verdad hasta ese momento... hasta que la vi allí de pie, asustada pero decidida, con su cuerpecillo envuelto en una camisa de hombre diez tallas más grandes de la suya. Nadie había hecho algo así por mí antes; incluso cuando era niño, mi madre se escabullía ante el primer signo de mal humor de mi padre, dejándome a su tierna misericordia. Aparte de los guardias que contraté, nadie me había protegido jamás. Siembre había estado solo.

Hasta ella.

Hasta Nora.

Al recordar lo feroz que parecía mientras apuntaba a Majid con el arma, se abre la puerta y aparece ella: el centro de mis reflexiones.

Lleva unos vaqueros, una camiseta de manga larga marrón, la melena recogida en una coleta que le llega hasta la espalda y unas bailarinas. La herida del pómulo sigue ahí, pero se la ha tapado con un poco de maquillaje; es probable que lo haya hecho para poder hablar por videollamada con sus padres sin que se preocupen. Ha hablado con ellos casi a diario desde que llegamos a la clínica. Creo que se siente culpable por tenerlos asustados otra vez por su desaparición.

También mastica de forma sonora una manzana, hincándole los dientes blancos a la fruta jugosa con una diversión evidente.

El corazón me empieza a latir con fuerza y se me ensancha el pecho de alegría y alivio. Es como si ahora, cada vez que la vea, mi reacción será la misma tanto si está fuera quince minutos como varias horas.

—Hola. —Se acerca y se posa con elegancia en el lado derecho de la cama. Se inclina para besarme con suavidad en la mejilla, luego levanta la cabeza y me sonríe—. ¿Quieres un poco?

—No, gracias, nena. —La voz se me rompe al recordar que no me la he follado desde que dejamos la finca—. Toda tuya.

—Muy bien. —Muerde la manzana—. He visto al doctor Goldberg en el pasillo —dice después de tragar —, me dijo que te estabas recuperando y que podemos volver a casa mañana.

—Sí, exacto. —La veo sacar la lengua para limpiarse un pequeño trozo de fruta del labio inferior y siento que el calor se me concentra en los huevos. Está claro que me estoy recuperando... o al menos así lo cree mi polla —. Nos iremos en cuanto nos dé el visto bueno.

Nora muerde otro trozo de manzana y la mastica despacio, estudiándome con una expresión peculiar.

—Nena, ¿qué te pasa? —Busco la mano que tiene libre, me llevo la palma a la cara y me paso el dorso por el cuello. Es probable que le esté arañando la piel suave con la barba de varios días, ya que no me he afeitado desde hace una semana, pero no me puedo resistir a la atracción de sus caricias—. Dime qué te ronda por la cabeza.

Pone el corazón de la manzana sobre una servilleta en la mesita.

—Tenemos que hablar de Peter —dice en voz baja— y sobre la promesa que le hice.

Me tenso, le aprieto la mano con más fuerza.

—¿Qué promesa?

—La lista. —Retuerce los dedos dentro de mi mano —. La lista de nombres que le prometiste por los tres años de servicio. Le dije que se la daría en cuanto la tuvieras si me ayudaba a rescatarte.

—Joder. —La miro, incrédulo. Me había estado preguntando cómo había persuadido a Peter para desobedecer una orden directa y aquí está la respuesta —. ¿Prometiste ayudarlo con su venganza si te ayudaba en esta locura?

Nora me mira a los ojos y asiente.

—Sí, fue lo único que se me ocurrió en ese momento. Sabía que si morías nunca conseguiría esa lista, así que le dije que si me ayudaba la conseguiría antes.

Arrugo la frente mientras me invade una ola de furia. Ese ruso hijo de puta puso a mi mujer en peligro mortal, algo que no le perdonaré jamás ni olvidaré. Puede que me haya salvado la vida, pero arriesgó la de Nora para ello. Si no hubiera desaparecido justo después del rescate, lo hubiera matado por eso mismo. Y ahora ¿Nora quiere que le dé esa lista?

Ni de puta coña.

—Julian, se lo prometí —insiste, parece intuir mi respuesta sin necesidad de hablar. Me mira muy decidida, lo que no la caracteriza, y añade—: Sé que estás enfadado con él, pero todo el plan fue idea mía... y al principio se oponía a llevarlo a cabo.

—Exacto, porque sabía que tu seguridad tenía que ser su prioridad principal. —Cuando me doy cuenta de que todavía le estoy apretando la mano, se la suelto y digo con severidad—: Ese cabrón tiene suerte de seguir vivo.

—Lo sé. —Nora me mira con frialdad—. Él también lo sabe, créeme. Sabía que reaccionarías así, por eso se fue después de dejarnos aquí.

Inhalo, trato de contener el enfado.

—Pues adiós muy buenas. Sabe que ya no volveré a confiar en él. Le ordené que te mantuviera a salvo en la finca y ¿qué hizo? —La miro mientras vuelvo a verla en esa habitación sin ventanas, ensangrentada y asustada—. ¡El muy gilipollas te entregó a Majid!

—Sí, y gracias a eso, te salvó la vida.

—¡Me importa una mierda mi vida! —Me incorporo y me siento, sobreponiéndome al dolor en las costillas —. ¿No lo entiendes, Nora? Eres la única persona que me importa. Tú. Ni yo ¡ni nadie más!

Se me queda mirando y veo que, empañados, sus grandes ojos comienzan a brillar.

—Lo sé, Julian —susurra, parpadeando—. Lo sé.

La miro y el enfado se evapora; ahora solo quiero que lo entienda.

—No estoy tan seguro, mi gatita. —Con voz tranquila alcanzo su mano de nuevo, necesito su calor frágil—. Lo eres todo para mí. Si te pasara algo no sobreviviría, no quiero una vida en la que tú no estés.

Le tiemblan los labios y está al borde de las lágrimas.

—Lo sé, Julian...—Me envuelve la mano con sus dedos y la aprieta con fuerza—. Lo sé porque para mí es igual. Cuando pensé que tu avión se había estrellado... —Traga saliva y se le rompe la voz—... y después, cuando oí los disparos durante la llamada...

Doy un respiro, su angustia me provoca dolor en el pecho.

—Nena, no... —Me llevo a los labios su mano y la beso en la palma—. No lo pienses más. Ya se ha terminado, no hay nada más que temer. Majid está muerto y estamos a punto de erradicar por completo a Al-Quadar...

Mientras hablo, veo que contiene la expresión, que de forma extraña, cierra cada vez más los ojos. Es como si estuviera tratando de contener sus sentimientos, como si quisiera construir una coraza mental para protegerse.

—Lo sé —dice, y estira los labios en lo que parece la

sonrisa vacía que le llevo viendo desde que nos rescataron—. Todo ha acabado. Está muerto.

—¿Te arrepientes? —pregunto y le suelto la mano. Necesito comprender el origen de su aislamiento para llegar hasta el fondo de lo que sea que le está provocando ese ensimismamiento—. Nena, ¿te arrepientes de haberlo matado? ¿Por eso has estado disgustada estos últimos días?

Parpadea, como sorprendida por mi pregunta.

—No estoy disgustada.

—No me mientas, mi gatita. —Al soltarle la mano, la agarro con suavidad por la barbilla y la miro a los ojos, se ha puesto sombra de ojos—. ¿Piensas que no te conozco bien? Me he dado cuenta de que estás diferente desde lo de Tayikistán y quiero entender el porqué.

—Julián... —dice suplicante—. Por favor, no quiero hablar del tema.

—¿Por qué no? ¿Crees que no lo entiendo? ¿Crees que no sé lo que se siente al matar por primera vez y vivir sabiendo que has acabado con una vida humana? —Me detengo, observo su reacción. Al no ver ninguna, continúo—: Ambos sabemos que Majid se lo merecía, pero es normal sentirse como una mierda después de asesinar. Necesitas hablarlo, así podrás empezar a asumir lo sucedido...

—No, Julian —me interrumpe, su mirada cauta y vacía abre paso a un destello de furia—. No lo entiendes. Sé que Majid merecía morir, no me arrepiento de haberlo matado. No me cabe la menor duda de que el mundo es un lugar mejor sin él.

—Entonces, ¿qué te pasa? —Empiezo a sospechar hacia dónde se dirige todo esto, pero quiero que me lo diga.

—Lo maté —me dice tranquila, mirándome—. Me detuve a su lado, lo miré a los ojos y apreté el gatillo. No lo maté para protegerte o porque había que matarlo y punto. Lo maté porque quería hacerlo. —Hace una pausa, después añade con ojos brillantes—: Lo maté porque quería verlo morir.

30

NORA

Julian me está mirando; pese a lo que acabo de revelar, no cambia la expresión de su rostro. Quiero apartar la vista, pero no puedo, me tiene sujeta por la barbilla, lo que me obliga a sostenerle la mirada mientras le desvelo el secreto terrible que me ha estado consumiendo desde que nos rescataron.

Su falta de reacción me hace pensar que no comprende del todo lo que le estoy diciendo.

—Lo maté, Julian —repito, decidida a hacérselo comprender ya que me ha obligado a hablar del tema—. Maté a Majid a sangre fría. Cuando lo vi entrar en la habitación, supe que quería hacerlo y lo hice. Lo desarmé con un disparo y entonces le volví a disparar en el estómago y el pecho, asegurándome de no darle en el corazón para que viviera un par de minutos más. Podría haberlo matado de inmediato, pero no lo hice.

—Aprieto los puños sobre el regazo, sintiendo el dolor

de las uñas clavadas mientras confieso—: Lo dejé con vida porque quería mirarlo a la cara cuando se la quitase.

Su ojo ileso brilla en un azul profundo y siento una marea de vergüenza ardiente. Sé que no tiene sentido, sé que estoy hablando con un hombre que ha cometido crímenes mucho peores que este, pero no tengo la excusa de un pasado tan jodido como el suyo. Nadie me obligó a convertirme en asesina. Si disparé a Majid ese día, fue por iniciativa propia.

Asesiné a un hombre porque lo odiaba y quería verlo muerto.

Espero a que Julian responda, a que me diga algo desdeñoso o condenador, en cambio, me pregunta con calma:

—Mi gatita, ¿cómo te sentiste cuando todo acabó, cuando lo viste allí tendido, sin vida? —Me suelta las mejillas y se agacha para apoyarse en mis piernas. Tiene la mano tan grande que casi me cubre todo el muslo—. ¿Te alegraste al verlo así?

Asiento. Bajo la cabeza para escapar de su mirada penetrante.

—Sí —reconozco. Un escalofrío me recorre el cuerpo al recordar el éxtasis eufórico que sentí al ver cómo las balas de la pistola atravesaban el cuerpo de Majid. —Cuando vi que la vida se le escapaba por los ojos, me sentí fuerte. Invencible. Sabía que no podría hacernos más daño y estaba contenta. —Recobro fuerzas y lo vuelvo a mirar—. Julian… le volé los sesos a un hombre y lo más aterrador de todo es que no me arrepiento en absoluto.

—Ya veo. —Una sonrisa estira sus labios a medio curar—. Crees que eres una mala persona por no sentir culpa por la muerte de un terrorista asesino y crees que deberías.

—Claro que debería. —Frente a la diversión un poco inapropiada en el tono de su voz, frunzo el ceño—. Maté a un hombre; tú mismo dijiste que es normal estar hecho mierda después de eso. Te sentiste mal después de matar por primera vez, ¿verdad?

—Sí. —La sonrisa de Julian cobra un tono más amargo—. Así fue. Era un niño y no conocía al hombre al que me obligaban a disparar. Era alguien que le había dado una puñalada por la espalda a mi padre y a día de hoy no tengo ni idea de la clase de persona que era... de si era un delincuente reincidente o si solo se trataba de alguien que se mezcló con la gente equivocada. No lo odiaba, no lo conocía como para tener una opinión sobre él. Lo maté para demostrar que podía hacerlo, para hacer que mi padre se sintiera orgulloso de mí. —Se detiene y luego continúa con una expresión más suave—. Así que, ya ves, mi gatita, fue algo distinto. Matando a Majid has librado al mundo de un mal, mientras que yo... bueno, esa es otra historia. No tienes motivos para sentirte mal por lo que hiciste, eres bastante inteligente para saberlo.

Lo miro, se me cierra la garganta al imaginar al Julian de ocho años apretando el gatillo. No sé qué decir, cómo calmar la culpa por algo que pasó hace tanto tiempo; se me llena el pecho de furia contra Juan Esguerra.

—Si tu padre siguiera con vida, te aseguro que le disparaba a él también— lo digo de forma brusca y a Julian se le escapa una risilla.

—Desde luego, no me cabe la menor duda —me dice con una sonrisa. En lugar de resultarme grotesca la expresión de su cara por las heridas e hinchazones, encuentro algo sensual en ella. Hasta magullado, vendado como una momia y con la mandíbula cubierta con barba oscura de varios días, mi marido irradia un magnetismo animal. Los médicos nos dijeron que volvería a recuperar casi la total normalidad de la cara una vez que todo sane, pero aunque no fuera así, estoy segurísima de que Julian estará igual de atractivo con un parche en el ojo y alguna cicatriz.

Como si respondiera a mis pensamientos, me sube la mano por el muslo hasta llegar a la entrepierna.

—Mi niñita feroz —murmura; su risa se desvanece y un resplandor de calor le brota en el ojo descubierto—. Tan delicada pero tan voraz... ojalá te hubieras visto aquel día, nena. Cuando te enfrentaste a Majid estabas gloriosa, tan valiente y preciosa....

Me presiona el clítoris con los dedos por encima de los pantalones y suspiro por el sobresalto; los pezones se me endurecen mientras una explosión de líquido inunda mi sexo.

—Sí, así es, cielo —me susurra y sube los dedos hasta

la cremallera—. Verte con esa pistola es lo más sexi que he visto nunca. No te podía quitar los ojos de encima. —El ruido que hace la cremallera mientras la baja tiene algo de erótico y el corazón me da un vuelco de dolor repentino y desesperado.

—Mmm, Julian... —Me mete la mano por la bragueta del pantalón. La respiración se me entrecorta y el corazón me late a un ritmo frenético—. ¿Qué...? ¿Qué haces?

Esboza una media sonrisa perversa.

—¿Tú que crees?

—Pero... no puedes...—La frase se convierte en un gemido cuando mete los dedos con audacia entre mi ropa interior y me agarra el sexo. Me pasa el dedo corazón entre los pliegues húmedos para masajearme el clítoris palpitante. Siento el calor que me recorre las terminaciones nerviosas como si fueran chispazos eléctricos, cada vello de mi cuerpo se eriza en respuesta a la explosión de placer. Jadeo, siento la tensión acumulada dentro de mí, pero antes de llegar al clímax, Julian retira los dedos y me deja flotando en el aire.

—Quítate los pantalones y súbete encima —ordena con voz ronca, tirando de la manta para mostrar una erección enorme bajo el pijama de hospital—. Necesito follarte. Ahora.

Dudo por un momento, preocupada por sus heridas, y Julian aprieta la mandíbula del disgusto.

—Hablo en serio, Nora. Quítate la ropa.

Trago saliva y salgo de la cama, no entiendo cómo

puedo tener el impulso de obedecerlo. Tiene el brazo izquierdo escayolado, apenas se puede mover sin sentir dolor y aun así mi respuesta instintiva es temerlo... quererlo y temerlo al mismo tiempo.

—Y echa el pestillo a la puerta —ordena mientras empiezo a levantarme la camisa—, no quiero que me interrumpan.

—Vale.

Me dejo la camisa puesta y corro hacia la puerta para echar el cerrojo y tener intimidad. Cada paso me recuerda el calor palpitante que siento entre las piernas y el roce de los vaqueros contra mi clítoris sensible aumenta mi excitación.

Al volver, Julian está medio reclinado hacia adelante sobre la cama. Se ha desatado el pijama por la parte delantera y se acaricia la polla erecta. Un fuerte vendaje le cubre las costillas, pero no consigue menoscabar el poder salvaje de su cuerpo musculoso. Hasta herido se las maneja para dominar en la habitación, mantiene el atractivo magnético de siempre.

—Buena chica —murmura. Me observa con una mirada de párpados gruesos— Ahora baila para mí, nena. Quiero que te quites los vaqueros para ver ese culito sexi.

Me muerdo el labio, el calor de su mirada me enciende aún más.

—Vale —susurro y me pongo de espaldas, me inclino hacia delante y me bajo los pantalones despacio, con un movimiento balanceante de caderas mientras voy dejando ver el tanga y el trasero.

Cuando me bajo los vaqueros hasta los tobillos me giro para mirarlo de frente y lanzo los zapatos, después me saco los pantalones y los dejo en el suelo. Julian observa mis movimientos con una lujuria notoria, respira cada vez más profundo a medida que la punta de la polla empieza a brillarle de humedad. Ha dejado de tocarse, ahora usa las manos para agarrar las sábanas. Sé que está a punto de correrse, la dura columna de su sexo se alza desafiando la gravedad.

Mientras lo miro con ojos mansos, procedo a quitarme la camisa sacándomela por la cabeza con un movimiento lento, provocador. Llevo debajo un sujetador de seda blanco a juego con el tanga. Compré muchos modelitos por Internet a principios de semana y me alegro de haberme decidido a comprar algo de ropa interior bonita. Me encanta ver esa mirada de hambre incontrolable en la cara de Julian, esa expresión que dice que movería montañas por poseerme en ese preciso momento.

La camisa cae al suelo y me dice con brusquedad:

—Ven aquí, Nora. —Me devora con la mirada, me consume—. Necesito tocarte.

Inspiro, doy un par de pasos en dirección a la cama y mi sexo se inunda de humedad. Me detengo delante de él. Se me acerca, me acaricia el torso y sube las manos hasta el sujetador. Cierra los dedos sobre mi pecho izquierdo, lo amasa a través del material sedoso. Al acariciarme el pezón y hacer que se endurezca un poco más, jadeo.

—Quítate el resto de la ropa. —Su mano abandona mi cuerpo, esto me hace sentir despojada por un momento. Me desabrocho el sujetador con rapidez y me voy bajando el tanga antes de ir hacia él—. Bien. Ahora cabálgame.

Me muerdo el labio mientras subo a la cama y me siento a horcajadas sobre las caderas de Julian. Su pene me roza el interior de los muslos. Lo agarro con la mano derecha y lo guío hacia mi sexo anhelante.

—Sí, así me gusta —balbucea; extiende la mano para agarrarme de la cadera mientras empiezo a deslizarme por su verga. Al soltarle la polla para apoyarme con las manos en la cama, gime—. Sí, tómame, mi gatita… hasta el fondo… —Aprovechando que me tiene agarrada por la cadera, me empuja hacia abajo para introducirme el pene a mayor profundidad. Resoplo ante la sensación exquisita de sentir que me da de sí, de sentir el ajuste de mi cuerpo para que lo penetre y lo rellene su longitud gruesa.

El dolor placentero de su posesión parece el consuelo más dulce, un dolor conocido, agudo y terrible. Mientras lo observo, absorbiendo con la mirada el placer atormentado de su rostro, caigo en la cuenta de que esto podría perfectamente no estar ocurriendo ahora mismo, que en lugar de estar debajo de mí, Julian podría estar a tres metros bajo tierra con el cuerpo mutilado y desnutrido.

No soy consciente de haber emitido ningún ruido, pero debo de haberlo hecho porque Julian estrecha los ojos y me aprieta la cadera con la mano.

—¿Qué pasa, nena? —me pregunta con aspereza.

Entonces veo que he empezado a temblar, que la imagen de él ahí tendido, frío y destrozado me da escalofríos. Y de un plumazo ya no tengo ganas, ahora tengo miedo del recuerdo. Es como si me hubieran inyectado agua congelada, como si el horror por el que hemos pasado subiera efervescente y me estuviera ahogando.

—Nora, ¿qué pasa? —Me pasa la mano hasta la garganta, me agarra la nuca y acerca mi cara a la suya. Me taladra con la mirada mientras agarro compulsivamente las sábanas a cada lado de su pecho—. ¿Qué pasa? ¡Dímelo!

Se lo quiero explicar, pero no consigo hablar; se me cierra la garganta mientras se me acelera el corazón y me empapa un sudor frío. De repente, no puedo respirar. Un pánico tóxico se me agarra al pecho y me constriñe los pulmones. Empiezo a hiperventilar a medida que unos puntos negros me invaden la visión.

—¡Nora! —La voz de Julian me llega desde lo lejos—. ¡Nora… joder!

Un golpe punzante me atraviesa la cara y me golpea a un lado de la cabeza. Resoplo y me llevo la mano a la mejilla izquierda para acunarla. El impacto del dolor me libera del pánico y por fin me vuelven a funcionar los pulmones; ensancho el pecho para que entre todo el aire que necesito. Jadeando, giro la cabeza y miro incrédula a Julian. La realidad hace retroceder a empujones la oscuridad de mi mente.

—Nora, nena... —Me acaricia la mejilla con suavidad, calmando el dolor que le ha infligido—. Lo siento mucho, mi gatita. No quería darte una bofetada, pero parecía que te estaba dando un ataque de pánico. ¿Qué te ha pasado? ¿Quieres que llame a una enfermera?

—No...—Se me rompe la voz y no paro de sollozar. Empiezo a llorar al comprender que se me había ido la cabeza por completo mientras follábamos. La polla de Julian sigue enterrada en mi interior, solo que un poco más flácida que antes. Sigo temblando y llorando como si estuviera loca—. No —repito con la voz entrecortada —. Estoy bien, de verdad... no me pasa nada.

—No, claro que no. —Su voz toma un todo firme, dominante. Mueve la mano hacia abajo y me agarra la garganta—. Nora, mírame. Ya.

Incapaz de hacer otra cosa, obedezco y cruzamos las miradas. Su ojo tiene un brillo azul feroz. Al mirarlo, empiezo a ralentizar la respiración, voy reduciendo los sollozos y el pánico desesperado que sentía se desvanece. Sigo llorando, pero ahora en silencio, es más bien un acto reflejo que otra cosa.

—Vale, está bien —me dice Julian en el mismo tono tajante—. Ahora me vas a cabalgar y no vas a pensar en lo que sea que te ha preocupado tanto, ¿vale?

Asiento, sus instrucciones me calman un poco más. Conforme la ansiedad va desapareciendo, otras sensaciones empiezan a fluir. Noto el olor limpio y familiar de su cuerpo, del tacto crujiente del vello de sus piernas contra mis pantorrillas...

La sensación de su polla en mi interior, caliente, gruesa y dura.

Mi cuerpo vuelve a reaccionar y me aleja del miedo. Doy un respiro profundo y empiezo a moverme. Subo y bajo sobre su verga, cada vez más húmeda mientras el placer empieza a formarse en mi vientre.

—Sí, justo así, nena —murmura Julian, que desliza la mano por mi cuerpo hasta presionarme el clítoris e intensificar así el placer que siento—. Fóllame, cabálgame. Utilízame para olvidar tus pesadillas.

—Sí —susurro—, eso haré. —Mirándolo a los ojos aumento el ritmo y me dejo llevar lejos de la oscuridad gracias al el placer físico; el infierno de nuestra pasión quema los recuerdos del horror en nosotros.

Nos corremos con apenas unos segundos de diferencia; nuestros cuerpos están sincronizados como nuestras almas.

AQUELLA NOCHE DUERMO en la cama de Julian, no en la mía. Los médicos dieron el visto bueno después de prevenirme de que no le apretara mucho las costillas ni la cara.

Me recuesto a su derecha, apoyando la cabeza sobre su hombro ileso. Debería estar dormida, pero no lo estoy. Tengo un zumbido en la cabeza, como si estuviera metida en una colmena de abejas. Le doy vueltas a mil cosas y mis sentimientos se debaten ente la alegría y la tristeza.

Ambos estamos vivos y más o menos intactos. Volvemos a estar juntos, contra todo pronóstico, hemos sobrevivido. Joder, ya no me cabe la menor duda de que estamos destinados a estar juntos. Para bien o para mal, nos complementamos: nuestros cuerpos maltrechos y magullados encajan como un rompecabezas.

No tengo ni idea de lo que nos depara el futuro, si las cosas volverán a estar bien o no. Todavía necesito convencer a Julian para que me permita cumplir lo que prometí a Peter y tengo que pedir la píldora del día después a los médicos, ya que ninguno de los dos nos acordamos de usar protección esta mañana. No sé si existe la posibilidad de quedarme embarazada tan pronto después de perder el implante, pero es un riesgo que no estoy dispuesta a correr. La posibilidad de tener un hijo, un bebé indefenso, sometido a nuestra clase de vida, me aterroriza más que nunca.

Tal vez cambie de opinión con el tiempo. Tal vez dentro de algunos años piense diferente. Tendré menos miedo. Sin embargo, por ahora, sé perfectamente que nuestras vidas nunca serán un cuento de hadas. Julian no es un buen hombre y yo he dejado de ser una buena mujer.

Debería preocuparme… y puede que mañana así sea. No obstante, ahora mismo, al sentir que me rodea su calor, me embarga una sensación de paz y la certeza de que esto es lo correcto.

Pertenezco a este lugar.

Alzo la mano y paso los dedos sobre los labios de Julian a medio sanar para sentir su contorno sensual en la oscuridad.

—¿Me dejarás marchar alguna vez? —murmuro, recordando la conversación que tuvimos hace mucho tiempo.

Contrae los labios en una ligera sonrisa. Él también lo recuerda.

—No —responde en voz baja—. Nunca.

Nos quedamos en silencio durante un instante, entonces me pregunta:

—¿Quieres que te deje marchar?

—No, Julian. —Cierro los ojos y esbozo una sonrisa—. Nunca.

ANTICIPO

¡Gracias por leer! Si quieres dejar tu valoración, te lo agradeceré muchísimo. La historia de Julian y Nora continúa en *Siempre tuya*.

Si quieres que te avise cuando se publique el próximo libro, no dudes en visitar mi página web www.annazaires.com/series/espanol y apuntarte a la newsletter.

Y ahora, por favor, pasa la página para leer unos fragmentos de *Atrápame* y *Noches Blancas*.

EXTRACTO DE ATRÁPAME

Es mi enemigo.... y mi misión.

Una noche, solo tenía que ser eso. Una noche de pasión desenfrenada.

Cuando se estrelle su avión, debería terminar todo. En cambio, no es más que el principio.

Traicioné a Lucas Kent y ahora me lo hará pagar.

Lo primero que hago al llegar a casa es llamar a mi jefe y trasladarle todo lo que he descubierto.

—Así que es lo que yo sospechaba —dice Vasiliy

Obenko cuando termino—. Van a usar a Esguerra para armar a los putos rebeldes de Donetsk.

—Sí. —Me quito los zapatos y entro a la cocina para prepararme un té—. Y Buschekov ha exigido exclusividad, así que Esguerra está ahora totalmente aliado con los rusos.

Obenko lanza una ristra de insultos, la mayoría de los cuales incluye alguna combinación de putos, putas e hijos. Lo ignoro mientras echo agua a un hervidor eléctrico y lo enciendo.

—Vale —dice Obenko cuando se calma un poco—. Vas a verlo esta noche, ¿verdad?

Respiro hondo. Ahora llega la parte incómoda.

—No exactamente.

—¿«No exactamente»? —La voz de Obenko se vuelve peligrosamente suave—. ¿Qué cojones significa eso?

—Me ofrecí, pero no estaba interesado. —Siempre es mejor decir la verdad en este tipo de situaciones—. Dijo que se iban pronto y que estaba muy cansado.

Obenko empieza a maldecir de nuevo. Aprovecho el tiempo para abrir el envoltorio de una bolsita de té, ponerla en una taza y echarle agua hirviendo.

—¿Estás segura de que no lo vas a volver a ver? —pregunta cuando acaba con los insultos.

—Razonablemente segura, sí. —Soplo el té para enfriarlo—. No estaba interesado y punto.

Obenko se queda callado unos instantes.

—Vale —dice por fin—. La has cagado, pero ya

resolveremos eso más tarde. De momento tenemos que averiguar qué hacer con Esguerra y las armas que van a inundar el país.

—¿Eliminarle? —sugiero. Mi té todavía está un poco caliente, pero aun así le doy un sorbo y disfruto del calor que me baja por la garganta. Es un placer muy simple, pero las mejores cosas de la vida siempre son muy simples. El olor de las lilas que florecen en primavera, el suave pelaje de un gato, el jugoso dulzor de una fresa madura… En los últimos años he aprendido a atesorar estas cosas, a exprimir cada gota de alegría en la vida.

—Del dicho al hecho hay mucho trecho. —Obenko parece frustrado—. Está más protegido que Putin.

—Ya. —Doy otro sorbo al té y cierro los ojos, esta vez paladeando el sabor—. Estoy segura de que encontrarás la forma.

—¿Cuándo ha dicho que se iba?

—No lo ha dicho. Solo ha dicho que pronto.

—Vale. —De repente, Obenko se impacienta—. Si contacta contigo, avísame de inmediato.

Y, antes de que pueda responder, cuelga.

Como tengo la tarde libre, decido disfrutar de un baño. Mi bañera, como el resto del apartamento, es pequeña y lóbrega, pero las he visto peores. Engalano la fealdad de ese baño estrecho con un par de velas perfumadas en el lavabo y burbujas en el agua y entonces me meto en la bañera; dejo escapar un suspiro de felicidad cuando me envuelve el calor.

Si pudiera elegir, siempre haría calor. Quienquiera que dijese que en el infierno hace mucho calor se equivocaba. El infierno es muy muy frío. Frío como un invierno ruso.

Estoy disfrutando en remojo cuando suena timbre. Se me disparan los latidos al instante y la adrenalina se me propaga por las venas.

No espero a nadie; lo que significa que solo pueden ser problemas.

Salgo de la bañera de un salto, me envuelvo en una toalla y corro hasta la sala principal del estudio. La ropa que me he quitado sigue en la cama, pero no tengo tiempo de ponérmela. En lugar de eso, me pongo un albornoz y cojo un arma del cajón de la mesita de noche.

Entonces respiro hondo y me acerco a la puerta, arma en ristre.

—¿Sí? —digo, y me paro a un par de pasos de la entrada. La puerta es de acero reforzado, pero la cerradura no. Podrían disparar a través de ella.

—Soy Lucas Kent. —La voz profunda, hablando en inglés, me sobresalta tanto que el arma me tiembla en la mano. El pulso se me vuelve a acelerar y me tiemblan las piernas.

¿Qué hace aquí? ¿Sabe algo Esguerra? ¿Alguien me ha traicionado? No dejo de darle vueltas a esas preguntas y el corazón me late desbocado, pero justo entonces se me ocurre el procedimiento más lógico.

—¿Qué pasa? —pregunto, procurando que mi voz no pierda su firmeza. Hay una explicación para la presencia de Kent sin que quiera matarme: Esguerra ha cambiado de opinión. En cuyo caso, tengo que actuar como la inocente civil que se supone que soy.

—Quiero hablar contigo —dice Kent, y oigo en su voz un deje divertido—. ¿Vas a abrir la puerta o vamos a seguir hablando a través de ocho centímetros de acero?

«Mierda». Eso no suena a que Esguerra lo haya enviado a por mí.

Barajo rápidamente mis opciones. Puedo quedarme encerrada en el apartamento y esperar que no consiga entrar —o cogerme cuando salga, algo que es inevitable porque en algún momento tendré que salir— o puedo correr el riesgo de suponer que no sabe quién soy y actuar con normalidad.

—¿Por qué quieres hablar conmigo? —pregunto para ganar tiempo. Es una pregunta lógica. Cualquier mujer en esta situación sería precavida, no solo si tiene algo que ocultar—. ¿Qué quieres?

—A ti.

Esas dos palabras, pronunciadas con su voz profunda, me asestan un golpe. Los pulmones dejan de funcionarme y miro a la puerta, poseída por un pánico irracional. No me equivocaba, cuando me preguntaba si yo le atraía. Sí, al parecer la razón por la que no dejaba de mirarme era tan simple como la naturaleza misma.

Sí. Me desea.

Me esfuerzo por respirar. Debería ser un alivio. No hay motivo para entrar en pánico. Los hombres me han deseado desde que tenía quince años y he aprendido a lidiar con ello, a volver su lujuria a mi favor. Esto no es diferente.

«Salvo que Kent es más duro y más peligroso que la mayoría».

No. Silencio esa vocecilla y respiro hondo mientras bajo el arma. Al hacerlo, vislumbro mi imagen en el espejo del pasillo. Los ojos azules abiertos como platos en una cara pálida, el cabello recogido de cualquier manera con varios rizos húmedos que me caen por el cuello. Con el albornoz abrochado y el arma en la mano, no me parezco en nada a la chica elegante que había intentado seducir al jefe de Kent.

Tomo una decisión y grito:

—¡Un momento!

Podría intentar negarle a Lucas Kent la entrada a mi apartamento —no sería muy sospechoso tratándose de una mujer sola—, pero lo más sensato sería aprovechar esta oportunidad para conseguir algo de información.

Como mínimo, puedo intentar averiguar cuándo se va Esguerra y contárselo a Obenko, para compensar parte del fracaso anterior.

Con rapidez, escondo el arma en un cajón bajo el espejo del pasillo y me suelto el pelo para dejar que los gruesos y rubios mechones me caigan por la espalda. Ya me he quitado el maquillaje, pero tengo la piel suave y mis pestañas son marrones al natural, así que tampoco estoy tan mal. En cualquier caso, así parezco más joven e inocente.

Más como «la chica de al lado», como les gusta decir a los estadounidenses.

Ya segura de estar presentable, me acerco a la puerta y abro la cerradura, tratando de no hacer caso del fuerte y frenético latido de mi corazón.

Atrápame ya está disponible. Para saber más, visita www.annazaires.com/book-series/espanol.

EXTRACTO DE NOCHES BLANCAS

Poder. Eso fue lo que me vino a la mente al verle por primera vez, al otro lado de la sala de urgencias. Poder y peligro.

Alex Volkov, uno de los oligarcas rusos más ricos, es un hombre tan magnético como despiadado. Siempre consigue lo que desea, y lo que ahora desea es a mí, metida en su cama.

Es el tipo de peligro del que toda mujer debiera salir corriendo. La bala que su guardaespaldas ha recibido por él lo demuestra.

Debería mantenerme alejada pero, solo por una noche, cedo a la tentación. Antes de darme cuenta, él me está arrastrando más y más a su mundo de excesos y

violencia e invadiendo no solo mi vida, sino también mi
corazón.

¿Hasta qué punto puedo depositar mi confianza en un
hombre tan peligroso? ¿Hasta dónde me atrevo a
arriesgar por su amor?

Me giro desde el lavabo, echo un vistazo a dónde estaba
el herido... y me encuentro con un par de ojos de color
azul acerado clavados en mí.

Es uno de los hombres que estaba junto a la víctima,
probablemente uno de sus parientes. En general no está
permitido que los acompañantes entren en el hospital
por la noche, pero Urgencias es la excepción a esa regla.

En vez de apartar la mirada, como haría la mayoría
de la gente cuando les pillas mirándote, el hombre
continúa repasándome.

Intrigada y a la vez un poco molesta, yo hago lo
mismo con él.

Es alto, bastante más de uno ochenta, y de hombros
anchos. No es guapo a la manera tradicional. Guapo
sería un término demasiado endeble para describirle.
Más bien rezuma magnetismo.

Poder. Eso es lo que me viene a la mente al mirarle.
Está presente en la inclinación arrogante de su cabeza,
en la forma en que me mira, con calma, totalmente

seguro de sí mismo y de su habilidad de controlar todo lo que le rodea. No sé quién es ni a qué se dedica, pero dudo que se trate de algún chupatintas en una oficina cualquiera. Este hombre está acostumbrado a dar órdenes y a que las obedezcan.

La ropa le sienta bien y parece ser cara. Tal vez hasta esté hecha a medida. Viste una gabardina gris, pantalones gris oscuro con una sutil rayita, y unos zapatos italianos de piel. Lleva el pelo castaño oscuro muy corto, casi al estilo militar. Ese corte sencillo combina bien con su rostro, marcado por unas facciones duras y simétricas. Tiene los pómulos altos y una nariz afilada con una ligera protuberancia, como si se la hubiese roto en el pasado.

No tengo ni idea de la edad que tendrá. Su cara no tiene arrugas, pero no hay nada de juvenil en ella. Ni un atisbo de suavidad, ni siquiera en la curva de sus labios. Le calculo unos treintaitantos, pero lo mismo podría tener veinticinco que cuarenta.

No se remueve ni parece sentirse incómodo mientras prosigue nuestro concurso de miradas. Solo se queda allí en silencio, totalmente inmóvil, con su mirada azul clavada en mí.

Para mi conmoción, mi corazón late más deprisa y un cosquilleo ardiente me recorre la espina dorsal. Es como si la temperatura de la sala hubiese subido diez grados de golpe. De repente, el ambiente se carga de contenido sexual, haciendo que sea consciente de mi condición femenina de una forma que nunca antes había experimentado. Puedo sentir el tejido sedoso de mi conjunto de ropa interior acariciándome entre las piernas y rozándome los pechos. Todo mi cuerpo parece acalorado y sensible y mis pezones se tornan guijarros por debajo de todas las capas de mi ropa.

Hostia puta. Así que esto es lo que se siente al sentirse atraído por alguien. No es racional, ni lógico. No hay ningún encuentro de corazones y mentes implicado. No, es un instinto básico y primitivo. Mi cuerpo lo ha reconocido a algún nivel animal, y quiere copular.

Él también lo nota. Es evidente en la forma en que sus ojos azules se oscurecen, con los párpados a media asta, y en la forma en que sus fosas nasales se dilatan como si trataran de captar mi olor. Sus dedos se crispan y luego se cierran formando puños, y yo sé de alguna manera que está intentando controlarse para evitar ir lanzarse sobre mí aquí y ahora.

Si estuviésemos solos, no me cabe duda de que ya lo tendría encima.

Todavía mirando al desconocido, retrocedo. La intensidad de mi respuesta a él es aterradora, inquietante. Estamos en medio del departamento de Urgencias, rodeados de gente, y en lo único en lo que soy capaz de pensar es en sexo ardiente, de ese que deja la cama enmarañada al final. No tengo ni idea de quién es él, ni de si está casado o soltero. Por lo que sé, o es un delincuente o un gilipollas. *O un cabrón infiel como Tony.* Si alguien me ha enseñado a pensármelo dos veces antes de confiar en un hombre, ese ha sido mi ex novio. No quiero volver a tener nada con nadie tan pronto después de mi última y desastrosa relación. No quiero volver a tener esa clase de complicaciones en mi vida.

Está claro que el alto desconocido tiene otras ideas al respecto.

Después de mi cautelosa retirada, él entorna los ojos, y su mirada se hace más afilada, más concentrada. Luego se acerca hacia mí, con unos pasos muy elegantes para un hombre tan grande. Hay algo en sus movimientos que me recuerda a los de una pantera, y por un instante, me siento como un ratón acechado por un enorme felino. Instintivamente, retrocedo otro paso más, y su severa boca se tensa con una mueca de disgusto.

Maldición, me estoy conduciendo como una cobarde.

Dejo de retroceder y me planto en mi sitio, muy derecha y exhibiendo toda mi altura de un metro setenta y tres. Siempre soy la tranquila y la capaz, y manejo situaciones de gran estrés sin problemas, pero ahora mismo me estoy comportando como una colegiala delante del objeto de su primer enamoramiento. Sí, este hombre me hace sentir incómoda, pero no hay nada que temer. ¿Qué es lo peor que podría hacer? ¿Pedirme una cita?

Sin embargo, me tiemblan un poco las manos cuando él se acerca y se detiene a menos de un metro de mí. A esta distancia, es más alto de lo que creía, varios centímetros más de uno ochenta. Yo no soy bajita, pero me siento diminuta allí frente a él. No es una sensación que me agrade.

—Eres muy buena en tu trabajo. —Tiene la voz grave y algo quebrada, con un ligero acento de Europa del Este. Solo escucharla hace que mis entrañas se estremezcan de una forma extrañamente placentera

—Gracias —le digo, un poco titubeante. *Soy* buena en mi trabajo, pero no me esperaba un cumplido de este desconocido.

—Has cuidado bien de Igor. Gracias por eso.

Igor debe de ser el paciente con la herida de bala. Ese nombre suena a extranjero. ¿Ruso, tal vez? Eso explicaría el acento del desconocido. Aunque hable inglés con fluidez, no es un nativo.

—No hay de qué. —Estoy orgullosa de lo sereno que es mi tono. Con suerte, él no se dará cuenta de cómo me afecta—. Espero que se recupere enseguida. Si es algún pariente...

—Mi guardaespaldas.

¡Guau! Tenía razón. Este hombre es un pez gordo. ¿Querrá eso decir...?

—¿Le dispararon en el cumplimiento de su deber? —pregunto, conteniendo el aliento.

—Me ha salvado de un balazo destinado a mí, sí. —Su tono es despreocupado, pero capto una cierta rabia reprimida por debajo de esas palabras.

Me obligo a tragar saliva.

—¿Ya ha hablado con la policía?

—Les he hecho una breve declaración. Hablaré con

ellos con más detalle una vez Igor se encuentre estable y recupere la conciencia.

Asiento, sin saber qué contestarle a eso. Al hombre que tengo delante casi le han asesinado hoy. ¿Quién será? ¿Algún capo de la mafia? ¿Un político?

Si me quedaba alguna duda acerca de si era buena idea explorar esta extraña atracción entre nosotros, acaba de esfumarse. Este desconocido no me conviene, y tengo que mantenerme tan alejada de él como pueda.

—Le deseo a su guardaespaldas una pronta recuperación —digo en un tono falsamente alegre—. Si no surgen complicaciones, se pondrá bien.

—Gracias a ti.

Sonrío a medias al hombre y doy un paso hacia un lado, esperando poder pasar junto a él y dirigirme hacia mi siguiente paciente.

Él también se mueve, interponiéndose en mi camino.

—Soy Álex Volkov —se presenta con tono suave—. ¿Y tú eres?

Se me acelera el pulso. La intensidad masculina de su mirada me pone nerviosa. Esperando que capte la indirecta le respondo:

—Solo una enfermera que trabaja aquí.

Él no lo pilla, o finge no hacerlo.

—¿Cómo te llamas?

Es insistente, de verdad. Yo respiro hondo.

—Soy Katherine Morrell. Si me disculpa...

—Katherine —repite él, y su acento imprime de exotismo esas sílabas tan familiares. El rictus de su boca se suaviza un poco—. Katerina. Es un nombre bonito.

—Gracias. Tengo que irme, de verdad.

Me estoy poniendo cada vez más ansiosa por largarme. Es demasiado grande, demasiado intensamente masculino. Necesito espacio y poder respirar. Su cercanía es abrumadora, y me hace sentirme tensa y nerviosa.

—Tienes trabajo que hacer. Lo comprendo —dice él, con un gesto vagamente divertido.

Aun así, no se aparta de mi camino. En vez de eso, mientras yo lo miro en estado de shock, levanta una de sus manazas y me acaricia la mejilla con sus nudillos.

Me quedo de piedra y una súbita oleada de calor me recorre todo el cuerpo. Su caricia ha sido ligera, pero siento como si me hubiese dejado marca, agitada hasta lo más hondo.

—Me gustaría volver a verte, Katerina —dice con suavidad, apartando la mano—. ¿Cuándo termina tu turno de esta noche?

Me lo quedo mirando, con la sensación de estar perdiendo el control de la situación.

—No creo que esa sea una buena idea.

—¿Por qué no? —Sus ojos azules se entrecierran—. ¿Estás casada?

Estoy tentada a mentirle, pero al final gana mi honestidad.

—No, pero no estoy interesada en salir con nadie ahora mismo.

—¿Quién ha dicho nada de salir?

Yo pestañeo. —He asumido...

Él vuelve a levantar la mano y corta mi frase en seco. Esta vez coge un mechón de mi pelo y lo frota entre sus dedos.

—Yo no salgo con nadie, Katerina —murmura él, con su voz cargada de acento y extrañamente hipnótica—. Pero me gustaría acostarme contigo. Y creo que a ti también.

Noches Blancas ya está disponible. Para saber más, visita www.annazaires.com/book-series/espanol.

SOBRE LA AUTORA

Anna Zaires es una autora de novelas eróticas contemporáneas y de romance fantástico, cuyos libros han sido éxitos de ventas en el New York Times y el USA Today, y han llegado al primer puesto en las listas internacionales. Se enamoró de los libros a los cinco años, cuando su abuela la enseñó a leer. Poco después escribiría su primera historia. Desde entonces, vive parcialmente en un mundo de fantasía donde los únicos límites son los de su imaginación. Actualmente vive en Florida y está felizmente casada con Dima Zales —escritor de novelas fantásticas y de ciencia ficción—, con quien trabaja estrechamente en todas sus novelas.

Si quieres saber más, pásate por www.annazaires.com/book-series/espanol.

Made in United States
North Haven, CT
17 June 2025

69911015R00222